Diogenes Taschenbuch 22561

W0060609

Henry Slesar

Listige Geschichten für arglose Leser

*Aus dem Amerikanischen
von Barbara Rojahn-Deyk*

Diogenes

Alle Geschichten erschienen
bisher nur in amerikanischen Zeitschriften
Copyright © 1992 by Henry Slesar, außer
The Man Who Loved Christmas Copyright © 1989
by Charlotte McLeod
Bats Copyright © 1989 by DC Comics, Inc.
Deuce Copyright © 1991 by Mercury Press, Inc.
Die Erzählung ›Verrückt‹ wurde von
Irene Holicki übersetzt.
Umschlagzeichnung von Tomi Ungerer

Alle deutschen Rechte vorbehalten
Copyright © 1992
Diogenes Verlag AG Zürich
120/92/43/1
ISBN 3 257 22561 X

Inhalt

Was mache ich bloß mit Dora?

Ich tippe diesen Bericht aus alter zwölfjähriger Gewohnheit. Wenn man so lange bei der Polizei ist, kann man einfach nicht anders, man muß einen Fall schwarz auf weiß abschließen. Selbst wenn man gar nicht sicher ist, daß der Fall wirklich schon zu den Akten kann. Selbst wenn man nicht weiß, ob man den Fall überhaupt zu den Akten geben will. Das kann ich nämlich erst entscheiden, wenn ich mir darüber klargeworden bin, wie ich mich in bezug auf Dora Belmont verhalten soll.

Ich nehme an, ich sollte das hier mit einem Anfangsdatum versehen. Das ist gar nicht so einfach. Offiziell begannen die Lennox-Hill-Morde vor achtzehn Monaten, an dem Tag, an dem Zorina MacLevy ihr Haar bei Le Tierce waschen und legen lassen wollte und zu Maria sagte, daß ihr nicht gut sei, und es ihr dadurch bewies, daß sie sich ins Waschbecken übergab. Sie starb fünf Minuten, bevor die Ambulanz eintraf, und die Autopsie erbrachte das Vorhandensein einer langsam wirkenden Substanz, die der örtliche Leichenbeschauer unter Vorbehalt als Helvella-Säure identifizierte.

Zorina wurde Opfer Nr. 1 genannt, aber ich bezweifele, daß das stimmt. Ich nehme an, daß sie Nr. 3 oder Nr. 4 war und daß diese Upper-East-Side-Morde möglicherweise schon vor vier oder fünf Jahren begonnen haben. Jetzt, wo ich mich schon so weit vorgewagt habe, kann ich ebensogut auch Vermutungen über das wirkliche Opfer Nr. 1 anstellen. Ich glaube, ihr Name war Fawn Desmond.

Nicht viele Menschen werden sich an Fawn Desmonds Ableben erinnern, mit der möglichen Ausnahme einer verwitweten Mutter auf einem Wohnwagenplatz in Dover Plains. Fawn war dreiundzwanzig, wollte eine berühmte Tänzerin werden, kam aber nie übers Vortanzen hinaus – ein Partygirl, das Kokain schnupfte und eines schlimmen Abends am Ende eines schlimmen Tages seinen Zweisitzer gegen einen Brückenpfeiler auf dem Major Deegan Expressway fuhr und starb. Nein, auf dem Beifahrersitz hatte keiner gesessen, und niemand hatte sich an dem Auto zu schaffen gemacht, aber trotzdem glaube ich, daß sie ermordet wurde. Ich erzähle Ihnen gleich, wer's war und wie er's gemacht hat. Nur Geduld.

Der Name des zweiten Opfers ist vielleicht bekannter, Kimberly Kane, geborene Emily Seidman. Es war die Modellagentur, die ihren Namen geändert und dafür gesorgt hatte, daß ihr hübsches Gesicht auf zwei Titelseiten und alles übrige von ihr in die Mitte des *Playboy* kam. Sie war ausgezogen, um bekannt zu werden, und tatsächlich wurde sie von der Presse mit ein paar Zeilen bedacht. Doch dann beendete eine Kombination von Alkohol und Schlafmitteln ihr junges Leben. Die alte, traurige Geschichte, richtig? Falsch. Ich glaube, daß Kimberly Emily Seidman Kane ermordet wurde.

Was das Opfer Nr. 3 anbetrifft, kann ich nicht hundertprozentig sicher sein. Sie hieß Susan Blauwitz. Wie Sie sehen, hat ihren Namen niemand geändert. Aber Susan war auch kein Model, sondern Sekretärin eines Börsenmaklers der Wall Street. Eines Tages erschien sie nicht zur Arbeit, und man hörte nie wieder etwas von ihr. Ein Bruder aus Cincinnati kam nach New York, um Nachforschungen anzustellen, und ihre Vermißtenanzeige ist immer noch bei den Akten. Ich meine, die Anzeige ist dort fehl am Platz. Ich meine, sie sollte unter Mord eingeordnet werden. Aber die Regeln sind eindeutig. Keine Leiche, kein Fall.

Womit wir wieder bei Zorina wären.

Ich gehörte zu dem halben Dutzend Kriminalbeamter, die die Aufgabe hatten, den Giftmörder Zorina MacLevys zu schnappen. Die Mordkommission stand mächtig unter Druck und mußte zusehen, daß es schnell zu einer Festnahme kam, da sich Zorina ausgerechnet an einem Tag hatte umbringen lassen, an dem die Zeitungen sonst nicht viel zu berichten hatten.

Die *New York Post* brachte die Geschichte auf der ersten Seite und sprach von der Toten als einem »schönen Fernsehstar«, nur weil Zorina in sage und schreibe zwei Episoden einer Situationskomödie erschienen war. Die *Daily News* stand der *Post* kaum nach und druckte eine Enthüllungsstory, in der behauptet wurde, daß Zorina die Geliebte eines Immobilienmagnaten namens Egon Ferrin gewesen sei. Selbst die gute, graue *Times* fiel in den Chor mit ein, denn es war ihr gelungen, ein Statement von Ferrin persönlich zu erhalten, der nicht nur die Beziehung abstritt, sondern auch darauf hinwies, daß er in Sydney, Australien, gewesen sei, als Zorina ihren Friseur zum letzten Mal aufgesucht habe.

Aber jetzt kommt das Komische. Alle drei Zeitungen hatten recht. Fernsehstar hin oder her, Zorina war schön. Sie war auch Egon Ferrins Geliebte gewesen. Und Egon Ferrin war, ganz wie er gesagt hatte, fast zehntausend Meilen entfernt gewesen, als Zorina starb.

Fünf der sechs mit dem Fall befaßten Polizisten beschlossen, Zorinas Mörder in anderen Richtungen zu suchen. Ein verschmähter Liebhaber. Eine eifersüchtige Freundin. Ein Psychopath ohne einsehbares Motiv. Nur einer von uns hielt an der Egon-Ferrin-Schiene fest. Nämlich ich.

Ich hatte meine Gründe, selbst wenn ihnen Captain Finegold nicht viel Gewicht beimaß. Es war wegen einer Unterhaltung, die ich mit dem ehemaligen Fahrer des Millionärs geführt hatte, einem kleinen, stämmigen Mann, der wegen seines grauen Stars nicht mehr in seinem Beruf arbeiten konnte. Pech. Er trug den perfekten Namen für einen Chauffeur: James.

James hatte keine Hemmungen, über seinen früheren Arbeitgeber zu sprechen. Er war voller Groll gegenüber der Familie, ungeachtet der Tatsache, daß Ferrin seine zwei erfolglosen Augenoperationen bezahlt und ihn dann nicht ohne eine anständige Pension entlassen hatte. Ich fragte ihn nach dem Grund, und James sagte:

»Ach, es ist wegen seiner Frau, dieser gemeinen Ziege. Als ich nicht mehr fahren konnte, habe ich gefragt, ob ich auf ihrem Grundstück in Palm Beach als Gärtner arbeiten könnte. Da hat sie gesagt, niemand mit meinen Augen würde ihr ihre lausigen Rosen versauen. Etwas Gutes hat der graue Star ja – ich brauchte mir ihr häßliches, dürres Gesicht nicht länger anzusehen.«

Das war die ideale Überleitung zu meiner nächsten Frage.

»Klingt, als ob man es dem Mann nicht übelnehmen könnte, wenn er sich nebenbei eine Freundin gehalten hätte. Hat er doch, oder?«

»Na ja«, sagte James langsam, »es ging mich ja nichts an, aber da war schon eine Dame, mit der er am Autotelefon viel geredet hat.«

»Sie haben doch bestimmt ihren Namen gehört«, sagte ich.

»Bloß ihren Vornamen.«

Aber der war nicht Zorina. Sondern Susan.

Ich brauchte eine weitere Woche, um herauszufinden, daß Susans Nachname Blauwitz war und daß Egon Ferrin sie aus einem ganz legitimen Grund so oft angerufen haben mochte: Sie war die Sekretärin seines Brokers. Aber die nächsten drei Dinge, die ich erfuhr, machten die Sache interessanter. Susan war hübsch. Susan trug einen Nerz. Susan war verschwunden.

In den Polizeiakten fand ich dann die Aussage ihres Bruders. Allen Blauwitz hatte seine Schwester erst zwei Monate vor ihrem Verschwinden gesehen. Sie hatte ihre Familie in Cincinnati besucht, vielleicht eigens zu dem Zweck, mit ihrer neuen Garderobe anzugeben, zu der auch der Nerzmantel gehörte. Allen war hinsichtlich der Quelle dieser Neuerwerbung mißtrauisch gewesen. Er hatte einen betuchten alten Knacker im Hintergrund geargwöhnt, wie er sich ausdrückte. Ich war imstande, seinen Argwohn zu bestätigen, ganz einfach weil der Nerzmantel in der Anzeige detailliert beschrieben war. Es handelte sich um ein bodenlanges, schwarzes Modell, das von dem exklusiven Kürschner Pons-Silva angefertigt worden war. Arnie Kaplan, der Majordomus des Hauses, gab mir widerwillig Einsicht in seine Bücher, und ich stellte fest, daß der Käufer Egon Ferrin gewesen war.

Um ehrlich zu sein, der erste Ermittlungsbeamte von der Metropolitan Police hatte das auch schon ausgegraben und sogar mit Ferrin gesprochen. Es hatte alles eine plausible Erklärung gefunden. Ferrin hatte Susan Blauwitz den Mantel als Dank für ihre Dienste in der Maklerfirma geschenkt. Was die Polizei versäumt hatte herauszufinden, war, daß Susan diese Dienste auch in ihrem schmucken Einzimmerapartment in Tudor City geleistet hatte, das von einer der Immobilienfirmen Ferrins vermietet wurde. Noch faszinierender war die Tatsache, daß die vorhergehende Mieterin unter tragischen Umständen ihr Leben verloren hatte. Ihr Name war Kimberly Kane, und nun raten Sie mal! Sie besaß einen Zobelmantel von Pons-Silva. Manche Frauen ziehen Zobel Nerz vor. Das ist Geschmackssache.

Es war nicht der Pelzmantel, der mich zu Fawn Desmond führte, sondern ein Auto. Einer meiner Freunde beim Verkehrsregister, der wußte, daß ich die Egon-Ferrin-Schiene verfolgte, blieb eines Tages an meinem Schreibtisch stehen und legte mir eine vier Jahre alte Akte mit der Aufschrift DESMOND hin. Er dachte, was mich vielleicht interessieren könnte, wäre die Zulassung des Fahrzeugs, das in den Major-Deegan-Unfall verwickelt gewesen war. Es war ein Porsche aus zweiter Hand, und der ursprüngliche Besitzer war Mr. Ferrin gewesen.

Da saß ich nun und grübelte über drei, vielleicht sogar vier junge Frauen nach, die möglicherweise alle die Geliebte des gleichen Mannes gewesen waren. Wenn das nur ein zufälliges Zusammentreffen war, dann eines von der Sorte, die einem Bullen nachts den Schlaf raubt.

Und über noch etwas mußte ich nachgrübeln. Als die vier Opfer starben, war der Immobilienmagnat jedesmal weit ab vom Schuß. Er war unten in Australien, als Zorina umkam. Er war in Zürich, als Fawn Desmond in den Trümmern ihres gebrauchten Porsche starb. Er war in der Karibik, als man Kimberly Kanes Leiche fand, und in Santa Fe, als Susan Blauwitz vom Erdboden verschwand.

Mal hier, mal dort, nie am Tatort.

Eine Weile zog ich die Möglichkeit eines gedungenen Mörders in Betracht, aber je länger ich darüber nachdachte, desto unwahrscheinlicher kam sie mir vor. Angenommen, Ferrin war *kein* psychopathischer Killer, was für einen praktischen Grund könnte er dann haben, alle diese hübschen Mädchen mit kalkulierter Brutalität aus seinem Leben zu entfernen?

Und da kam mir die Idee. Eine »Theorie« konnte ich es kaum nennen, denn ich hatte keinerlei Beweise, mit denen ich sie hätte untermauern können. Und ich war auch nicht so dumm, irgend jemandem in der Abteilung davon zu erzählen, besonders nicht Captain Finegold. Es war die Art von Idee, die man nur präsentieren konnte, wenn sie gut in Beweise verpackt war.

Einem Menschen wollte ich sie aber doch verraten. Ich rief Dora Belmont an und lud sie zum Mittagessen im *Patron* ein.

Vielleicht kennen Sie das Restaurant. Es ist gleich bei der Trinity Church um die Ecke. Eine Messingtafel an der Tür datiert seinen Ursprung bis in die Tage der Revolution zurück. Das halte ich für unwahrscheinlich. Aber es hat ein nützliches Charakteristikum. Die Tische im amerikanischen Kolonialstil stehen weit auseinander, und es gibt ein halbes Dutzend Nischen, die praktisch schalldicht sind. So etwas brauchte ich, um mit Dora über jene vier toten Frauen zu reden – und darüber, was ich von Dora wollte.

Ich war vor ihr da und konnte sie ausgiebig betrachten, als sie die geätzte Glastür aufstieß und den Sitz ihres eleganten, pelzbesetzten Mantels überprüfte. Sie trug ihr Haar kurz und ihr Kleid lang. Es war konservativ im

Schnitt, ohne Dekolleté. Das war nicht die Dora, die ich kannte, aber sie war jetzt sogar noch schöner als früher, zur Zeit ihrer auffällig zur Schau getragenen Sinnlichkeit. Wer sagt, daß die Menschen sich nicht ändern? Sie hätten Dora Belmont vor acht Jahren sehen sollen, als sie sich noch Doreen nannte und niemals weniger als fünfhundert pro Nummer verdiente.

Es war keine Anklage wegen Prostitution, die uns zusammengebracht hatte – es war die Bestechungsaffäre um einen korrupten Polizisten namens Smalley. Ich arbeitete damals in der Abteilung für innere Angelegenheiten, und mir gefiel die Arbeit überhaupt nicht. Aber es bereitete mir großes Vergnügen, Smalley abzuschießen, als er Doreen verprügelte, weil sie ihre wöchentlichen Schmiergelder nicht bezahlt hatte.

Dora schob keine Nummern mehr. Sie sagte, sie sei zu alt, obwohl sie kaum über dreißig war und jünger aussah. Sie arbeitete in einem exklusiven Warenhaus und wartete darauf, wie sie offen zugab, daß ein unverheirateter Millionär daherkäme und sie bemerkte. Aber es war noch keiner gekommen. Sie gehörte zu den Frauen, die davon reden, daß ihre biologische Uhr abläuft, aber es war dennoch schwierig, sie sich als Mutter vorzustellen. Trotz ihrer einfachen Frisur und ihrer schlichten Garderobe war etwas bemerkenswert Sinnliches an Dora Belmont. Blicke folgten ihr bis zu meinem Tisch.

Sie gab mir einen keuschen Kuß auf die Backe. Mir wurde immer ganz wehmütig ums Herz, wenn mir die väterliche Rolle bewußt wurde, die ich in ihrem Leben inzwischen spielte. Aber Dora freute sich jedesmal, mich zu sehen, und übertrieb sehr, was ihre Dankesschuld mir gegenüber anbetraf. Ich fragte mich, wie sie wohl reagieren würde, wenn sie begriff, daß dies der Tag war, an dem ich ihre Schulden von ihr einfordern würde.

Zorina MacLevys Name fiel, noch ehe wir unsere Bloody Marys bestellt hatten – vielmehr eine Bloody Mary und einen einfachen Tomatensaft. Ich trinke nicht im Dienst, und das war ein Wink für Dora, daß es sich um ein Geschäftsessen handelte.

»Was bringt dich darauf, daß ich irgendwas über Zorina weiß?« fragte sie und zog ihre vollkommen geformte Nase kraus. »Ich hab ihr schließlich nur mal ein paar Sonya Rykiels verkauft.«

»Ich wußte gar nicht mal, daß du sie kennst.«

»Sie kam eines Vormittags rein zu Bergy und kaufte alles, was sie sah. Sie muß in einer halben Stunde fünfzehntausend Dollar ausgegeben haben, aber ich nehme an, er konnte es sich leisten.«

»Du hast ›er‹ gesagt.«

»Also komm«, lachte Dora, »du weißt ganz genau, wer die Rechnung bezahlt hat. Und laß dir eins sagen, du Safttrinker, Egon Ferrin hat dem armen Mädchen keinen Gifttrank untergejubelt. Ich weiß, du glaubst das, aber es stimmt einfach nicht.«

Es hat mich immer wieder überrascht, wie gut mich Dora kennt. Vielleicht bin ich leichter zu durchschauen, als ich annehme. Ich lächelte und stellte ihre Intuition ein weiteres Mal auf die Probe.

»Na schön«, sagte ich, »warum bist du so sicher, daß er unschuldig ist? Weil er nicht in der Stadt war, als sie starb?«

»Nein«, entgegnete Dora mit der Andeutung eines Schmollmunds. »Weil er so ein nettes Gesicht hat.«

Gegen diese Logik war nichts zu machen. Also versuchte ich es mit einer anderen. Ich erzählte Dora von Fawn Desmond. Ich erzählte ihr von Kimberly Kane. Ich erzählte ihr von der verschwundenen und vermutlich toten Susan Blauwitz. Mit nicht geringer Befriedigung sah ich, wie sich ihre gezupften Augenbrauen aufeinander zubewegten. Sie zerknüllte ihre Papierserviette und sagte dann:

»Ich kann es immer noch nicht glauben. Ich weiß, er ist reich, und deshalb denkt natürlich jeder, daß er auch ein mieses Schwein sein muß. Aber immer, wenn ich den Typ gesehen habe, hat er sich wie ein... Gentleman benommen.« Sie sprach das Wort ehrfürchtig aus.

»Ich hab ja auch nicht das Gegenteil behauptet«, sagte ich. »Und ich hab auch nicht unterstellt, er sei ein Mörder. Ehrlich gesagt glaube ich überhaupt nicht, daß Ferrin etwas mit diesen Todesfällen zu tun hatte. Ich glaube, er war genauso entsetzt und überrascht wie alle anderen auch – wahrscheinlich sogar noch mehr. Ich frage mich einfach nur, ob ihm schon mal derselbe Gedanke durch den Kopf gegangen ist wie mir.«

»Was für ein Gedanke?«

Obwohl niemand uns hätte hören können, senkte ich die Stimme.

»Daß seine Frau sie umgebracht hat.«

Der Zeitpunkt war ungünstig gewählt. Doras Hand zitterte heftig, und unglücklicherweise war es die Hand, in der sie ihre Bloody Mary hielt. Mein Hemd veränderte seine Farbe, aber mir war das ziemlich egal. Seit meiner Scheidung vor fünf Jahren gab es zu Hause niemanden mehr, der sich darüber beschwert hätte, wie ich meine Sachen versaute. Oder auch mein Leben.

»Nein, ich habe Mrs. Ferrin selbst nie gesehen«, sagte

ich. »Nur Bilder von ihr. Sie erinnert mich immer an die alte Redensart, daß eine Frau weder zu reich noch zu dünn sein kann. Also, was mich angeht, ich finde sie zu dünn. Ob zu reich, wüßte ich nicht zu sagen.«

»Es war ihr Geld, mit dem er angefangen hat«, sagte Dora und tupfte mit ihrer Serviette an meinem Hemd herum. »Das habe ich in *People* gelesen. Sie hat ihn in das Immobiliengeschäft ihres Vaters genommen, aber alles übrige hat er selbst gemacht.«

»Beinahe ein Selfmademan.«

»Er muß ihr dankbar gewesen sein. Das ist der Grund, warum er all die Jahre bei ihr geblieben ist.«

»Bei ihr und mindestens vier Geliebten.«

»Männer wie er brauchen eine Kleinigkeit zwischendurch«, sagte Dora kühl.

»Würdest du das auch sagen, wenn er *dein* Mann wäre?«

»Wenn er mein Mann wäre, dann brauchte er nichts zwischendurch.« Sie lächelte. »Ich bin ein zu gutes Hauptgericht.«

»Ja«, sagte ich. »Genau das denke ich auch.«

Aber ich wartete, bis wir unser eigenes Hauptgericht hatten (ich aß den Hühnersalat, wie üblich), bevor ich ihr meine durchaus noch auf wackeligen Füßen stehende Theorie skizzierte. Ich führte aus, daß Sandra Ferrin ihren Mann niemals auf seinen Geschäftsreisen um den Erdball begleite. Sie sei immer zu Hause, und es sei denkbar, daß sie seine Abwesenheit ausnutze, um sich mit seinem jeweiligen Zwischengericht zu treffen.

»Nimm zum Beispiel Zorina«, sagte ich. »Warum könnte Mrs. Ferrin sie nicht einfach anrufen und ihr einen diskreten Lunch vorgeschlagen haben? Vielleicht sogar in ihrem eigenen Stadthaus? Sicher, Zorina mag vor einem Zusammentreffen zurückgescheut sein, aber sie könnte auch Angst gehabt haben, die Einladung abzulehnen. Also geht Zorina zum Lunch, um sich mit der Frau ihres Freundes zu treffen und um zu hören, was diese ihr zu sagen hat. Sie rechnet mit Drohungen, mit gutem Zureden, weiß der Himmel, womit alles . . . Aber sie rechnet nicht mit dem, was sie dann kriegt.«

»Gift?« stieß Dora hervor.

»Ich war in der letzten Zeit häufig mit Gerichtsmedizinern zusammen, also den Leuten, die versuchen herauszubekommen, woran die Opfer gestorben sind. Sie waren sich einig, daß Zorina aller Wahrscheinlichkeit nach mit etwas umgebracht worden ist, das man Helvella-Säure nennt. Oder vielleicht mit Amanitin, auch unter dem Namen ›Todesengel‹ bekannt.«

Dora überlief ein Zittern.

»Was ist denn das alles? Wo kommt das her?«

»Pilze«, sagte ich. »Giftpilze. Eins der ältesten Gifte, die es gibt, und vielleicht am leichtesten beizubringen. Man kann sie trocknen und zerkleinern und ins Essen und Trinken mischen. Sie zerstören lebenswichtige Organe, aber es dauert einige Stunden, bis die Wirkung spürbar ist.«

»O mein Gott«, sagte Dora und stocherte in ihrem Salat herum. Er enthielt nichts außer frischem Grünzeug.

»Das gleiche Gericht könnte Fawn Desmond vorgesetzt bekommen haben. Sie könnte zum Beispiel in das Haus der Ferrins in Greenwich zum Essen eingeladen worden sein. Bei ihrem Aufbruch hätte sie noch nichts gemerkt, sie hätte sich in ihren kleinen Zweisitzer gesetzt und wäre zurück in die Stadt gefahren. Aber dann, unterwegs, hätten die Schmerzen eingesetzt, mit so heftigen Krämpfen, daß sie die Kontrolle über das Lenkrad verlor.«

»Mir wird auch gleich schlecht«, sagte Dora, aber ich bemerkte, daß sie ruhig weiteraß.

»Was Kimberly Kane angeht, so kann der Leichenbeschauer das Vorhandensein des Giftpilzes leicht übersehen haben, angesichts all des Alkohols und der Barbiturate, die die Frau regelmäßig zu sich genommen hatte... Aber frag mich nicht nach Susan Blauwitz. Ich bin überzeugt davon, daß die Frau tot ist, mehr kann ich nicht sagen. Vielleicht liegt sie ja auf dem Grund des East River oder in einem der Teiche auf Mrs. Ferrins Landsitz, was weiß ich.«

Dora legte die Gabel hin. Nicht, weil meine Ausführungen sie beeindruckt hatten, sondern weil ihr Teller leer war. Sie sah mich voll an und fragte:

»Was soll das alles, Dukey?« (Ich sag's nicht gern, aber das war ihr Spitzname für mich, weil ich mit Nachnamen Duke heiße.) »Was hat das alles mit mir zu tun? Warum gehst du nicht einfach hin und nimmst die Frau fest?«

»Weil ich dann eins über die Rübe kriegen würde«, sagte ich gequält. »Weil ich von dem, was ich eben gesagt habe, nicht ein einziges Wort beweisen kann. Ich kann nicht beweisen, daß sich Sandra Ferrin jemals mit diesen Frauen getroffen hat, daß sie ihnen jemals etwas zu essen vorgesetzt hat oder daß sie ihren Mahlzeiten jemals Giftpilze beigemischt hat. Ich glaube einfach, daß es so ist, Dora. Ich glaube, daß sie ihre Ehe verteidigt, indem sie schlicht und einfach mordet. Was weiß ich, vielleicht hat sie ja schon ein Dutzend Frauen umgebracht, seit ihr Mann fremdgeht. Und es gibt keinen Grund anzunehmen, daß sie bei Zorina MacLevy aufhören wird.«

»So, und jetzt beantworte meine erste Frage«, sagte Dora fest. »Was hat das alles mit mir zu tun?«

»Ich brauche jemanden, der mir hilft, es zu beweisen.

Ich brauche jemanden, Dora. So, wie Egon Ferrin bestimmt jemand neuen in *seinem* Leben braucht.«

Eine lange Leitung konnte man Dora Belmont nicht vorwerfen. Sie begriff augenblicklich, worauf ich aus war, und es sprach für sie, daß sie nichts von »Köder« oder »den Kopf in die Schlinge stecken« sagte, oder was sich sonst noch so anbietet. Sie fragte bloß:

»Warum läßt du es nicht eine Polizistin machen?«

»Doreen, mein Schatz«, sagte ich und benutzte absichtlich ihren alten Namen, »es gibt keine Polizistinnen, die so aussehen wie du.«

Ich gebe zu, es war dick aufgetragen, aber Schmeichelei war vermutlich die einzige wirkungsvolle Waffe, die ich besaß. Dora fuhr mit der Zunge über ihre Oberlippe und sah mich nachdenklich an. Statt der langen Litanei von Einwänden, die ich zu hören erwartete, fragte sie:

»Wie könnte ich an den Mann denn überhaupt rankommen?«

Dankbar atmete ich aus.

»Ich glaube, ich habe da eine Idee.«

Von hier an muß ich das, was sich zwischen Dora Belmont und Egon Ferrin ereignete, rekonstruieren.

Meine Idee stellte sich als durchführbar heraus. Am nächsten Vormittag rief Dora sein Büro an und schaffte es, eine Barrikade aus drei Sekretärinnen zu überwinden. Sie sagte, es handele sich um sein privates Kundenkonto in ihrem Haus und sie sei keinesfalls gewillt, mit irgend jemand anderem als Mr. Ferrin darüber zu sprechen. Zuerst war Ferrin ärgerlich, aber als er Dora hörte, erkannte er, daß Diskretion die Triebfeder ihres Anrufs war. Es ging um einige teure Kleider, die in seinem Namen bestellt,

aber dann nicht abgeholt worden waren. Der Geschäfts-
führer wollte sie an seine Privatadresse schicken, aber sie,
Dora, dachte, er wünsche vielleicht, daß mit den Sachen
anders verfahren werden sollte. Ferrin sagte, das sei durchaus möglich, und schlug vor, gegen Mittag mal vorbeizu-
kommen.

War Ferrin anfänglich von ihrem Takt beeindruckt, so
war er dann von ihrer Erscheinung noch viel beeindruck-
ter. Während sie ihm die verschiedenen Möglichkeiten
erläuterte, die er hinsichtlich der Kleider hatte, blickte er
ihr tief in ihre meergrünen Augen und bewunderte ihre
porzellanzarte Haut. Während sie die Transaktion zum
Abschluß brachte, beobachtete er die Bewegungen ihres
Körpers. Als alles zu seiner Zufriedenheit erledigt worden war, wozu sie bis weit in ihre Mittagspause hinein
gebraucht hatte, fand Ferrin, daß sie eine Belohnung
verdient habe. Er ging mit ihr in ein ruhiges Restaurant,
wo man ihn kannte, schätzte und verstand. Er bestellte
Austern.

Ich hatte niemals daran gezweifelt, daß ein Schürzen-
jäger wie Egon Ferrin auf eine Frau wie Dora Belmont
positiv reagieren würde. Sie erwischte ihn in einer Zeit der
Entbehrung. Er brauchte die Schmeicheleien einer schönen Frau. Er brauchte diese meergrünen Augen, die seinen
Blick gefangen hielten und in denen ein stilles Versprechen
zukünftiger Intimitäten lag. Dora war viel zu gewitzt, um
sich einer aggressiven Taktik zu bedienen. Sie gab sich
scheu, zögernd, vielleicht sogar spröde. Ich weiß es nicht.
Ich war nicht dabei. Ich weiß nur, daß er sie an jenem
Abend noch spät anrief und sie fragte, ob sie tatsächlich
noch nie in ihrem Leben auf einem Segelboot gewesen sei.
(Irgendwie waren sie beim Mittagessen auf dieses Thema

zu sprechen gekommen.) Wehmütig versicherte ihm Dora, daß dem so sei. Egon bot ihr an, ihr zu dieser Erfahrung zu verhelfen. Er sagte, daß am Flughafen ein Ticket für sie bereitliege und in einem kleinen Hotel in Bar Harbour ein Zimmer für sie reserviert sei. Ihre weiteren Instruktionen würde sie bei der Ankunft erhalten. Dora war hingerissen. Es sei, als befände man sich mitten in einem Spionageroman, sagte sie. Ich hoffte zwar, daß es sich als Kriminalroman herausstellen würde, aber das behielt ich für mich.

Es dauerte fast drei Wochen, bis ich wieder etwas von Dora hörte, und es war eine sorgenvolle, frustrierende Zeit. Colby, einer der mit dem MacLevy-Fall befaßten Kriminalbeamten, präsentierte einen Verdächtigen namens Bob Lowey, der Zorinas Freund gewesen war, bevor sie ihre Liaison mit Ferrin angefangen hatte. Ehrlich gesagt beunruhigte mich die Möglichkeit, daß Lowey in Wirklichkeit der Schuldige war, sehr. Manches sprach dafür. Er war Biologe und arbeitete in einem Labor im Zentrum, also durchaus jemand, der wissen konnte, wie man an giftige Substanzen kam. Bei dem Gedanken an Colbys selbstzufriedenes Lächeln, wenn sich herausstellte, daß ich die falsche und er die richtige Lösung hatte, wurde mir ganz anders. Am allerschlimmsten wäre, wenn wir gar beide recht hätten. Was, wenn Lowey noch vor Ferrins Frau Ferrins Geliebte erwischt hätte? Würde Lowey angeklagt, hätte Mrs. Egon Ferrin freie Hand, sich der neuesten Liebschaft ihres Mannes zu entledigen. Und das, ihren Fortschritten nach zu urteilen, wäre dann Dora Belmont.

Ich erfuhr von diesen Fortschritten am selben Tisch im selben Restaurant. Dora kam hereingerauscht und sah wieder viel mehr wie früher aus. Ihr langer Pelzmantel schleifte fast auf dem Boden. Ich konnte zwar das Etikett nicht sehen, aber ich hätte gewettet, daß es den Namenszug von Pons-Silva trug.

Dora glühte vor Aufregung, und ihre Augen strahlten noch mehr als sonst. Ich konnte auf den ersten Blick erkennen, daß der erste Teil meines Plans geklappt hatte. Nicht ganz so offensichtlich war, daß wir bereits Stufe zwei erreicht hatten.

»Sie hat mich angerufen«, sagte Dora ohne Umschweife.

»Sie?«

»Mrs. Sandra Trowbridge Ferrin.«

Sie sagte kein Wort mehr, bis sie ihren Drink hatte. Keine Bloody Mary diesmal, sondern einen Martini. Der wirkte schneller.

»So hat sie sich vorgestellt«, sagte Dora. »Am Telefon. Mit vollem Namen. Hast du jemals ihre Stimme gehört? Wie eine Rasierklinge. Eine Klinge, die zu oft benutzt worden ist. Sie hat mir einen Schauer über den Rücken gejagt.«

»Mein Gott!« sagte ich. »Soll das heißen, daß sie schon über dich ... und ihren Mann Bescheid weiß?«

»Willst du meine Meinung hören? Ich glaube, diese Frau weiß sogar, wann ihr Mann niest. Ich glaube, sie läßt den armen Kerl nicht eine Minute des Tages aus den Augen. Oder sie läßt ihn beobachten. Zum Beispiel von diesem neuen Chauffeur, den er hat. Ich glaube, der spioniert für Mrs. Sandra Trowbridge Ferrin.«

»Ja, und was hat sie gesagt?«

»Sie schlug vor, daß wir uns einmal privat unterhalten sollten. Sie sagte, es würde ›zu meinem Vorteil‹ sein. Ich habe diesen Satz nicht mehr gehört, seit ich im Fernsehen *Treppauf, treppab* gesehen habe.«

Ich legte meine Hand auf die ihre. Ihre Finger waren eiskalt.

»Vielleicht hätte ich nach dem, was du mir erzählt hast, mit ihrem Anruf rechnen sollen. Ich meine, es paßt alles zusammen.«

»Was paßt zusammen?«

»Egon verläßt die Stadt. Heute abend. Er fährt zu einer Direktorenkonferenz in Atlanta. Sie hat mich zum Mittagessen eingeladen, Dukey. Hörst du, was ich sage? Zum Mittagessen!«

Ich versuchte, ruhig auszusehen, was ich nicht war. »Mittagessen wo?« fragte ich. »In einem Restaurant?«

»Nein, bei ihr zu Hause. In ihrem Stadthaus in der 65. Straße. Sie sagte, wir könnten uns dort ungezwungener unterhalten. Fragte, ob mir ein leichtes Mittagessen recht sei. Etwas Einfaches. Wie Suppe. Oder ein Sandwich. Vielleicht ein kleiner Salat.«

Mit einer ruckartigen Bewegung zog sie ihre Hand unter der meinen weg...

»Ganz ruhig«, sagte ich sacht. »Es wird dir nichts passieren. Das habe ich dir von Anfang an gesagt. Alles, was ich von dir will, ist der Beweis, falls es einen gibt.«

»Zum Beispiel meine Leiche, meinst du das?«

»Du wirst nichts von dem essen, was diese Frau dir vorsetzt«, erwiderte ich. »Du wirst dich plötzlich elend fühlen und sie um ein Glas Wasser bitten, ein Aspirin, irgendwas, um sie aus dem Zimmer zu kriegen. Wenn sie hinausgeht, wirst du Proben von dem Essen in einen Plastikbehälter in deiner Handtasche schmuggeln.«

»Und was, wenn sie mir das Wasser nicht selbst holt? Sie

könnte jemanden von ihren Hausangestellten schicken. Sie hat bestimmt jede Menge.«

»Für den Fall müssen wir einen Plan B bereithalten. Aber ich bezweifle, daß sie das tut, Dora. Ich glaube nicht, daß Mrs. Ferrin bei diesem intimen Gespräch überall Dienstboten herumstehen haben will. Ich denke, ihr werdet allein sein.«

»Mein Gott, wie ich sie hasse!« sagte Dora mit zusammengekniffenen Augen. »Ich habe die Frau nie gesehen, aber ich hasse sie. Was sie diesem netten Mann damit angetan hat, daß sie ihn an der Leine hält wie einen jungen Hund!«

»Du solltest sie nicht hassen«, sagte ich, »du solltest sie fürchten. Wenn dir die Situation über den Kopf wächst, sieh einfach zu, daß du da rauskommst. Geh einfach, auch wenn du die Essensproben nicht einsammeln kannst.«

»Dann erwischt sie mich auf irgendeine andere Weise«, sagte Dora unglücklich. »Schickt mir vergiftete Pralinen oder so was. Ich bin schrecklich vernascht, Dukey. Nie wieder im Leben werde ich unbesorgt Pralinen oder Sandwiches oder Salat essen können.«

»Wir werden ihrem Treiben ein Ende machen«, sagte ich fest. »Das ist ein Versprechen. Wir werden dafür sorgen, daß es ein Ende hat und daß sie ins Gefängnis kommt.«

»Und der gute, alte, treue Egon wird zu ihr stehen«, sagte Dora düster. »Er ist ja so ein Baby.«

Als ich an jenem Nachmittag ins Präsidium zurückkehrte, wartete dort eine gute (schlechte?) Nachricht auf mich. Detective Colby war in schwärzester Stimmung. Drei Zeugen hatten gerade Bob Loweys Alibi für die Zeit von Zorina MacLevys Tod erhärtet. Der einzige Verdächtige weit und breit war entlastet. Der Fall war noch immer völlig ungelöst und meine Theorie noch immer nicht gestorben. Die Frage war bloß: Würde man das auch von Dora Belmont nach ihrem Zusammentreffen mit der reichen, dünnen, übelwollenden Sandra Trowbridge Ferrin sagen können?

Je näher der Termin jenes Mittagessens rückte, desto größere Sorgen machte ich mir. Dora hatte sich für Donnerstag verabredet, so daß ich sechsunddreißig Stunden Zeit hatte, um die ganze Idee zu bereuen. Dora gab sich munter und mutig, aber schließlich wußte ich nicht das geringste über Mrs. Ferrins Befähigung zum Bösen. Wenn meine Theorie stimmte, dann hatte sie vier oder mehr Morde verübt, ohne den leisesten Verdacht auf sich zu lenken. Wie konnte ich sicher sein, daß es ihr nicht wieder gelingen würde, selbst wenn alle nur denkbaren Vorsichtsmaßnahmen getroffen wurden? Wenn sich Dora einfach weigerte, Mrs. Ferrins Lunch zu essen – würde die Lady dann auch einen Plan B bereithalten? Lucrezia Borgia würde das bestimmt.

Am Mittwoch war ich soweit, daß ich die ganze Sache abblasen wollte. Kurz vor der Mittagszeit begab ich mich zu Doras Kaufhaus in der Fifth Avenue, und das, was ich Dora sagen wollte, ging mir unaufhörlich durch den Kopf wie ein sich endlos wiederholendes Tonband. Ich würde sie auffordern, die Verabredung zum Lunch abzusagen. Und was noch wichtiger war, ich würde sie bitten, Egon Ferrin ade zu sagen, um damit jeder Gefahr aus dem Weg zu gehen.

Ich nahm an, Dora würde erleichtert aufatmen, aber kaum hatte ich den Fahrstuhl verlassen und war in die gedämpfte Atmosphäre des fünften Stockwerks eingetaucht, da wußte ich, daß ich mich geirrt hatte. Direkt vor mir, geistesabwesend einen Ständer mit Designermodellen durchsehend, stand Egon Ferrin in Person. Er war kleiner, als ich ihn mir vorgestellt hatte. Außerdem bekam er eine Glatze und war ein wenig dicklich. Er entsprach überhaupt nicht meinem Bild von einem dynamischen Unternehmer. Aber in seinem Gesicht lag der sehnsüchtige Ausdruck eines kleinen Jungen, und davon mußte sich Dora angezogen gefühlt haben. Das wurde mir klar, als sie plötzlich hinter ihm auftauchte und dieses Gesicht mit ihren beiden Händen berührte. Ferrin drehte sich um und blickte dann schnell in die Runde. Doch mich, ihren einzigen Beobachter, sah er nicht. Dann nahm er Dora in die Arme, und sie küßten sich.

Als sie sich voneinander lösten, sah ich den feuchten Glanz in Doras Augen. Da wußte ich, daß ich sie auf keine Weise würde dazu bringen können, ihm auf immer Lebewohl zu sagen. Ich machte kehrt und fuhr wieder hinab.

Am Donnerstag morgen wachte ich nach einer Nacht voller schlechter Träume auf und hatte eine Eingebung. Ich rief Dora bei sich zu Hause an – sie wohnte inzwischen in Tudor City – und teilte ihr meinen neuen Plan mit.

»Laß das mal mit dem Glas Wasser oder dem Aspirin. Ich habe eine bessere Idee, wie wir sie aus dem Zimmer kriegen.«

»Nämlich?«

»Ich rufe an. Gleich nachdem sie das Essen aufgetragen hat.«

»Woher willst du wissen, wann das ist?«

»Von dir«, sagte ich. »Das Stadthaus hat nach vorne große Fenster, eins im Wohnzimmer und eins im Eßzimmer – in einem von beiden muß das Mittagessen stattfinden. Wenn es aufgetragen ist, gehst du zum Fenster und siehst hinaus. Du kannst ja eine Bemerkung übers Wetter machen. Oder sonst was. Ich parke auf der anderen Straßenseite. Wenn ich dich am Fenster sehe, rufe ich von der Telefonzelle an der Ecke an.«

»Wahrscheinlich gibt es einen Apparat direkt im Zimmer.«

»Ich werde mich als Polizeibeamter zu erkennen geben. Ich werde Mrs. Ferrin sagen, daß der Anruf vertraulich ist und daß ich mit ihr privat sprechen muß. Dann geht sie bestimmt hinaus.«

»Und wenn nicht?« fragte Dora.

»Dann vergiß das Ganze«, sagte ich kategorisch. »Wenn irgend etwas schiefgeht, dann laß die Finger von der Sache. Sag, dir sei schlecht und du könntest nichts essen. Steh auf und geh. Riskiere nichts, Dora, das ist es nicht wert.«

»Wirklich nicht?« sagte sie. Ihr Tonfall hatte etwas Trauriges. Ich versuchte, nicht darüber nachzudenken.

Auf der 65. Straße durfte man abwechselnd nur auf der linken oder der rechten Seite parken. Glücklicherweise war der Donnerstag ein Tag, an dem die Straßenseite dem Haus der Ferrins gegenüber leer war. Um halb zwölf parkte ich dort meinen Wagen, holte eine Straßenkarte aus dem Handschuhfach und studierte sie wie ein Zivilist, der nach einem Weg aus der Stadt sucht.

Um Viertel vor zwölf kam eine Frau mittleren Alters mit leichenblasser Gesichtsfarbe aus dem Haus. Von früheren Überwachungen her wußte ich, daß sie Frieda hieß und die Köchin der Ferrins war. Sie ging weg, und ich betete, daß Mrs. Ferrin ihre anderen Hausangestellten auch fortgeschickt hatte.

Fünf Minuten nach zwölf hielt Doras Taxi vor dem

Haus. Den Pelzmantel hatte sie nicht an. Sie lief schnell die Sandsteinstufen hinauf und schenkte meinem geparkten Auto kaum Beachtung. Sie machte keinen nervösen Eindruck. Aber ich konnte ja auch ihr Gesicht nicht sehen. Hätte sie meins gesehen, dann hätte sie gewußt, daß ich genug Angst für uns beide hatte.

Ich hatte den Rückspiegel so eingestellt, daß ich die Haustür im Blick behalten konnte. Ich stieß hörbar den Atem aus, als auf Doras Klingeln hin eine dünne Frau in einem strengen, grauen Kleid die Tür öffnete. Selbst in dem schmalen Rückspiegel erkannte ich sie auf Grund ihrer Fotos in der Zeitschrift *W* wieder. Es war Sandra Trowbridge Ferrin. Das schien meine Vermutung zu bestätigen, daß das Stadthaus dienstbotenlos war und dieses Mittagessen streng *à deux*.

Dann verschwand Dora im Haus, und ich blieb mit meiner Besorgnis allein zurück.

Tja, jetzt wollen Sie wahrscheinlich wissen, was da in dem Haus vor sich gegangen ist, was die Ehefrau zur Geliebten und die Geliebte zur Ehefrau gesagt hat. Ich werde versuchen, die Vorgänge nach den Erzählungen Doras so gut ich kann zu rekonstruieren.

»Nett von Ihnen, daß Sie gekommen sind«, sagte Mrs. Ferrin mit einer Stimme aus Mattglas. »Wie ich höre, verstehen Sie sehr viel von Mode...«

»Haben Sie mich deshalb zum Lunch eingeladen, Mrs. Ferrin?«

Die Frau entblößte ihre teuren Zähne in einem Lächeln. »Nein, natürlich nicht. Ich bin sicher, Sie wissen, warum ich Sie hergebeten habe. Damit wir unser gemeinsames Problem besprechen können.«

»Und was für ein Problem wäre das?«

»Vielleicht sollte ich ›gemeinsames Interesse‹ sagen«, korrigierte sich Mrs. Ferrin. »Aber wollen wir uns nicht setzen und es uns gemütlich machen? Ich dachte, wir essen hier im Wohnzimmer. Dummerweise haben heute alle meine Angestellten frei. Also muß ich mich ums Essen kümmern.«

»Kann ich Ihnen irgend etwas helfen?«

»Aber nein. Frieda hat schon alles vorbereitet. Ich brauche es nur noch hereinzubringen. Möchten Sie gern vorher etwas trinken?«

»Nein, danke«, sagte Dora.

»Ich bin gleich wieder da«, lächelte Mrs. Ferrin und ging hinaus.

Es war alles so »banal«. Das war Doras Wort für ihre ersten fünf Minuten im Stadthaus der Ferrins. Falls in dem flachen Brustkorb der Lady wütende Flammen loderten, so ließ sie davon doch keinen Funken sehen. Falls tatsächlich ein Mord verübt werden sollte ... Nun, da war nur das Lunchtablett, das die Frau hereinbrachte. Ein kleines Tablett, aus massivem Silber zweifellos, mit zwei Tellern aus Limoges, auf denen sich ein leckerer Salat türmte. Dora analysierte ihn mit ihren Blicken. Da waren blaßgrüne Arugolatriebe. Da waren dünne Chicoréestückchen. Eine Spur von Brunnenkresse, ein paar Salatblätter, gewürfelte Tomaten, Schalotten und kleingehackte Champignons. Die Salatsoße roch nach Olivenöl und Balsamico.

Als Mrs. Ferrin die Teller auf den Couchtisch stellte, wußte Dora, daß es Zeit war, zum Fenster zu gehen und eine Bemerkung übers Wetter zu machen. Aber ihre Füße auf dem dicken Teppich waren wie angenagelt. Sie fühlte sich wie gelähmt und konnte einfach nichts tun. Als Mrs. Ferrin sie aufforderte, sich zu setzen, sah sie sie verständnislos an und ließ sich dann in den Louis-XIV-Sessel fallen, auf den Mrs. Ferrin gewiesen hatte. Als ihr klar wurde, daß sie meinen Plan außer Kraft gesetzt hatte, wurde sie von Panik erfaßt, aber es war ganz unmöglich, aufzustehen und zum Fenster zu gehen, um mir das Signal zu geben, auf das ich wartete.

Und da stand der Salat.

»Ich hoffe, Sie mögen ihn«, sagte Mrs. Ferrin und wikkelte sich bereits ein Arugolablatt um die Gabel. »Frieda ist, was Salate und Suppen anbetrifft, nicht sehr einfallsreich, aber ihre Braten und ihre Kartoffeln sind phantastisch. Für Egon brauchte es eigentlich nur Fleisch und Kartoffeln zu geben. Ist Ihnen das auch schon aufgefallen?«

»Nein«, sagte Dora. »Eigentlich nicht.«

»Er ist ein furchtbar schwieriger Esser«, sagte Mrs. Ferrin lächelnd. »Aber er hat seine Lieblingsrestaurants, und dort kennen sie alle seine Eigenheiten. Bestimmt waren Sie schon im *Citadel* und im *Angela Park* und all den anderen verschwiegenen kleinen Restaurants, in die er so gerne geht. Jedenfalls, wenn ich nicht dabei bin. Ich nehme an, man könnte sie die Restaurants ›der anderen‹ nennen. Aber Sie essen ja gar nicht Ihren Salat, Miss Belmont!«

»Um ehrlich zu sein, ich bin nicht besonders hungrig«, sagte Dora.

»Nein, natürlich nicht. Weil Sie nervös sind. Sie erwarten, daß ich unangenehm werde, nicht wahr? Daß ich jeden Augenblick die Maske der Freundlichkeit fallen lasse und Sie mit gehässigen Anschuldigungen überhäufe.« Sie lachte leicht. »Bitte seien Sie ganz unbesorgt, Miss Belmont. Ich habe nichts dergleichen vor. Ich dachte einfach nur, es wäre besser, wenn wir uns kennenlernten.

Besser für uns und besser für den armen Egon. Sie müssen den Salat wirklich versuchen. Er ist ausgezeichnet.«

Dora griff zu ihrer Gabel, da klingelte das Telefon.

Sagen Sie nicht, daß es keine Vorsehung gibt. Das Telefon klingelte, und Mrs. Ferrin nahm den Hörer ab. Ihr Mann war am Apparat – er rief pflichtbewußt aus Atlanta an, wie er es versprochen hatte, und es war ihr offensichtlich unangenehm, vor seiner Geliebten mit ihm zu sprechen. Oder vor einer Frau, die sie zu ermorden gedachte.

»Entschuldigen Sie mich einen Augenblick«, sagte sie, legte das Gespräch auf einen anderen Apparat und ging hinaus.

Natürlich wußte ich nicht, was vor sich ging. Ich saß noch immer vor dem Haus, in einem Auto, das mir plötzlich Platzangst verursachte. Weniger als fünfzehn Minuten waren vergangen, seitdem Dora eingelassen worden war, aber mir kam es wie ein halber Tag vor. Warum war sie nicht am Fenster erschienen? Wie lange würde das Mittagessen noch hinausgezögert werden? Stimmte etwa meine ganze Theorie nicht? Oder hatte sich Sandra Trowbridge Ferrin für eine andere Methode entschieden, um diese neue Bedrohung ihres Eheglücks aus dem Weg zu räumen?

Zehn Minuten später konnte ich es einfach nicht mehr aushalten. Ich stieg aus und ging zu der Telefonzelle an der Ecke. Ich wählte Mrs. Ferrins Nummer und lauschte einem hocherfreulichen Geräusch.

Es war das Besetztzeichen.

Genau fünfunddreißig Minuten später ging die Haustür wieder auf. Ich hielt den Atem an, als ich Dora herauskommen sah. Sie wirkte unverändert. Sie war nicht wackelig auf den Beinen. Sie machte nicht den Eindruck eines

Menschen, den ich so schnell wie möglich ins Lenox Hill Hospital bringen mußte, damit man ihm den Magen auspumpte. Es war einfach meine Dora, so schön und stattlich wie immer. Ich widerstand dem Wunsch, laut zu hupen, aus dem Auto zu springen und sie anzusprechen, meine neugierigen Fragen über die 65. Straße zu brüllen. Ich sah einfach zu, wie sie ein Taxi heranwinkte und in einer leichten Abgaswolke entschwand.

Ich weiß nicht, woher ich die Geduld nahm, um auf eine Nachricht von Dora zu warten. Ich blieb an meinem Schreibtisch auf dem Revier und hörte mir Detective Colbys fortgesetztes Lamentieren über den MacLevy-Fall an. Ich sagte ihm nicht, daß der Fall möglicherweise seinem Höhepunkt zustrebte, daß Zorinas Giftmörderin vielleicht bald mit Hilfe eines Handtascheninhalts geschnappt werden würde.

Kurz vor halb fünf riß mir der Geduldsfaden. Ich rief in Doras Apartment an, aber niemand nahm ab. Ich rief das Kaufhaus an, aber Dora war seit fünf Tagen nicht mehr zur Arbeit erschienen. Dann fiel mir ihre Zimmergenossin ein, das Mädchen, mit dem sie zusammen gewohnt hatte, bevor sie in ihr Tudor-City-Apartment gezogen war. Wie hieß sie noch gleich? Es fiel mir nicht ein, aber ich hatte die alte Telefonnummer noch. Ich rief ein halbes dutzendmal an, bis ich schließlich um halb sechs jemanden erreichte. Der Name des Mädchens war Jennifer, und nein, sie habe Dora in der letzten Zeit nicht gesehen. Aber sie habe am Abend zuvor mit ihr telefoniert, und Dora habe etwas von »in den Süden fahren« gesagt. Ich mußte mir das einen Moment durch den Kopf gehen lassen, bis mir »Atlanta« einfiel.

Ich war nicht nur verdutzt, ich war empört. Ich fühlte mich verraten, hinters Licht geführt und vor allem – verwirrt. Was war schiefgelaufen? Was war in diesem Wohnzimmer geschehen und hatte Doras Sinneswandel bewirkt? Warum hatte sie mich nicht angerufen? Und was war mit dem Beweismaterial geschehen, das sie mir hatte mitbringen sollen?

Nun, das übrige wissen Sie ja. Sie wissen, wie Frieda, die Köchin der Ferrins, am nächsten Morgen zur Arbeit erschien und Mrs. Egon Ferrin auf dem Wohnzimmersofa fand – völlig angezogen und vollkommen tot. Ihr dünner Körper war von den Krämpfen, die sie erlitten hatte, ganz verdreht. Ihr graues Kleid war besudelt. Ihre Augen zeigten, selbst noch im Tod, einen Ausdruck wilden Grolls.

Die Autopsie brachte die Ursache ihres Todes zweifelsfrei ans Licht. Mrs. Ferrin hatte etwas gegessen, was ihr nicht bekommen war. Nämlich einen Salat mit mehr als nur einem Spritzer einer tödlichen Säure, die von einer Pflanze stammte, die gemeinhin als Giftlorchel bezeichnet wird. Höchstwahrscheinlich kam das Gift direkt aus den Wäldern auf dem Besitz der Ferrins in Connecticut. Es war eine sonderbare Art, Selbstmord zu begehen, aber allem Anschein nach hatte sie es so gewollt.

Nach der Aussage ihrer Köchin bei der gerichtlichen Untersuchung hatte sich Mrs. Ferrin schon den ganzen Vormittag merkwürdig benommen. Sie habe allen ihren Hausangestellten für den Tag freigegeben. Sie, Frieda, habe dann angeboten, ihr etwas zum Mittagessen herzurichten. Aber Mrs. Ferrin habe von dem Salat essen wollen, der vom Abendbrot des vorhergehenden Tages übriggeblieben war. Nein, Gäste habe sie nicht erwartet. Die Frau war allein gewesen, was potentielle Selbstmörder im allgemeinen auch vorziehen.

Ja, man fand nur einen Teller mit Salat. Ich war der

einzige Mensch, der wußte, daß es zwei hätten sein müssen. Offensichtlich war der andere Salat im Abfallschacht der Spüle verschwunden und der Teller säuberlich abgewaschen, abgetrocknet und an seinen Platz zurückgestellt worden. Ordentlich war Dora Belmont, daran konnte kein Zweifel herrschen.

Es war nicht schwer, das Vorgefallene zu rekonstruieren. Das einzige, wo ich mir nicht sicher bin, ist, ob Dora erst an Ort und Stelle auf den Gedanken gekommen war oder ob sie die Sache von Anfang an geplant hatte. Wie auch immer, als das Telefon klingelte und Mrs. Ferrin das Zimmer verließ, schaufelte Dora mitnichten das Beweismaterial in ihre Tasche, das die Lady ins Gefängnis gebracht hätte. Nein, das reichte ihr nicht. Das hätte Egon Ferrin nicht die völlige Freiheit gebracht. In gewisser Weise wäre er der Gefangene seiner Frau gewesen, so wie sie die Gefangene des Staates. Nein, Dora hatte eine bessere Idee. Sie vertauschte einfach die beiden Teller. Und die nichtsahnende Mrs. Ferrin erhielt eine Kostprobe ihres eigenen Giftes.

Manche Leute würden es wohl ausgleichende Gerechtigkeit nennen. Andere dagegen Mord. Als mir der wahre Sachverhalt klar wurde, wußte ich nicht, zu welcher Gruppe ich eigentlich gehörte. Ich wußte nicht, ob Dora völlig im Recht oder völlig im Unrecht war. Ich wußte nicht, ob ich Dora verpfeifen oder ob ich auf ihrer Hochzeit tanzen sollte.

O ja, es gab eine Hochzeit. Dora heiratete Egon Ferrin sechs Monate nach dem Tod seiner Frau – und stellen Sie sich vor, Doras biologische Uhr läuft nicht mehr ab! Das heißt, wenn man den Countdown bis zur Geburt ihres ersten Kindes unberücksichtigt läßt. Sie sollten Dora in ihrem schwangeren Zustand einmal sehen! Ihre Haut glüht wie Gold, und ihre Augen leuchten so sehr, daß man sie nicht ansehen kann, ohne zu blinzeln.

Ich wünschte, irgend jemand könnte mir sagen, was ich mit Dora machen soll.

Der Blechmann

Das letzte, womit Harry Budner gerechnet hätte, als er am Haus der Polanskis klingelte, war, daß ihm das Schicksal die Tür öffnen würde. Aber da stand es, surrend und knackend, und schwenkte seinen metallischen Arm, während eine ebenfalls metallische Stimme Mr. und Mrs. Budner mit einem elektronisch erzeugten »Guten Tag« begrüßte.

Jasmin stieß ihren charakteristischen Überraschungsschrei aus, dem Jaulen eines getretenen Pudels nicht unähnlich. Harry konnte überhaupt nichts sagen. Nicht daß er einer Ohnmacht nahe gewesen wäre, nein, er war sprachlos vor Neid. Zwar hatte Tom, ein Hobbyprogrammierer wie er auch, schon seit Monaten von Robotern und ihrer Konstruktion geredet. Aber er hatte nicht gewußt, daß es Tom tatsächlich geschafft hatte, einem Roboter elektronisches Leben einzuhauchen.

Fleur Polanski führte Jasmin schnell zum Badezimmer, damit sie ihre Fassung wiedergewann, und ein breit lächelnder Tom drückte Harry einen Scotch in die Hand, um dann stolz das Chassis seines Roboters zu tätscheln. »Jetzt weißt du, was ich in den letzten beiden Monaten im Keller unten gemacht habe. Ich habe Rex hier gebaut. Nun sag schon was! Sag wenigstens ›Hallo!‹«

»Hallo!« sagte Harry.

»Hallo, Blödmann«, sagte Rex, und Tom brüllte vor Lachen.

»Wie findest du das? Er kann dich *hören*, Harry. Er hat

einen akustischen Sensor, der Umgebungsgeräusche bis 5000 Hz wahrnimmt. Und Augen hat er auch! Hier, siehst du? Aber was das Wichtigste ist, du kannst das Schätzchen so programmieren, daß es *reagiert*. Warte, ich zeig's dir mal.« Er griff nach einer Fernbedienung und begann, ihre Schalter zu drücken. Rex setzte sich in Bewegung und rollte auf seinen drei Rädern würdevoll im Wohnzimmer herum, wobei er zwar einmal in den Ohrensessel lief, den Couchtisch aber geschickt umkurvte. »Er hat auch eine Hand, aber so weit bin ich noch nicht. Sie ist noch unten im Keller. Später können wir beide ja runtergehen und sie uns anschauen.«

Inzwischen waren auch die Damen zurückgekehrt, und in Jasmins Augen lag jetzt nicht mehr Erschrecken, sondern Besorgnis. Fleur dagegen war von unbeschwerter Fröhlichkeit. »Denk daran, was du mir versprochen hast«, sagte sie zu ihrem Mann. »Du hast gesagt, du würdest dieses verdammte Ding bis nach dem Essen abstellen. Anschließend kannst du ja mit Harry runtergehen, und ihr könnt mit deinem neuen Spielzeug spielen.«

»Das ist kein Spielzeug, Fleur«, erklärte Tom kategorisch, »sondern ein Computer. Ein Mikroprozessor auf Rädern. Das ist die *Zukunft*, Schatz.«

Jasmin sah Harry scharf an. Seine eigenen Sensoren sagten ihm, was sie dachte: »*Deine* Zukunft nicht, Harry.«

Also schaltete Tom, wie er es versprochen hatte, Rex aus, und der Roboter stand im Wohnzimmer, so leblos wie ein Hydrant. Das einzige Feuer weit und breit glomm in Harrys Augen. Selbst Jasmins eisige Blicke, die sie ihm über den Tisch hinweg zuwarf, konnten ihren leidenschaftlichen Glanz nicht dämpfen.

»Bloß gut, daß Tom das kleine Monstrum noch nicht

mit einer Hand versehen hat«, sagte Fleur, als sie die Spinatquiche austeilte, »sonst würde er Rex jetzt bestimmt das Essen auftragen lassen.«

»Es wird bald nichts mehr geben, was Roboter nicht machen können«, sagte Tom vergnügt. »Ich habe Fleur schon gewarnt. Mein nächster wird Rachel heißen.«

Nach dem Abendessen trennten sich die Geschlechter – so als wäre von Frauenemanzipation nie die Rede gewesen. Ehefrauen in die Küche, Ehemänner in den Bastelkeller.

»Also, was ist«, seufzte Fleur. »Ich sehe doch, daß du dir Sorgen machst. Harry hat immer noch keine Arbeit, oder?«

Jasmin biß grimmig in den Pecannußauflauf, den sie bei Tisch abgelehnt hatte.

»Harry wird niemals arbeiten. Harry hat sogar aufgehört, nach Arbeit zu *suchen*. Er ist achtunddreißig Jahre alt und im Ruhestand.«

Das stimmte nicht ganz. Harry Budner war nicht aus dem Arbeitsleben ausgeschieden. Er war einfach ein Opfer des elektronischen Zeitalters geworden. All diese faszinierenden Sachen da draußen, all diese leuchtenden, summenden, sich drehenden, blinkenden Wunderdinge, die ihn in die Elektronikgeschäfte, die Computerläden, an die Zeitschriftenstände und auf die Messen lockten, ließen ihm einfach keine Zeit für seinen nichtelektronischen »Beruf«. Er war Verkäufer für Herrenoberbekleidung. Jasmin hatte ihn kennengelernt, als sie mit ihrem damaligen Ehemann in den Laden gekommen war. Ihr Mann war seit ihrer fünf Jahre zurückliegenden Hochzeit korpulent geworden und brauchte eine neue Garderobe. Harry war von der Tatsache beeindruckt gewesen, daß sie für die

Anzüge bezahlte. Jasmin war von Harry beeindruckt gewesen, der in dem dreiteiligen Spiegel viel besser ausgesehen hatte als ihr Mann.

Die Scheidung war schnell gegangen. Der korpulente Ehemann hatte sich still verzogen. Bei der Wölbung in seinem Anzug handelte es sich diesmal um Geld. Jasmin hatte Harry nie erzählt, auf welche Weise sie den Weg zu ihrer Vereinigung geebnet hatte. Sie wollte auf keinen Fall, daß die Höhe ihres Bankkontos zu ihren Reizen gezählt würde. Um jedoch schmerzlich offen zu sein – und ihre Freunde waren dies nicht selten: Jasmins Reize hielten sich in Grenzen. Nicht daß Harry sie nur um ihres Geldes willen geheiratet hätte. Ihm gefiel auch ihr Lächeln. Unglücklicherweise hörte Jasmin an dem Tag auf zu lächeln, an dem ihr klar wurde, daß Harry am Programmieren seines Computers interessierter war als an seiner Ehe.

Nachdem sie sich von den Polanskis verabschiedet und auf den Heimweg gemacht hatten, ging der Ärger augenblicklich los.

»Ein Hohlkopf wie Tom Polanski«, sagte Harry, »baut sich seinen eigenen Roboter! Es war natürlich ein Bausatz, aber trotzdem...«

»Fleur hatte recht«, sagte Jasmin. »Es ist ein Spielzeug, ein teures Spielzeug, sonst nichts.«

»Ich könnte einen besseren bauen«, sagte Harry versonnen. »Ich könnte einen mit einem größeren Skelett und einer größeren Mutterplatine bauen. Ich könnte einen M68000 Mikroprozessor installieren. Seiner hat bloß 4KB RAM. Ich könnte einen mit sechzehn oder sogar zweiunddreißig einbauen. Stell dir bloß vor, was er mit 32KB alles tun könnte!« Jasmin, für die 32 nur ihre Taillenweite in Inches bedeutete, schnaubte verächtlich.

»Schlag dir das aus dem Kopf, Harry. *Mein* Geld gibst du nicht für so einen blödsinnigen wandelnden Bausatz aus.«

Seit neuestem hatte sich Jasmin angewöhnt, ihm die finanziellen Realitäten immer wieder scharf ins Gedächtnis zu rufen, aber Harry war zu tief in seine Träume versunken, um sich etwas daraus zu machen. Zu Hause im Schlafzimmer zog er sich mit einem Ruck die Socken aus und sagte:

»Tom hat ihn nicht richtig programmiert. Deshalb ist er auch in den Sessel gerannt. Ich könnte das verflixte Ding ein Ballett tanzen lassen!«

»Das fehlte uns hier noch«, erwiderte Jasmin säuerlich, »ein Blechkanister, der Entrechats springen kann.«

»Er kann mehr als das. Roboter sind nützlich. In der Industrie werden sie überall eingesetzt, ganze Produktionsanlagen arbeiten schon automatisch...«

»Und wozu sind sie im Haus gut? Es ist doch bloß eine Maschine, die ›Guten Tag‹ sagt, wenn du mich fragst.«

»Toms Roboter kann Sachen aufheben. Sein Arm dreht sich um zweihundertfünfzig Grad und seine Hand um dreihundertfünfzig – er kann damit sogar Gegenstände erfassen.«

»Harry, da ist etwas, was *du* noch nicht erfaßt zu haben scheinst«, sagte sie. »Nämlich daß mir die Art und Weise, wie wir leben, zum Hals raushängt! Seit einem Jahr arbeitest du nicht mehr, aber du gibst unaufhörlich Geld aus.« Sie kroch unter die Decke, und das Bett gab nach, so daß er auf sie zu kippte. »Aber keine Bange«, fuhr Jasmin fort, »wenn du mit Puppen spielen möchtest, will ich dir gern die Gelegenheit dazu geben. Ich habe den *Markt für den Herren* gekauft.«

Eine eisige Hand legte sich auf Harrys Herz und drehte sich dort um dreihundertfünfzig Grad.

»Du hast was?«

»Ich habe den *Markt für den Herren* gekauft«, erwiderte seine Frau süffisant. »Da kannst du mit all den Puppen im Schaufenster spielen. Also wirklich, du könntest dich wenigstens bei mir bedanken. Selbst dieser verdammte Roboter konnte danke sagen.«

Harry war zu niedergeschlagen, um überhaupt etwas zu sagen. Der *Markt für den Herren* war ein kleiner, unmoderner Laden für Herrenoberbekleidung in dem Vorort, wo die Budners ihr Landhaus hatten. Er war vermutlich das einzige Geschäft an der Ostküste der Vereinigten Staaten, in dem noch Freizeitanzüge angeboten wurden. Er hatte fünf Jahre lang zum Verkauf gestanden, und wann immer Jasmin ihrem Mann Angstschauder über den Rükken jagen wollte, hatte sie ihm scherzhaft angedroht, den Laden zu kaufen.

»Glückwunsch, Harry«, sagte sie, »jetzt hast du doch noch einen Job gekriegt. Vielleicht kannst du es dir ja bald leisten, so ein Blechding auf Rädern zu kaufen. Du kannst es dann so programmieren, daß es als Lagerist arbeiten kann. Vielleicht kann es ja auch bei den Kunden Maß nehmen.« Sie kicherte. »Nein, lieber nicht. Nachher bringt es noch jemanden um.«

Harry Budner vergaß diese Unterhaltung sein ganzes Leben lang nicht. Besonders der letzte Satz blieb ihm immer gegenwärtig.

Während der nächsten drei Monate machte sich Harry kaum Gedanken über Roboter – er war zu sehr damit beschäftigt, Fehler zu machen. Er wechselte die Warenbestände vollständig aus und nahm eine Partie Abendanzüge, Hosen und Zubehör auf Lager, gerade als der Sommer anfing und alle in der Stadt »Sportswear« kaufen wollten, wie es im Werbejargon hieß. Schnell bestellte er Jogginghosen und Sweatshirts, die eintrafen, als sich die ersten Blätter herbstlich färbten. Als die langen Winterabende anfingen, begnügte er sich damit, Bücher zu bestellen, die Titel trugen wie *Roboterlehre, Wie baue ich einen Heimroboter* oder *Das SOR-Handbuch: Selbsttätig operierende Roboter.*

Obwohl also von Rentabilität keine Rede sein konnte, war das Geschäft doch insofern ein Erfolg, als es Jasmin glücklich machte. Es befriedigte sie, daß Harry »arbeitete«, auch wenn er die meiste Zeit mit Lesen verbrachte, was durch die Ruhe im Laden nur begünstigt wurde. Wenn er sie um »Geschäftsdarlehen« bat, um damit Waren einzukaufen, entsprach sie seiner Bitte, obwohl sie argwöhnte, daß er diese Waren in einer Publikation namens *Du und dein Roboter* angezeigt gefunden hatte.

Der *Markt für den Herren* hatte noch einen weiteren Vorteil, nämlich einen eigenen Keller. Innerhalb weniger Wochen wurde dieser zum Geburtsort eines Roboters, den Harry »Macduff« taufte.

Später hatte er noch einen anderen Namen für ihn, einen Namen, den er ihm nur ganz im geheimen zuflüstern würde.

Es dauerte nicht lange, bis Harry begriff, wie kompliziert das Projekt war, das er sich vorgenommen hatte. Er konnte das Gerüst nicht entwerfen, solange er nicht wußte, wie groß und wie schwer die Batterie zu sein hatte. Aber er konnte die Batterie nicht wählen, ehe er nicht wußte, wieviel Kraft die Motoren brauchen würden. Am

Ende beschloß er, Mac so groß zu konstruieren, daß mögliche Fehler aufgefangen wurden.

Der Roboter, den er entwarf, war ein Meter fünfundsechzig groß.

Jasmin war einssechzig.

Das Problem des Gerüstmaterials war leicht zu lösen. Holz war zu klobig. Stahl war nicht nur schwer, sondern er war auch anfällig für magnetische Felder, was sich auf die Sensoren auswirken würde. Glücklicherweise gab es in der Nachbarstadt einen Metallwaren-Großmarkt, wo man Aluminiumprofile bekommen konnte. Die einfache Kastenform, zu der sich Harry entschlossen hatte, war bald hergestellt. Es war nur erst ein Gerippe, aber dessen Anwesenheit im Keller gab Harry das Gefühl, etwas erreicht zu haben – und irgendwie nicht ganz allein zu sein.

Als Jasmin mitbekam, womit sich Harry beschäftigte, machte sie ihm keine Vorwürfe. Sie tat etwas Schlimmeres – sie lachte.

»Du glaubst wirklich, daß du eins von diesen Dingern bauen kannst?«

»Klar kann ich das. Es ist nur eine Frage der Zeit und des Geldes.«

»Das Geld kannst du dir aus dem Kopf schlagen«, sagte Jasmin. »Und was die Zeit anbetrifft – ich gebe dir sechs Wochen.«

»Was meinst du damit?«

»Ich meine damit, daß du dich lieber um deine Kunden kümmern solltest, anstatt deine Zeit mit technischen Spielereien zu verplempern – falls du überhaupt je Kunden hast. Sechs Wochen, Harry! Das ist alles!«

An jenem Abend nahm Harry, nachdem er – überflüssigerweise – das »Geschlossen«-Schild ins Fenster gehängt hatte, eine Flasche Bourbon mit in den Keller und füllte zwei extragroße Pappbecher. Den einen stellte er vor Macduff hin und erhob den anderen zu einem Toast.

»Sechs Wochen«, sagte er. »Wir können es schaffen, Mac. In sechs Wochen wirst du imstande sein, diesen Becher zu *heben*.«

Aber da Macduff noch keine Arme hatte, von einem Hebemechanismus ganz zu schweigen, blieb der Bourbon unberührt. Nachdenklich trank Harry ihn an seiner Statt. Als er nach Hause kam, genügte Jasmin der Anblick seines schiefen Lächelns. Sie roch an seinem Atem und verbannte ihn aus dem Eßzimmer.

In der Nacht schlich er sich barfuß in die Küche und machte sich über den Kühlschrank her. Die Auswahl war mager, die Zusammenstellung exotisch. Nach Joghurt, Anchovispaste und Schweinezunge war seine Nacht von bizarren Träumen erfüllt. In einem bat ihn der Blechmann um ein Herz. Später erinnerte sich Harry, gedacht zu haben, daß dies der einzige Mechanismus war, den er ganz bestimmt nicht einbauen würde.

Am nächsten Morgen tat Harry etwas, wozu er sich bisher nie hatte entschließen können. Er inserierte nach einer Teilzeitkraft, nach jemandem, der sich um den Laden kümmerte, während er sich der Konstruktion des Roboters widmete. Er wußte, daß dies seine ohnehin schon angespannten Finanzen noch weiter reduzieren würde, aber Jasmins Zeitbegrenzung von sechs Wochen zwang ihn dazu.

Die Bezahlung war niedrig, so daß Harry sich nicht wunderte, als sich die erste Bewerberin als Oberklassenschülerin der örtlichen High School herausstellte. Überraschend fand er hingegen, was die moderne Ernährung für eine Siebzehnjährige zu tun vermochte. Bunny Teicher konnte nicht die geringsten Empfehlungen vorweisen, als sie sich bei ihm im Geschäft vorstellte. Die einzige Voraussetzung, die sie für den Job mitbrachte, war, daß sie den Umgang mit Leuten gewohnt war. Damit wollte sie ausdrücken, daß sie ein Cheerleader war. Harry konnte sich augenblicklich vorstellen, wie erfolgreich sie die Leute anfeuerte.

Es muß zugegeben werden, daß Bunnys Gegenwart im Geschäft Harrys Roboterprojekt nicht gerade vorantrieb. Aber sie sorgte dafür, daß es mehr Spaß machte. Harrys häufiges, geheimnisvolles Verschwinden im Keller erweckte natürlich Bunnys Neugier, und so erfuhr sie bald von dem Roboter. Und im Gegensatz zu Jasmin, die nur verächtlich gelacht hatte, war Bunny voller großäugigem Entzücken.

»Der ist ja *süß!*« sagte sie. »Genau wie im *Krieg der Sterne!* Ich finde das Chassis einfach toll!«

Harry sonnte sich in ihrem kindlichen Enthusiasmus – besonders, weil an ihrem eigenen Chassis überhaupt nichts Kindliches war. Und da er sich so sehr mit Macduff identifizierte, hatte er ganz einfach das Gefühl, daß etwas von ihrem Enthusiasmus auch ihm galt.

Innerhalb einer Woche nach Bunnys Eintreffen hatte er Macduffs Antriebs- und Steuerungsmotoren eingebaut. Indem er die Motoren zusammen bediente, konnte er den Roboter sich in jede Richtung wenden, rückwärts fahren oder sich im Kreis drehen lassen. Harry erheiterte der Gedanke, ihm eine Ballettchoreographie einzuprogrammieren oder, besser noch, ihn – wie er zu Bunny sagte – als Cheerleader auftreten zu lassen. *Diese* Idee fand sie so lustig, daß sie kicherte und Harry auf die Stirn küßte. An jenem Abend kam er mit einem zartroten Fleck auf seiner beginnenden Stirnglatze nach Hause, und Jasmin fragte ihn, ob er sich wehgetan habe.

»Hab mir bloß den Kopf im Lagerraum gestoßen«, sagte er tapfer.

»Ich dachte, dein Roboterfreund hätte vielleicht nach dir gehauen«, bemerkte sie. »Du solltest mit dem Ding lieber vorsichtig sein, Harry. Denk daran, was mit Frankenstein passiert ist.«

»Ja«, sagte er liebenswürdig, »ich nehme an, er könnte tatsächlich gefährlich werden, wenn man nicht aufpaßt.«

Allerdings hatte er vor, sehr gut aufzupassen.

Bis zum Ende der folgenden Woche hatte Harry den Mechanismus entworfen, mit dessen Hilfe Macduff auf Außenreize reagieren sollte. Nach drei Wochen wurde ihm klar, daß er zu ehrgeizig gewesen war. Er hatte vorgehabt, Macduff ein kompliziertes optisches Scanning-System – ähnlich wie bei einer Fernsehkamera – zu geben, aber sowohl Geld als auch Zeit waren zu knapp. Deshalb entschloß er sich zu einer rechteckigen Anordnung von Fototransistoren. Macduff würde imstande sein, vor ihm befindliche Objekte zu »sehen«, aber er würde nicht in der Lage sein, den Unterschied zwischen, sagen wir, einer Stehlampe und Harrys Frau zu erkennen.

Das »Hör«-Problem war leichter zu lösen. Harry hatte bereits ein computerisiertes Spracherkennungsprogramm für Macduffs geräumiges Inneres. Es erforderte noch zwei Wochen des Experimentierens, aber schon jetzt war Harry soweit, daß der Roboter tatsächlich auf einfache Befehle wie »Komm her!« reagierte. Als Bunny zum ersten Mal sah, wie Macduff Harrys Befehlen gehorchte, war sie von Ehrfurcht übermannt.

»Mr. Budner«, hauchte sie, »Sie sind ein Genie!«

Harry hörte das gern. Aber er war enttäuscht, als sie ihn nicht mit einem Kuß beglückwünschte, wie das letzte Mal. Er hatte vorgehabt, sich diesmal auf die Zehenspitzen zu stellen.

Den Kuß bekam Harry, nachdem er den Mikroprozessor installiert hatte. Das war am letzten Tag vor Ablauf seiner Sechswochenfrist. Er hatte keine Zeit und auch kein Geld mehr, aber das war ihm gleichgültig. Er war viel zu gespannt, wie Macduff seinen ersten Soloauftritt meistern würde. Er stellte sich vor den programmierten Roboter und sagte:

»Hallo, Macduff.«

»Hallo, Harry«, sagte Macduff. Er rollte mit ein bißchen zu viel Gerassel auf ihn zu und streckte seinen Metallarm aus. Die Greifer schlossen sich um seine Hand und schüttelten sie ruckartig, aber mit männlicher Kraft. Eigentlich tat es weh, aber Harry beklagte sich nicht.

»Oh, Mr. Budner!« sagte seine Bewunderin. Dann küßte ihn Bunny nicht nur, sie schlang ihre Arme um ihn. Es war ein ganz neuartiges Gefühl. Wenn Jasmin ihre Arme um ihn legte, was nicht häufig geschah, war ihm, als würde er von einer feuchten, marmornen Litfaßsäule umarmt.

Aber im nächsten Augenblick verwandelte sich der Triumph in eine Katastrophe.

Es war sein eigener Fehler gewesen, sagte sich Harry später. Er hatte der Versuchung nicht widerstehen können und Jasmin von dem Experiment, das an diesem Nachmittag im Keller stattfinden sollte, erzählt. Und Jasmin war zu dem Schluß gekommen, daß es nichts Schöneres geben könnte, als ihn scheitern zu sehen.

Weder Harry noch Bunny hörten, wie sie den Laden betrat. Keiner von ihnen hörte, wie sich die Kellertür öffnete. Keiner von beiden bemerkte, daß ein Paar zusammengekniffene Augen Macduffs Vorführung – und ihre – beobachtete. Bis sie das pudelähnliche Aufjaulen hörten.

»Jasmin!« stieß Harry hervor.

»Mrs. Budner!« quietschte Bunny.

»Hallo«, sagte Macduff.

Es war das plötzliche Ende eines Traums, aber es hätte schlimmer kommen können. Macduff war entstanden, auch wenn er noch unvollständig war. Harry hatte ihn noch sehr viel weitergehend programmieren wollen, wozu auch eine Subroutine gehörte, die den Roboter in die Lage versetzt hätte, seine Batterie selbst wieder aufzuladen. Aber Jasmin ließ sich nicht erweichen. Obwohl Harry seine Unschuld beteuerte (an allem war bloß dieses dumme Geschöpf schuld), stellte sie neue Regeln für sein Leben auf:

1. Der Keller des Geschäfts war einzig und allein als Warenlager zu benutzen.
2. Bunny war zu entlassen, und Jasmin würde sich selbst um einen neuen Verkäufer bemühen.
3. Harrys Taschengeld würde halbiert werden. Was ihm fehlte, mußte er vom erzielten Gewinn nehmen. Da das Geschäft keinen abwarf, würde er eben arm bleiben.

Das einzige Zugeständnis, das Jasmin machte, betraf den Roboter. Gut, Harry konnte das verdammte Ding behalten, solange er es irgendwo versteckte. *Und* solange er sich seinem Herrenoberbekleidungsgeschäft widmete.

Im Fernsehzimmer gab es einen großen, unbenutzten Wandschrank. Der wurde Macduffs neues Zuhause.

Fast ein Monat war verstrichen, als sich jener Vorfall ereignete, der Macduff zu seinem neuen Namen verhalf.

Es war an einem Sonntagnachmittag, und Harry war allein zu Hause. Er spielte müßig an seinem Heimcomputer herum, als ihn der überwältigende Drang überkam, an Macduffs Innenleben zu arbeiten. Jasmin war zu einem Treffen des Nationalen Frauenverbandes gegangen, was hieß, daß sie vermutlich noch zwei Stunden fort sein würde. Das ermutigte Harry, Macduff aus seinem Versteck zu holen. Er war so in seine Bastelei vertieft, daß er Jasmins Auto in der Auffahrt völlig überhörte. Als er begriff, daß sie vor der Haustür stand, war es fast schon zu spät. Voller Panik schob er Macduff unsanft in den Wandschrank zurück und knallte die Tür zu – nicht einen Augenblick zu früh.

Unglücklicherweise hatte Harry in seiner Eile vergessen, Macduff abzuschalten, und dieser bewies an jenem Abend, daß er noch gut funktionierte.

Es passierte, während Jasmin damit beschäftigt war, von einem Fernsehprogramm zum anderen umzuschalten. Seit das Kabelfernsehen ihre Stadt erreicht hatte, war dies Jasmins abendliche Lieblingsbeschäftigung. Sie konnte jetzt unter fünfunddreißig Programmen wählen und war ein größerer Fernsehfreak denn je. Jeden Abend verbrachte sie im Fernsehzimmer, wohlversorgt mit Knabberzeug, und wechselte wie hypnotisiert von einem Programm zum nächsten. Sie weidete sich an den wechselnden Bildern, wie sie sich an einem Smörgåsbord weidete.

Harry hatte dabeigesessen und sich mit dem einen Drink getröstet, den sie ihm vor dem Abendessen gestattete. Als er jedoch das leere Glas in die Küche brachte, fühlte er das Bedürfnis nach einem zweiten und goß sich noch etwas ein. Aber Jasmin hatte gute Ohren und hörte, wie konnte es anders sein, das Klirren der Eiswürfel. Sie rief laut:

»Harry! *Komm her!*«

Was dann geschah, konnte Harry nicht sehen, aber hören: eine Mischung aus splitterndem Holz und Pudelgejaule. Er lief zurück ins Fernsehzimmer, und bei dem Anblick, der sich ihm dort bot, blieb ihm der Mund offenstehen. Es war Macduff. Den Metallarm wie eine Lanze vorgestreckt, näherte er sich drohend der kreischenden Jasmin.

Harry brauchte eine ganze Weile, um sie zu beruhigen und ihr zu erklären, daß es sich nur um eine unbeabsichtigte Demonstration von Macduffs Fähigkeiten gehandelt habe. »Er hat einfach bloß einen Befehl befolgt«, sagte er. »Er ist aus Versehen eingeschaltet gewesen, das ist alles.«

»Also, in Zukunft überzeuge dich gefälligst davon«, sagte Jasmin gereizt, »daß dieses verdammte Ding ausgeschaltet ist, sonst fliegt es raus. Ist das klar?«

In der Nacht, als er in der Kuhle seines Bettes lag, dachte Harry über Macduff und sein schlechtes Benehmen nach. Als er endlich einschlief, war seine Nacht traumlos. Aber er erwachte mit einem Traum.

Vormittags, im Geschäft, sagte er zu seinem neuen Verkäufer, einem älteren Mann, der leicht nach gekochter Milch roch, daß er zum Mittagessen nach Hause gehen werde. Das war ein Märchen. Er bekam zu Hause nie Mittagessen. Außerdem war Jasmin noch nicht einmal da. Sie war in einem Modegeschäft auf der üblichen Suche nach der nächsten Kleidergröße.

Harry ging geradewegs ins Fernsehzimmer und holte Macduff aus dem Wandschrank. Allerdings nannte er ihn nicht Macduff. Er streichelte sein glattes Gehäuse und flüsterte seinen neuen Namen.

»Killer.«

Jasmin ließ sich von den Blumen, die ihr Harry am nächsten Abend mitbrachte, nicht täuschen. Sie wußte, daß es eine plumpe Schmeichelei war, daß Harry etwas von ihr wollte – die Erlaubnis, mit der Perfektionierung seines Blechmannes fortfahren zu dürfen.

»Alles, was ich brauche, sind ein paar hundert Dollar«, sagte Harry. »Nur für die Hand, Jasmin, das ist das einzige, womit ich noch nicht zufrieden bin.«

»Diese *Klaue* nennst du eine Hand?« meinte Jasmin verächtlich.

»Ich würde sie auswechselbar machen. Es gibt alle möglichen Arten von Fingern, die man einsetzen kann. Magnetische Finger, Greiffinger, Schaufelfinger...«

»Wozu soll das *gut* sein? Kannst du mir das sagen?«

»Sieh mal«, versuchte er zu erklären, »du kannst aus einem Roboter einen Handwerker machen – mit dem richtigen Zubehör. Eine hohle Hand zum Beispiel, in die man ein elektrisches Werkzeug einpassen kann... Macduff könnte alle möglichen Schleif- und Schnitzarbeiten verrichten.«

»Willst du damit sagen, daß man diesen Blechkanister tatsächlich zur *Arbeit* einsetzen könnte?«

»Aber ja«, entgegnete Harry versonnen. »Mit dem richtigen Zubehör ... du würdest staunen, wie nützlich er sein könnte.«

»Also schön«, seufzte Jasmin, »sonst gibst du ja doch keine Ruhe. Ich gebe dir dreihundert Dollar, aber damit ist dann auch Schluß, Harry, verstanden? *Absolut Schluß!*«

Er lächelte, als sie das sagte.

Harry brauchte nur ein paar Stunden, um Macduffs neue Hand einzubauen. Weitere vierundzwanzig Stunden brauchte er, um sie so zu programmieren, daß sie genau das tat, was er wollte. Aber der Plan für Jasmins tödliche Begegnung mit dem Roboter nahm fast eine Woche in Anspruch.

Die Schwierigkeit lag auf der Hand. Harry mußte absolut sichergehen, daß man ihn für den »Unfall«, den Jasmin haben würde, nicht zur Verantwortung ziehen konnte. Es durfte nicht so aussehen, als habe er die Maschine absichtlich auf Töten programmiert – denn dann würde die Polizei Macduff für nichts anderes als eine ausgeklügelte Mordwaffe halten.

Nein, es mußte wie ein echter Unfall aussehen – so glaubhaft wie, sagen wir, ein Auto, dessen Bremsen versagen und das bergab rollt, wie ein Rasenmäher, der Amok läuft, wie ein schadhafter Toaster, der demjenigen, der mit einer Gabel in seinem Inneren herumstochert, einen tödlichen Schlag versetzt. Es mußte überzeugend wirken, und *sie* mußte *schuld* daran sein.

Und dann hatte Harry endlich einen Plan. Und dieser Plan hatte drei Vorzüge. Er war einfach. Er war direkt.

Und was das Beste war, Harry würde nicht zu Hause sein, wenn der »Unfall« passierte.

Aber von zu Hause wegzukommen, das stellte in sich ein größeres Problem dar. Was für einen Grund könnte er für eine Reise vorbringen? Jasmin hätte bestimmt Zweifel – sie würde vielleicht denken, daß er ein Stelldichein mit Bunny Teicher oder einer annehmbaren Reproduktion hatte. Natürlich gab es die verschiedensten Einzelhandelskongresse, zu denen er fahren konnte, aber sie würde ihm sein plötzliches Interesse an geschäftlichen Dingen niemals abkaufen. Nein, es mußte ein Grund sein, den sie akzeptieren und dann möglicherweise auch tolerieren konnte.

Es war Tom Polanski, der ihm zu einer Idee verhalf.

Jasmin wollte die Polanskis eigentlich gar nicht zum Abendessen einladen, aber sie schuldete ihnen eine Einladung und hatte folglich keine andere Wahl. So wollten es die Regeln. Aber sie selbst stellte auch eine Regel auf: Es war Harry und Tom verboten, mit Harrys Roboter zu spielen. Tom, der insgeheim neidisch auf Harrys Leistung war, hatte nichts dagegen. Beim Essen fragte er dann jedoch:

»Du, Harry, hast du schon von der Robotermesse in Philadelphia gehört?«

Das hatte Harry nicht, und Tom erzählte ihm nur zu gerne davon und protzte mit der Tatsache, daß er teilnehmen würde – seine Frau hatte nichts dagegen. Genaugenommen war Fleur nur allzu glücklich, ihn ein paar Tage aus dem Haus zu haben.

Als Harry aber später im Schlafzimmer das Thema vorsichtig anschnitt, reagierte Jasmin wie vorherzusehen gewesen war.

»Vergiß es! Du gehst zu keinem Blechkanisterkongreß – schlag dir das aus dem Kopf!«

Harry diskutierte mit Jasmin, umschmeichelte sie, versuchte sie zu überreden – und schließlich bettelte er. Aber Jasmin widerstand ihm – sie haßte den Gedanken, allein zu bleiben. Ihr Haus lag zu einsam, es konnte alles mögliche passieren. Harry, der genau wußte, was passieren konnte, versprach, nur eine Nacht fortzubleiben. Und bei seiner Rückkehr würde er ein neuer Mensch und ihr ein besserer Ehemann sein. »*Bitte*, Häschen«, sagte er. Seit ihrer Hochzeitsreise hatte er sie nicht mehr Häschen genannt.

Mit seinem allerletzten Versprechen schaffte er es schließlich. Harry schwor, daß er so hart arbeiten wolle wie noch nie. Er würde sich wirklich dahinterklemmen; er würde sich ändern; er würde abtun, was kindlich war. Jasmin nahm an, er meine damit das kindliche Ding im Fernsehzimmerschrank. Was Jasmin nicht wußte, war, daß sich der Schrank selbst verändert hatte. Der Riegel innen war verschwunden und durch einen nicht besonders starken Magnetverschluß ersetzt worden. Falls es Macduff jemals in den Sinn kommen sollte, seinen Ruheplatz zu verlassen, würde die Tür bei der ersten Berührung aufgehen. Und dann käme er mit ausgestrecktem Metallarm heraus, der jetzt eine Hand aufwies, die ein Loch in eine Stahlwand bohren konnte, ja sogar in eine feuchte Marmorlitfaßsäule . . .

Wenn Harrys Plan zur Beendigung von Jasmins Leben ein Computerprogramm gewesen wäre, hätte es in etwa so aussehen können:

100 Roboterschaltuhr auf 19 Uhr einstellen.
200 19.30 in Philadelphia Telefongespräch anmelden.
300 Telefon im Fernsehzimmer anrufen.
400 Jasmin nimmt Hörer ab.
500 Wort »Hallo« aktiviert Roboter.
600 Roboter verläßt Schrank und greift Sprecher an.
700 Roboter stellt Elektrobohrer in Hand an.
800 Programmende.

Wie jeder gute Programmierer prüfte Harry die einzelnen Elemente seines Plans, um herauszufinden, was schiefgehen könnte.

Was, wenn die Schaltuhr nicht funktionierte? Er würde darauf achten, daß die Batterien voll aufgeladen waren, bevor er nach Philadelphia abfuhr. Was, wenn sich sein Anruf verzögerte? Das machte nichts. Wenn es sich Jasmin erst einmal im Fernsehzimmer gemütlich gemacht hatte, würde sie für den Rest des Abends dort bleiben. Würde sie auch an das richtige Telefon gehen? Dafür würde er sorgen. Er würde das einzige andere Telefon, das im Schlafzimmer, aus der Steckdose ziehen – Jasmin würde sich nie so tief bücken, um es wieder einzustöpseln. Würde ihr »Hallo« den Roboter auch aktivieren? Er hatte es hundertmal getestet, und es hatte immer geklappt.

Aber die wichtigste Frage war: Würde Jasmin einen Weg finden, um ihrem schwerfälligen Mörder zu entkommen? Harry schlug sich mit diesem Problem herum, bis er eine wunderbar einfache Lösung fand. Eines Abends machte er beiläufig den Vorschlag, das Telefon im Fernsehzimmer doch in einen kleinen, L-förmigen Winkel weit weg vom Fernseher zu stellen. Dann wäre sowohl der Telefonierende als auch der, der fernsah, viel ungestörter.

Es war eine praktische Idee, die Jasmins Segen erhielt. Sie wußte nicht, wie praktisch das war. Denn wenn Macduffs massige Metallgestalt erst einmal die schmale Nische blokkierte, gab es kein Entkommen mehr.

Am Morgen seiner Abreise jedoch sagte Jasmin etwas, das den Plan fast torpediert hätte.

»Ich bin so schrecklich ungern allein! Du weißt, wie ungern, Harry! Deswegen habe ich gedacht... vielleicht sollte ich bei Fleur übernachten.«

»Nein!« sagte Harry scharf. »Das darfst du nicht! Ich meine... du kennst doch Fleur. Die quasselt dich doch dumm und dämlich.«

»Und was ist, wenn ein Einbrecher kommt oder sich draußen ein Spanner rumtreibt? Ich könnte mir in diesem Haus die Lunge aus dem Hals brüllen, und niemand würde mich hören!«

Harry wußte das nur zu gut. Aber er sagte:

»Du hast doch das Telefon. Und das ist ein weiterer Grund, warum du heute abend nicht weg kannst. Ich erwarte einen wichtigen Anruf von einem Kunden. Du mußt hier sein, um ihn entgegenzunehmen.«

Sie zog einen Schmollmund, weshalb Harry den Arm um sie legte – was ein körperliches Meisterstück darstellte. »Ich ruf dich so gegen halb acht an, Häschen.«

Dann gab er ihr einen flüchtigen Kuß auf die Wange und war auf und davon.

Unter anderen Umständen wäre Harry von den Ausstellungsstücken auf der Robotermesse absolut gefesselt gewesen, aber er schien – wie Tom Polanski sauer anmerkte, als sie zusammen in der Hotelbar saßen – unendlich weit weg zu sein.

»Und dann noch was«, murrte Tom. »Warum schaust du die ganze Zeit auf die Uhr?«

»Weil ich zu Hause anrufen muß«, sagte Harry. »Das habe ich Jasmin versprochen.«

»O Mann«, meinte Tom kopfschüttelnd. »Wie sich doch manche Leute von ihren Frauen mitspielen lassen.«

»Ja«, sagte Harry und lächelte ganz unpassend.

Kurze Zeit später ging er in sein Zimmer hinauf, während Tom an der Bar zurückblieb und zwei kichernde Frauen davon zu überzeugen versuchte, daß er gewisse bionische Teile besäße. Er versuchte nicht darüber nachzudenken, was er tat, als er bei der Vermittlung sein Gespräch anmeldete.

Die Hotelleitungen waren besetzt; er mußte warten.

Er war ganz cool, trotzdem merkte er, daß er schwitzte.

Die Vermittlung sagte: »Ich kann Sie jetzt verbinden.«

Er hörte das Telefon klingeln. Es klingelte einmal, zweimal, dreimal.

Der Schweiß lief ihm jetzt den Hals hinunter.

Der Hörer wurde abgenommen.

»Hallo«, sagte Jasmin.

Harry legte auf.

Als Tom eine Stunde später grinsend und glucksend heraufkam, fand er Harry voll angezogen und mit einem bemerkenswert zufriedenen Gesichtsausdruck auf dem Bett liegend. Er versuchte ihn dazu zu überreden, mit ihm und den beiden flotten Käfern, die er kennengelernt hatte, zu Abend zu essen. Sie arbeiteten beide bei IBM, und er hatte Harry zum führenden Roboterexperten im Lande hochstilisiert. Aber Harry war nicht interessiert. Er wollte bloß in Ruhe etwas essen und früh zu Bett gehen.

Jasmin hätte das so gewollt.

Als Harry am nächsten Morgen die Auffahrt zum Haus hinauffuhr, fand er die Stille nicht verwunderlich.

Er schloß leise auf und stand dann lange in der Diele, um die Kraft zu sammeln, die er, wie er wußte, bald brauchen würde.

Er beschloß, seine Rolle auch ohne Publikum zu spielen.

»Jasmin?« rief er.

Er erhielt – verständlicherweise – keine Antwort.

»Jasmin, ich bin wieder da!«

Als erstes ging er ins Schlafzimmer hinauf. Das Bett war unberührt. Er steckte den Telefonstecker in die Buchse und ging wieder hinunter.

Er füllte seine Lunge mit Luft und betrat das Fernsehzimmer.

Er schloß die Augen. Als er sie aufmachte, sah er keine Unordnung, kein Blut, kein Chaos, keine Jasmin und keinen Macduff.

»Was ist denn passiert?« sagte er entgeistert.

Dann wußte er die Antwort. Nichts was passiert.

»Aber wieso? *Wieso?*« fragte er das leere Zimmer.

Er betrat die L-förmige Nische und betrachtete das Telefon. Er wußte, daß sich Jasmin gestern abend gemeldet hatte. Er wußte, daß sie den Hörer abgenommen und das Wort »Hallo« gesagt hatte. Er wußte, daß sie damit augenblicklich Macduff in Bewegung gesetzt haben mußte. Aber warum war dann alles genauso wie bei seiner Abreise?

Dann sah er: nicht alles.

Etwas war vorher nicht dagewesen.

Es war ein schmaler grauer Kasten, und darauf stand ein gefalteter Bogen Papier.

Harry nahm ihn auf und las:

Lieber Harry,
falls Du vor mir nach Hause kommst, in der Küche
findest Du Milch und Eier und was Du sonst noch
brauchst. Ich bin bei Fleur. Aber mach Dir keine
Sorgen wegen des Anrufs. Ich habe mir ihren Anruf-
beantworter ausgeliehen. Ruf mich an, wenn Du zu-
rück bist.

»Ein Anrufbeantworter«, sagte Harry.

Er stellte ihn an und hörte zu.

»Hallo«, sagte Jasmins Stimme laut und klar.

Harry würde sie leidenschaftlich verflucht haben, aber dazu war keine Zeit mehr. Die Schranktür hinter seinem Rücken hatte sich gerade geöffnet.

Einstand

Selbst über die ganze Länge des Spielfeldes hinweg konnte Wendell die Verzweiflung auf Metnikows Gesicht erkennen. Dessen berühmtes zahnlückiges Lächeln war zu einem klaffenden Spalt des Schmerzes und der Melancholie geworden, und als Wendells nächster Aufschlag an ihm vorbeipfiff (das vierte As in diesem Match), da packte der Ungar seinen Schläger wie einen Diskus und wirbelte im Kreis herum, als wolle er ihn unter die Zuschauer schleudern, was diese mit einem unbehaglichen Lachen quittierten.

Wendell trug auch keinen Siegermund zur Schau, sondern einen dünnen Strich der Frustration. Er war mit dem festen Entschluß nach Wimbledon gekommen, seinen Gegnern eine Chance zu geben, selbst wenn das bedeutete, daß er absichtlich Bälle verfehlen, Doppelfehler machen oder bei den Returns in die falsche Richtung laufen mußte. Es war keine leichte Aufgabe, die er sich da gestellt hatte – auf Grund des Wettskandals im Jahr zuvor war das Komitee scharfsichtiger geworden. Er hatte seine Strategie der gewollten Fehler auf seinem Privatplatz zu Hause in Maine im Spiel gegen Eddie, den Neffen seiner Frau, geübt, einen sechzehnjährigen Crack, der sich schon als der nächste Michael Chang sah. Jedesmal, wenn Eddie einen Punkt gegen den Champion erzielt hatte, war er vor Vergnügen in lautes Krähen ausgebrochen, ohne etwas von Wendells geheimer Strategie der selbst herbeigeführten Niederlage zu bemerken.

Aber auf dem Rasen von Forest Hills, dem Sandplatz von Roland Garros und dem sattgrünen Rechteck des Centre Court im *All-England Lawn Tennis and Croquet Club* ließ ihn der Mißerfolg im Stich. Sein Körper reagierte auf jeden Spielzug mit der Unerbittlichkeit einer Maschine. Seine Aufschläge donnerten jedesmal mit größter Präzision übers Netz und wurden immer nur lahm zurückgespielt. Der darauf folgende Ballwechsel, der von entmutigenden Topspins durchsetzt war, wurde ausnahmslos von ihm beherrscht. Während des ganzen Jahres war ihm nicht einmal der Aufschlag abgenommen worden, eine Tatsache, die die Sportjournalisten endlos wiederholten und über die sie geradezu ins Sabbern gerieten. Eine solche Haßliebe konnte nur die Unbesiegbarkeit hervorrufen.

Er hatte seinen ersten Matchball. Metnikow verpatzte seinen ersten Aufschlag. Der zweite war im Spiel, und Metnikow lief ans Netz, eine Taktik, die bis jetzt noch nie zum Erfolg geführt hatte. Bei seinem Return tat Wendell alles in seiner Macht Stehende, die Geschwindigkeit des Balles zu bremsen, um seinem Gegner die Chance eines Schlages zu geben. Aber der Instinkt war stärker. Der Ball prallte genau von der richtigen Stelle seines Schlägers ab und fetzte an dem Ungarn vorbei in die Ecke des gegenüberliegenden Feldes. Der Ruf »Aus!« ließ sein Herz vor Hoffnung höher schlagen, aber er war von der Tribüne gekommen, nicht vom Linienrichter, der die Kreidewolke gesehen hatte und nun ihm den Punkt zusprach. Der Schiedsrichter verkündete: »Spiel, Satz und Sieg Wendell.«

Die Abschlußzeremonie war glücklicherweise kurz. Da Wendell bei den Fernsehreportern als übellaunig verschrien war, ließen sie ihn nach seinen Siegen meistens in Ruhe. Er verließ den Platz, während Metnikow vor ihren Kameras sein zahnlückiges Lächeln zur Schau stellte und sich, enttäuscht aber fair, zu Wendell und seinem schier übermenschlichen Können äußerte.

Als er am nächsten Nachmittag zu Hause ankam, holte ihn Larry, sein Fahrer, vom Flugplatz ab. Larry enthielt sich zwar aller Glückwünsche, beging jedoch den Fehler, im Autoradio einen Sportsender laufen zu lassen, der ausgerechnet Metnikows Interview Wort für Wort übertrug. Wendell litt zu sehr unter dem Jetlag, um zu protestieren. Aber als er sich in die dicken Lederpolster des Mercedes zurücklehnte, spürte er, daß ihm die Worte des Ungarn sogar wohltaten, und er ließ sich von der warmen, goldenen Woge davontragen. Es war zum ersten Mal seit sehr langer Zeit, daß ihm ein Lob Linderung verschaffte. Die Befriedigung hielt jedoch nicht an. Er raunzte, Larry solle das verdammte Radio abstellen, und von einer Müdigkeit übermannt, die größer war als alle Erschöpfung auf dem Platz, verschränkte er die Finger über der Brust, die plötzlich mit Blei angefüllt zu sein schien, und schloß die Augen.

Das Haus machte einen wohltuend leeren Eindruck. Odile, seine Haushälterin, war nirgends zu erblicken, und Wendell erinnerte sich vage, daß sie darum gebeten hatte, ihre Schwester in Finnland besuchen zu dürfen. Sein Diener Nathan war ebenfalls verschwunden – wahrscheinlich schlief er einen Rausch aus. Daß Cheryl nicht da sein würde, war ihm ohnehin klar, nicht nach ihrem letzten Krach, dessen Höhepunkt ein fünfstündiges Nasenbluten gewesen war. Cheryl würde nicht eher wiederkommen, bis eine weitere seiner juwelenbesetzten Extravaganzen von einem Eilboten an ihrer Wohnungstür abgeliefert worden war. Nun, Cheryl konnte warten, dachte Wendell. Diese Einsamkeit war besser als Sex. Er ließ sich in einen riesigen Sessel fallen und atmete in tiefen, langen, befreiten Zügen. Die Enge in seiner Brust war fort. Die Stille trug ihn, und es war, als ob er schwebte.

Als er das Husten hinter sich hörte, wußte er, daß es Mr. Capri war. Dessen unangekündigtes Erscheinen überraschte ihn inzwischen nicht mehr. Mr. Capri pflegte ohne eine Entschuldigung in unverschlossene Häuser zu spazieren, uneingeladen auf Partys in der Nachbarschaft aufzutauchen. Anfänglich war Wendell verblüfft gewesen, aber keiner der Nachbarn schien Mr. Capri sein Eindringen übelzunehmen. Manchmal hatte Wendell sogar den Verdacht, daß die anderen Mr. Capris Anwesenheit gar nicht so richtig wahrnahmen, von der speziellen Beziehung zwischen ihnen beiden ganz zu schweigen.

»Ich habe nicht mit Ihnen gerechnet«, sagte Wendell.

»Ich wußte, daß Sie Kummer haben«, erwiderte Mr. Capri und zündete sich eine schwarze Zigarette an. »Ich dachte, Sie würden sich vielleicht gern aussprechen.«

»Das heißt, Sie sind gekommen, um sich daran zu weiden«, sagte Wendell niedergeschlagen. »Sie wissen ganz genau, was ich empfunden habe. Damit kennen Sie sich doch bestens aus, mit ›wertlosen Siegen‹ und dergleichen. Damit handeln Sie doch, oder?«

Mr. Capri lachte leise und stieß beißenden Rauch aus, der sich im ganzen Zimmer verbreitete.

»Ich handele nur mit einer Sache«, sagte er. »Und die Geschäfte, die ich mache, haben keine versteckten Klauseln. Keine Haken, keine Schwachpunkte. Ich arbeite ohne Tricks und stelle keine Fallen. Ich bin gerissen, das stimmt, aber ich habe auch meinen Stolz.«

Wendell schnaubte skeptisch.

»Das ist einfach gutes Geschäftsgebaren«, fuhr Mr. Capri fort. »Ich schätze das, was ich bekomme, und liefere meinerseits reelle Ware, und zwar das, was von mir verlangt wird, ohne jede Einschränkung, Behinderung und, um das auch noch zu sagen, ohne Gewähr, daß der Empfänger damit zufrieden sein wird.«

»Aber Sie wußten, was passieren würde, als ich Sie um... das hier bat.«

Mr. Capris Lächeln wurde von Zigarettenrauch umkräuselt.

»Um einen wuchtigen Aufschlag? Eine kraftvolle Vorhand? Eine makellose Rückhand? Ja, ich wußte, was passieren würde. Sie würden ein Champion werden. Der beste Tennisspieler der Welt. War es nicht das, was Sie wollten?«

»Ja«, erwiderte Wendell bitter. »Das war es, was ich wollte.«

»Ihre Forderungen waren ganz schön hart«, sagte Capri vergnügt. »Aber da ich zu jenem Zeitpunkt keinen anderen Tennisspieler in Aussicht hatte, konnte ich sie Ihnen unmöglich abschlagen. Und Sie müssen zugeben, daß ich den Vertrag eingehalten habe. Die Tatsache, daß Sie nicht imstande sind, die Früchte Ihres Sieges zu genießen...«

Mr. Capri zuckte mit den Achseln und drückte seine Zigarette aus. Der Stummel glühte noch einmal auf und verwandelte sich in nichts. Wendell starrte auf den leeren Aschenbecher und sagte:

»Es ist die Langeweile.«

»Wie bitte?«

»Früher hat mir Tennis *Spaß* gemacht. Ich habe dafür *gelebt!* Die Erregung, die ich am Anfang jedes Satzes empfand. Der erste Aufschlag. Der erste Return. Das Gefühl, wenn der Schläger den Ball traf. Und... die Spannung! Woher würde der nächste Ball kommen? Von welcher Seite des Platzes? Würde es ein Lob sein, ein Schmetter- oder ein Stoppball? Würde der Gegner den Ball als Volley nehmen, würde er ans Netz gehen, würde er mich zwingen, meine schwache Rückhand zu benutzen?«

»Ihre frühere schwache Rückhand«, warf Mr. Capri ein.

»Ja«, sagte Wendell bitter. »Ich habe keine Schwächen mehr. Jetzt befinden sich alle Schwächen auf der anderen Seite des Netzes. Jetzt gibt es keine Spannung mehr. Keine Ungewißheit. Keine Zweifel.«

»Aber wie kann es denn Zweifel geben, wenn Sie der beste Spieler der Welt sind?«

»Ich wußte nicht, welche Folgen das für mich haben würde! Ich wußte nicht, daß ich von da an beim Betreten eines Platzes nur Langeweile empfinden würde! In der Gewißheit, daß ich nicht verlieren kann, daß ich nicht überrascht, nicht getäuscht werden kann, nicht *herausgefordert!*«

Mr. Capri blickte auf Wendells Trophäensammlung.

»Es hat doch auch sein Gutes.«

»Ich würde sie alle hergeben«, sagte Wendell. »Ich würde alle diese verdammten Pokale für einen einzigen Tennisspieler hergeben, der mir ein anständiges Spiel liefert!«

Sein Besucher näherte sich geräuschlos der Vitrine. Ihre Türen öffneten sich für ihn, und die silbernen Gegenstände sprühten Funken, als seine leuchtenden Fingernägel sie berührten.

Über seine eigenen Gedanken lächelnd, sagte Mr. Capri:

»Also gut. Wenn es das ist, was Sie sich wünschen – das läßt sich einrichten.«

»Ist das Ihr Ernst?«

»Nichts bereitet mir ein größeres Vergnügen, als Wünsche zu erfüllen. Habe ich das nicht seit Jahrtausenden bewiesen?«

»Ihre Jahrtausende sind mir scheißegal! Wenn Sie mir bloß den Mann zeigen, der mir ein gutes Spiel liefern kann!«

Mr. Capri sah aus dem Fenster zu Wendells Privatplatz hinüber.

»Die Sonne steht schon ziemlich tief. Wird Ihnen das etwas ausmachen?«

»Was meinen Sie damit?«

»Es dämmert bald. Wird das von Nachteil für Sie sein?«

»Schlagen Sie etwa ein Spiel vor? Jetzt auf der Stelle?«

»Nicht mit mir«, lachte Mr. Capri. »Du liebe Güte, nein. Ich beteilige mich niemals an sportlichen Wettkämpfen, ich bin nur Zuschauer und nichts weiter. Ich habe einen anderen Gegner für Sie, und ich sorge dafür, daß er in ein paar Minuten auf dem Platz ist, also ziehen Sie sich am besten gleich um.« Als Wendell ihn nur weiterhin verständnislos anstarrte, zuckte Mr. Capri die Achseln und sagte: »Ach, lassen Sie nur.« Er bewegte einen lumineszierenden Fingernagel hin und her – und als Wendell an sich hinuntersah, stellte er fest, daß er im Tennisdreß war.

Er streifte die Hülle von seinem Schläger und empfand dabei eine erwartungsvolle Erregung, wie er sie nicht mehr für möglich gehalten hatte. Sein Besucher war bereits draußen, ja, er befand sich sogar schon innerhalb der verschlossenen Umzäunung des Tennisplatzes, was Wendells Verdacht bestätigte, daß man für Mr. Capri keine Türen zu öffnen brauchte. Aber kleine Wunder interessierten ihn im Augenblick nicht, nur das große, das Mr. Capri ihm versprochen hatte – ein Gegner, der ihm gewachsen war.

Anfänglich konnte er auf dem gegenüberliegenden Feld niemanden sehen, aber dort waren auch die Schatten am längsten. Dann tauchte in dem verbleibenden Licht jemand auf, ein Mann von mittlerer Größe, dicker um die Mitte herum, als es sich die meisten Tennisspieler leisten konnten – und ihn durchzuckte ein Gefühl der Enttäuschung über Mr. Capris Kandidaten. Wendells Gegner hatten von seiner Seite des Netzes aus im allgemeinen schlank und gefährlich ausgesehen, aber dieser Mann war fast untersetzt. Trotzdem kam er ihm irgendwie bekannt vor. Irgend etwas an der Art, wie sein Kopf auf seinen starken Schultern saß, an den Augen mit den schweren Lidern, dem niedergeschlagenen Zug um den Mund. Er beobachtete ihn, wie er sich, den Schläger in den Händen drehend, krummbeinig hinter der Grundlinie aufstellte. Offensichtlich wartete er darauf, daß Wendell als erster aufschlug. Dieser blickte zu Mr. Capri hinüber, der einen Ball aus dem Nichts hervorzauberte und ihm zuwarf. Wendell schlug ihn prompt in die Ecke des Aufschlagfeldes und gab ihm dabei gerade soviel Effet, daß sein Gegner ihn nicht erreichen konnte. Aber der Mann versuchte es auch gar nicht erst. Er stand einfach da, hielt seinen Schläger mit beiden Händen umfaßt und lächelte auf eine Weise, die Wendell vertraut war.

»Fünfzehn null«, sagte der Schiedsrichter. Schiedsrichter? Ja, da saß tatsächlich einer auf dem Schiedsrichterstuhl am Rande des Platzes. Er war nur eine Silhouette im

Zwielicht, eine dunkle Gestalt, die Mr. Capri ähnelte, obwohl Mr. Capri mit verschränkten Armen am Maschendrahtzaun lehnte und von den Vorgängen offensichtlich sehr angetan war. Wendell fragte sich, weshalb, und schlug wieder auf. Diesmal schien sein Gegner genau zu wissen, wohin der Ball gehen würde, und schickte ihn mit einer Vorhand zurück, die Wendell mit ihrem starken Topspin überraschte. Es gelang ihm nur mit Mühe, den Ball zurückzulobben. Aber der andere zog sich, als habe er das vorausgesehen, rechtzeitig zurück und brachte sich in eine perfekte Stellung für einen Passierschlag, von dem Wendell geglaubt hatte, er habe ihn sich schon vor Jahren patentieren lassen. Es verdroß ihn nicht, nicht einmal, als er Mr. Capris Händeklatschen hörte, mit dem dieser dem anderen applaudierte. Er frohlockte. Es mochte nur Dusel gewesen sein; vielleicht hatte er seinen Gegner auch nicht ernst genug genommen. Aber es gab keinen Zweifel, der Spielstand war fünfzehn beide.

Bei seinem nächsten Aufschlag ließ er sich Zeit, und der Ball kam mit entnervender Schnelligkeit zurückgeschossen. Wendell trat zurück und schlug ihn aus der Luft gerade eben über das Netz, so daß er fünf Meter von seinem Gegner entfernt auftraf. Wendell war überzeugt, daß er ihn damit überrumpelt hatte, aber in den krummen Beinen des anderen steckte mehr Sprintvermögen, als er gedacht hatte. Jener erreichte den Ball und hob ihn säuberlich und für Wendell unerreichbar übers Netz. Sein triumphierendes Lächeln machte Wendell schier verrückt. Wo hatte er dieses Gesicht bloß schon gesehen?

Um den nächsten Punkt kämpften sie härter. Sie trieben den Ball ein dutzendmal zwischen sich hin und her, bis er eine schadhafte Stelle im Bodenbelag traf (er hatte Nathan schon tausendmal gesagt, er solle das in Ordnung bringen lassen), und der Punkt an Wendell ging. Dieser akzeptierte ihn, ohne sich zu entschuldigen – ihm war nicht nach Fairneß zumute. Er wollte, daß es dreißig beide stand, und das tat es nun.

Jetzt wendete sich das Blatt. Es lief gut für ihn. Seine Anspannung ließ allmählich nach. Er wußte im voraus, wie die Bälle kommen würden, konnte wieder wie eh und je die Gedanken seines Gegners lesen, ja, vielleicht sogar noch besser als sonst. Nur die Tageszeit war ungewohnt für ihn. Einen strategisch wichtigen Augenblick lang barsten Sonnenstrahlen durch die Tannen und blendeten ihn, so daß der Ball ins Aus ging. Jedenfalls dachte er, daß er aus war, bis er den Schiedsrichter rufen hörte: »Vorteil Mr. Wendell!« Er blickte zu Mr. Capri hinüber, der breit lächelte, ein Lächeln, das sein tiefgebräuntes Gesicht in zwei Teile zu spalten schien. Er mußte den Irrtum des Schiedsrichters bemerkt haben, dachte Wendell, und freute sich jetzt hämisch, daß er, Wendell, den Punkt akzeptierte. Er fuhr herum und rief dem Mann auf dem hohen Stuhl zu:

»Der Ball war im Aus. Der Punkt gehört mir nicht!«

»Vorteil Mr. Wendell!« sagte der Schiedsrichter.

Er hatte sein Bestes getan. Was konnte er sonst noch machen? Er bedeutete dies seinem Gegner mit einem hilflosen Achselzucken und sah, wie dieser seinerseits mit den Achseln zuckte und dabei den Kopf auf seinen kräftigen Schultern genauso bewegte wie er den seinen. Um den Mund des anderen lag der gleiche niedergeschlagene Ausdruck, den Wendell so oft in seinem Rasierspiegel gesehen hatte. Als sein Gegenüber zur Grundlinie zurückging, tat er dies mit dem gleichen schaukelnden, O-beinigen Gang, den Wendell in Videoaufnahmen seiner eigenen Spiele hatte betrachten können. Jetzt wußte er, warum ihm sein Gegner so vertraut vorkam und warum das mit dem Gedankenlesen so gut klappte. Jetzt war ihm klar, warum es »Vorteil Mr. Wendell« hieß. Er spielte gegen sich selbst.

Er sah sich nach Mr. Capri um, der sich auf die andere Seite des Platzes befördert hatte.

»Was soll das? Was zum Teufel geht hier vor sich?«

»Ein Spiel«, sagte Mr. Capri. »Ein sehr gutes Spiel. Seit den Tagen von Mr. Budge hat mir kein Match mehr soviel Spaß gemacht.«

»Das ist kein Match! Ich spiele gegen mich selbst!«

»Sie spielen gegen den besten Tennisspieler der Welt, Wendell. Wenn das keine Herausforderung ist! Mehr können Sie wohl kaum verlangen.«

»Aber *ich* bin doch der beste Tennisspieler der Welt!«

»Und Sie wollten gegen jemanden spielen, der Ihnen gewachsen ist. Wer außer Ihnen käme da in Frage?«

Auf der anderen Seite stand sein Spiegelbild bereit für seinen Aufschlag und drehte dabei den Schläger in beiden Händen – genauso, wie es seine, Wendells, Art war.

»Schlagen Sie auf«, sagte Mr. Capri. »Wollen Sie nicht herausfinden, ob Sie sich selbst besiegen können? Machen Sie Ihren Aufschlag, mein Freund, Sie lassen auf sich warten. Und wie wir alle wissen, sind Sie ein sehr ungeduldiger Mann.«

Wendell fluchte und warf den Ball in die Luft. Er legte alles in diesen Aufschlag, was er an Kraft, Können und Spielwitz besaß, und obwohl Wendell II offensichtlich wußte, was er vorhatte, konnte er den Ball dann doch bloß vom Boden aufschaufeln und Wendell zu einem mühelosen Schmetterball verhelfen.

»Einstand«, sagte der Schiedsrichter.

Sein nächster Aufschlag war genauso kraftvoll, aber Wendell II war diesmal besser darauf vorbereitet. Er antwortete mit einem langen Return, und Wendell mußte über das ganze Feld laufen, um ihn zu kriegen. Dreißigmal wechselten sie den Ball, bis Wendells Herz wild hämmerte und er so erschöpft war, daß er stockte und den Punkt an sein zweites Ich verlor.

Wendell wehrte sich. Sein ganzer Körper zitterte vor Erschöpfung, aber er nahm an, daß sein Pendant genauso kaputt war. Er beschloß, ans Netz zu gehen, und merkte plötzlich, daß Wendell II das gleiche vorhatte. Gerade noch rechtzeitig fiel er zurück, und es gelang ihm, den Ball mit einem kräftigen Treibschlag außer Reichweite zu befördern.

»Einstand«, sagte der Schiedsrichter.

Der nächste Punkt ging ebenfalls an Wendell, aber er konnte den Vorsprung nicht halten. Der andere Wendell las ja auch in seinen Gedanken, und als er versuchte, ihn mit einer sanften Rückhand zu täuschen, antwortete Wendell II mit einem tiefen, sozusagen von seinen Schnürsenkeln aufgenommenen Volleyball.

»Einstand«, sagte der Schiedsrichter.

Zwei Stunden waren vergangen, aber das Licht war gleichgeblieben. Nur Mr. Capri hatte sich von einem Ende des Platzes zum anderen bewegt, die Arme vor der Brust verschränkt – der perfekte Zuschauer, völlig unparteiisch.

»Einstand«, sagte der Schiedsrichter zum achtundzwanzigstenmal.

»*Capri!*« schrie Wendell. »Dieses Spiel ist absurd! Er weiß genau, was ich machen werde! Ich weiß genau, was *er* machen wird!«

»Einstand«, sagte der Schiedsrichter.

»Ihr seid beide großartig«, sagte Mr. Capri. »Ihr seid beide die besten Tennisspieler der Welt. Was erwarten Sie also?«

»Einstand«, sagte der Schiedsrichter zum fünfundneunzigstenmal.

»Capri! Ich hab's ja nun begriffen. Ich kann mich nicht schlagen. Er kann mich nicht schlagen. Hören wir also auf!«

»Gewinnen Sie zwei Punkte hintereinander«, rief Mr. Capri. »Mehr ist nicht nötig.«

»Einstand«, sagte der Schiedsrichter zum hundertfünfzigstenmal.

»Es reicht«, sagte Wendell. »Ich erkläre das Spiel für unentschieden!«

»Einstand«, sagte der Schiedsrichter.

»Haben Sie mich gehört, Capri?«

Mr. Capri schwieg. Er war jetzt eine Silhouette, aber eine schweigende. Der Schiedsrichter schwieg nicht.

»Einstand«, sagte er.

»Ich mache Schluß«, kreischte Wendell und schmiß seinen Schläger hin. Er sprang in seine Hand zurück, und seine Finger umschlossen ihn mit perfektem Vorhandgriff, ohne daß er etwas dazu tat. Er lief zur Pforte, aber sie war nicht mehr da. Eine solide, durchgehende Wand umschloß den Platz. Mr. Capri lachte leise, und der Schiedsrichter sagte:

»Meine Herren, nehmen Sie Ihr Spiel wieder auf. Einstand.«

Wendell versuchte, seine Arme unten zu behalten, aber der Ball in seiner Linken erwachte zu eigenständigem Leben und zwang Wendell, ihn hochzuwerfen. Dann reagierte sein Schläger und schmetterte ein donnerndes As an Wendell II vorbei. Noch einmal schöpfte er Hoffnung und versuchte ein zweites As zu schlagen. Statt dessen unterlief ihm ein Doppelfehler.

»Einstand«, sagte der Schiedsrichter.

»O mein Gott«, rief Wendell. »Das ist ja grauenhaft. Das ist ein Alptraum! Da wäre ich doch lieber in der Hölle!«

»Ah«, sagte Mr. Capri.

Dann verschwand er und überließ Wendell seinem Gegner und dem Schiedsrichter. Als er draußen vor dem Haus an der Limousine vorbeikam, tippte er grüßend an seinen Hut. In dem Wagen mit den dicken schwarzen Polstern saß Wendell. Er war in sich zusammengesunken, und seine Schlaghand ruhte friedlich auf seiner Brust.

Ich, das Monster

Ich hatte es für eine meiner besseren Ideen gehalten, der Firma statt meines Nachnamens meinen Vornamen zu geben. Ich heiße Aaron Zachary, und ich hatte wählen können, ob ich im Branchenverzeichnis unter »Detekteien« am Anfang oder am Ende erscheinen wollte. *Aaron Associates* steht an zweiter Stelle (eine AAA-Agentur gibt es in jeder Stadt), aber trotzdem nahm niemand meine Hilfe in Anspruch, bis ich mein Sparschwein für eine Kleinanzeige schlachtete, in der es hieß »Beweismaterial für Scheidungen, Ermittlungen aller Art, Suche nach verschwundenen Personen«. Da bekam ich meinen ersten zahlungsfähigen Kunden und eine Identität, von der ich mir nicht hatte träumen lassen.

Für jemanden, der eine zweijährige Ausbildung zum Sicherheitsbeamten hinter sich hat, ist es nicht leicht zuzugeben, daß er einen Menschen nicht beschreiben kann – besonders, wenn es sich um den Mann handelt, der gekommen war, um ihm möglicherweise seinen Einweihungsfall zu bringen. Aber trotz der Tatsache, daß mein Büro nicht einmal für eine Sehschärfenprüfung groß genug ist, und obwohl ich so nahe an ihn herankam, daß ich meine Hand um seinen Ellbogen legen konnte, weiß ich nur noch, daß er einen substanzlosen Eindruck machte. Ich erinnere mich, daß mir sein Gesicht irgendwie unfertig vorkam, aber obwohl er zwei Augen, eine Nase und einen Mund hatte, wäre es mir unmöglich gewesen, sie aus einem »Identikit« herauszusuchen, und wenn mein Leben davon abgehangen hätte. Ich habe gerade seinen Ellbogen erwähnt. Warum ich ihn gepackt habe? Ich wollte den Burschen aus meinem Büro bugsieren. Hätten Sie gehört, was er wollte, hätten Sie es sicher auch so gemacht.

»Ich möchte, daß Sie jemand suchen«, sagte er. »Eine Frau.«

»In Ordnung«, entgegnete ich herzlich. Die Aussicht, meine Praxis als Privatdetektiv mit einem leichten Fall eröffnen zu können, war durchaus erfreulich. Viele Fälle von vermißten Personen konnten mit einem einzigen Anruf bei der Kfz-Meldestelle gelöst werden. Ich zog einen schönen neuen Notizblock zu mir heran und stellte die üblichen Fragen.

Die Antworten waren unüblich.

»Ich weiß nicht, wie sie heißt«, sagte er. »Sie ist nicht mit mir verwandt. Und ich fürchte, ich weiß auch nicht, wie sie aussieht.«

»Aber irgend etwas müssen Sie mir doch über sie sagen können.«

»Leider nein.«

»Vielleicht wenn Sie mir die Umstände schildern würden, die Gründe, warum Sie diese Frau ausfindig machen wollen...«

»Das kann ich auch nicht, wirklich«, sagte er.

Ich blieb ganz ruhig. Ich nahm an, er sei nervös. Vielleicht war es ja auch für ihn das erste Mal. Ich lehnte mich zurück und wartete darauf, daß er die Geschichte auf seine Weise erzählte, aber sein unfertiges Gesicht blieb so ausdruckslos und wenig aufschlußreich wie die leeren Aktendeckel in meinem Schrank.

»Wär's das?« fragte ich. »Ich das alles, was Sie zu sagen haben?«

»Tut mir leid«, entgegnete er ruhig. »Aber es muß genügen.«

Soviel also zur zweiten Stelle in den Gelben Seiten. Ich wollte ihm schon vorschlagen, die Hilfe eines Psychiaters in Anspruch zu nehmen, kam dann aber zu dem Schluß, daß es mich nichts anging. Statt dessen murmelte ich etwas von gerade keine Zeit haben und empfahl ihm die AAA-Agentur. Dann ging ich voran zur Tür.

Das Problem war nur, daß *er* nicht gehen wollte.

»Sie müssen mir einfach helfen«, sagte er. »Ich glaube, Sie können mir auch helfen.«

»Ich sehe nicht wie, so ohne alle Anhaltspunkte.«

»Einen Hinweis kann ich Ihnen geben«, sagte er. »Die Frau hält sich hier ganz in der Nähe auf. Das weiß ich genau. Deshalb habe ich mir auch Ihr Büro ausgesucht. Früher oder später *müssen* Sie in sie hineinrennen.«

»Ich fürchte, das reicht nicht aus.«

Das war der Augenblick, wo ich meine Hand um seinen Ellbogen legte. Es war keine aggressive Gebärde. Nur eine leichte, suggestive Bewegung, die meinem Wunsch Ausdruck verlieh, ihn auf der anderen Seite der Tür zu sehen. Aber seine Reaktion überraschte mich. Oder besser noch, sie überrumpelte mich. Trotz seines substanzlosen Aussehens verwandelte sich sein Körper in einen Monolithen, wurde zu einem unverrückbaren Stück Felsen. Nur daß er sich bewegte. Er legte seine Hand auf meine Brust, nur ganz leicht, und ich fühlte mich mit solcher Gewalt rückwärts geschleudert, daß ich in den Aktenschrank hinter mir krachte. Der Aufprall war so hefftig, daß alle Schubladenaufschriften von A bis Z in mein Rückgrat eintätowiert worden sein mußten. Das war mein letzter Gedanke, ehe die Welt für die nächsten drei Stunden dichtmachte.

Ich wußte, wieviel Zeit vergangen war, denn als ich die Augen wieder aufmachte, sah ich, daß die schmalen Lichtstreifen zwischen den Lamellen meiner Jalousie nicht mehr da waren. Trotz meiner Kreuzschmerzen und eines verständlichen Ärgers darüber, von einem Karatestoß niedergestreckt worden zu sein, galt meine erste Sorge doch Bobbi. Ich hatte drei Wochen gebraucht, um sie dazu zu bringen, einen Schlüssel zu meinem Studio anzunehmen. Sie teilte ihre eigene Wohnung mit einem Wesen, das bloß immer vor der Glotze rumhing, was jeden Gedanken an eine Romanze schon im Keim erstickte. Bobbi wollte an jenem Abend vorbeikommen und zum Abendessen Steaks braten. War das nun vielversprechend oder nicht? Ich schaute auf meine Hand, um zu sehen, wie spät es war.

Nein, ich erzähle das nicht richtig. Ich wußte nicht, daß es *meine* Klaue war, nicht sofort. Ich dachte, sie gehöre zu irgendeinem Geschöpf, das von meinem geistesgestörten Besucher zurückgelassen worden war – zu einem Babyalligator, den er in seinem Keller aufgezogen hatte. Bloß daß ich noch nie eine Alligatorklaue von nahem gesehen hatte, und ganz bestimmt keine, die eine Seiko am Gelenk trug.

Auch wenn ich vorhin außerstande war, eine Beschreibung abzugeben, so kann ich mich doch an jede Einzelheit jener scheußlichen Extremität erinnern, die da aus meinem Gabardineärmel herausstak. Ihre sechs Krallen waren erbsengrün. Ihre Fingernägel waren gelb und so lang, daß sie sich unter der hornigen Handfläche einrollten. Die lederige Haut war von warzenförmigen Auswüchsen übersät. Aber meine schlimmste Entdeckung war: *Es gab zwei von der Sorte!*

Als ich dort, wo meine linke Hand hätte sein sollen, die zweite Klaue erblickte, rappelte ich mich in wilder Panik vom Boden auf. Mit der einen Klaue versuchte ich, die andere abzustreifen – in der Hoffnung, es handele sich nur um so etwas wie handschuhähnliche Überzüge. Aber es war zwecklos, und von dem trockenen, raspelnden Geräusch wurde mir speiübel. Nicht so übel, wie mir noch werden sollte. Denn mir kam ein wirklich ekelhafter Gedanke. Was, wenn diese kafkaeske Verwandlung nicht bei meinen Händen aufhörte?

Mein kleines Büro besaß keine Toilette, solche Annehmlichkeiten waren in der Miete nicht inbegriffen. Aber auf der Innenseite der Garderobenschranktür hing ein gesprungener Spiegel, und obwohl ich nicht daran gewöhnt war, mit sechs Fingern zuzugreifen, gelang es mir, den Schrank zu öffnen. Gleich darauf wünschte ich, ich hätte es gelassen. Was ich in dem Spiegel sah, war schlimmer als alle Alpträume meines Lebens zusammengenommen. Ich blickte in ein Gesicht, das mich wünschen ließ, meine Alligatorenassoziation sei richtig gewesen. Alligatoren sind hübsche Tiere im Vergleich, Nashörner hinreißend, Eidechsen entzückend. Mein neues Gesicht besaß viele Züge von allen dreien, war jedoch mit der Kunstfertigkeit eines dreijährigen Kindes gefügt, das einen Klumpen Knetmasse bearbeitet.

In meiner Kehle wollte sich ein Schrei bilden, aber ich erstickte ihn aus Angst, daß aus meinem drachenähnlichen Maul Flammen schießen könnten. Das fehlte gerade noch, daß ich das Büro in Brand setzte und vor den Augen einer staunenden Menge wie ein Riesensalamander aus dem brennenden Gebäude kroch. Dann hatte ich einen neuen Anlaß zur Panik. Die Tür ging auf.

Es war nur die Putzfrau. Sie kam, baltische Flüche murmelnd, mit Mop und Eimer hereingeklappert, und

instinktiv suchte ich in dem kleinen Wandschrank Dek-
kung und zog die Tür hinter mir zu. Ich wußte, daß sie bei
meinem Anblick vermutlich die Nerven verlieren und mir
eine Flasche hochkonzentriertes Desinfektionsmittel ins
Gesicht schütten würde, und das sah auch so schon gro-
tesk genug aus. Glücklicherweise brauchte sie für mein
Büro nie mehr als eine Minute. Sie leerte meinen Papierkorb, verteilte ein wenig Schmutzwasser auf dem Lino-
leum und ging wieder hinaus, ohne zu ahnen, daß sie dem
Anblick der Hölle nur knapp entronnen war.

Angeblich besaß ich einen gut funktionierenden, logischen Verstand. Das hatte man mir jedenfalls auf der Poli-
zeischule gesagt. Aber was nützte ein logischer Verstand
im Körper einer solchen Kreatur? Ich sah wieder in den
Spiegel und betete dabei inbrünstig, daß sich die Metamorphose umgekehrt haben möge – aber da war dasselbe
scheußliche Gesicht wie vorher und blickte mich an. Nur
daß ich jetzt den schlecht gebundenen Schlips um meinen
schuppigen Hals bemerkte und den ausgebeulten braunen
Anzug, der weiß der Himmel was für einen ekligen Körper bedeckte. Es hätte mich nicht gewundert, wenn ich an
meinem hinteren Ende einen langen Greifschwanz getragen hätte.

Ich brauchte Hilfe, das war offensichtlich, aber hier
würde ich die nicht finden. Ich hatte nur ein Verlangen,
den dringenden Wunsch nach einer vertrauten Umgebung, nach der Sicherheit einer verschlossenen Tür. Ich
mußte nach Hause.

Im Schrank hing ein Regenmantel. Es hatte seit zwei
Wochen nicht mehr geregnet, aber ich zog ihn an und war
froh, daß er einen so großen Kragen und so tiefe Taschen
hatte. Wenigstens konnte ich meine Klauen und meinen

warzenbedeckten Hals verbergen, aber es reichte nicht aus, um mein gräßliches Gesicht zu verstecken. Ich brauchte einen Hut, aber ich trug nie einen. Ohne Hut hatte ich keine Chance, der öffentlichen Aufmerksamkeit zu entgehen. Ein Blick auf mein Gesicht, und das ganze Dorf wäre mit Hunden hinter mir her. *Ich brauchte einen Hut!*

Verzweifelt sah ich in jede Schreibtischschublade und sogar in den Aktenschrank, ungeachtet der Tatsache, daß ich erst vor zwei Wochen eingezogen war und daß außer Bleistiften, Notizblöcken, Bonbonpapierchen und einer zwei Tage alten Zeitung nichts vorhanden war. Doch dann beschloß das Schicksal, vielleicht weil es einsah, daß es mir das schlechteste Blatt in seinem Spiel ausgeteilt hatte, mir eine brauchbare Karte zu geben. Ich hörte etwas gegen das Fenster prasseln und zog mit einem Ruck die Jalousie hoch. Und richtig, auf der Scheibe waren Regentropfen. Ich griff nach der Zeitung, um sie als behelfsmäßigen Regenschirm zu benutzen.

Natürlich mußte ich zunächst einmal zum Parkplatz kommen. Glücklicherweise sagte mir die Seiko an meiner Klaue, daß es schon nach sieben war, und in einem Gebäude, in dem bankrott gehende Unternehmer mit ihren Teilzeitsekretärinnen hausten, machte niemand Überstunden. Einen schlimmen Augenblick gab es am Fahrstuhl, als ich im Flur die Schritte eines Mannes hörte. Es gelang mir, schneller zu sein und auf den Knopf zu drükken, der die Fahrstuhltür schloß, ehe er bei ihr ankam. Er weiß nicht, was für ein Glück er hatte. Selbst ich hätte die kleine Kabine nicht gern mit mir geteilt.

Mein Toyota war das einzige Auto, das noch auf dem Parkplatz stand. Ich mußte mich wohl an meine sechsfing-

rige Hand gewöhnt haben, denn es bereitete mir keine
Schwierigkeit, den Schlüssel ins Zündschloß zu stecken
und den Motor anzulassen. Ich fädelte mich in den Verkehr auf der regenschwarzen Straße ein und fuhr vorsichtig, um keinesfalls die Geschwindigkeitsbegrenzung zu
übertreten. Das war nicht der Zeitpunkt, um von einem
Verkehrspolizisten angehalten zu werden. Zum Beispiel
stimmte schon mal das Gesicht auf meinem Führerschein
nicht mit meinem eigenen überein.

Es war nicht weit zu dem weißverputzten, von Farn-
kraut umwucherten Haus am Santa Monica Boulevard,
wo ich ein Studio bewohnte, wie es Bobbi, die Immobi-
lienmaklerin, die es für mich aufgetan hatte, nannte. Bis
jetzt hatte ich nichts dagegen gehabt, in einem einzigen
Zimmer zu wohnen, aber als ich es an jenem Abend betrat,
ließ der beschränkte Platz die Panik wieder aufleben, die
mich im Büro erfaßt hatte. Da es mir nicht möglich war, in
einen anderen Raum zu fliehen, fühlte ich mich in meinem
gräßlichen neuen Körper erst recht eingesperrt. Dann fiel
mir ein, daß es doch einen anderen Raum gab, und ich
fühlte den masochistischen Drang, mich eines seiner charakteristischen Elemente zu bedienen, nämlich des großen
Wandspiegels.

Langsam fing ich an mich auszuziehen. Ich machte die
Augen zu und schleuderte meine Schuhe von mir. Dann,
als häutete ich mich ein ums andere Mal, zog ich Mantel,
Hose, Hemd und Unterwäsche aus und steuerte auf das
Badezimmer zu. Vielleicht war es die mutigste Tat meines
Lebens, dort auf den Lichtschalter zu drücken.

Da war ich. In voller Größe, in all meiner farbigen
Scheußlichkeit. Eine walzenförmige Gestalt, von einer
Haut umschlossen, die dem Äußeren einer Gurke glich.

Gummiartige Arme und Beine, wie Stengel eines fremdartigen Gewächses. Kein Schwanz, keine Geschlechtsorgane. Lächerlicherweise war ich über den Verlust letzterer zusätzlich verbittert. Dann bemerkte ich dort, wo meine »Hüften« waren, einen Kranz von Ausstülpungen, die wie Schnuller geformt waren, und fragte mich, ob die vielleicht etwas mit Fortpflanzung zu tun hatten. Für weitere Überlegungen blieb mir jedoch keine Zeit, denn durch die offene Badezimmertür hörte ich das eindeutige Geräusch eines Schlüssels in einem Schloß.

Bobbi hatte ihr Wort gehalten.

Natürlich zog ich sofort die Tür zu und knipste sogar das Badezimmerlicht aus, aber es gab keine Möglichkeit, meine Anwesenheit zu verleugnen. Schon weil meine Sachen über den ganzen Teppich verstreut lagen. Diese Tatsache entging ihr auch nicht, aber sie zog daraus eine vernünftigere Schlußfolgerung.

»Aaron?« rief sie. »Bist du in der Dusche?«

»Ja«, antwortete ich und bemerkte zum ersten Mal, daß die Verwandlung meine Stimme nicht mit einschloß. »Ich bin erst spät nach Hause gekommen, wegen des Regens.«

»Schmeißt du immer deine Sachen auf den Boden?«

»Sie waren naß«, sagte ich. Dann kam mir der Gedanke, daß jetzt Toneffekte angebracht wären, und drehte den Wasserhahn auf, damit Wasser in die Wanne plätscherte. Was sie dann sagte, ging in dem Geräusch unter, aber es war auch egal. Ich klappte die Klosettbrille herunter und setzte mich hin, Gesicht in den Händen – ich meine, Schnauze in den Klauen –, und versuchte, eine Entscheidung zu treffen. Was sollte ich jetzt machen? Bobbi loszuwerden war ganz unmöglich. Auch wenn ich ihre Geräuscheffekte nicht hören konnte, wußte ich doch, daß sie jetzt die Aluminiumjalousie hochzog, die die Küchennische verbarg, und daß sie jeden Augenblick anfangen würde, in einem Ausbruch wilder Häuslichkeit mit Töpfen und Tellern zu klappern. Ich war ihr Gefangener, und es gab keinen anderen Ausweg als ein volles Geständnis. Ich drehte den Hahn zu und preßte meinen Drachenkopf gegen die Badezimmertür.

»Bobbi«, fing ich an, »ich muß dir etwas sagen.«

»Ich weiß«, entgegnete sie fröhlich. »Du haßt Broccoli. Aber paß auf, er wird dir schon schmecken, so wie ich ihn mache. Es wird ein Soufflé.«

»Das ist es nicht«, sagte ich. »Es geht um etwas ,was mir heute passiert ist. Etwas ziemlich Scheußliches.«

Ich hörte sie näher kommen und wußte, daß sie mir jetzt zuhörte.

»Du wirst es mir nicht glauben«, fuhr ich fort. »Aber heute nachmittag ist ein Mann in mein Büro gekommen... Ich weiß nicht, wer er war, und auch nicht, was er mit mir gemacht hat, aber... ich habe mich verändert, Bobbi. Ich bin in... etwas anderes... verwandelt worden. Etwas, das nicht menschlich ist. Ich will sagen, ich bin wie diese ein Meter achtzig lange Echse, bloß noch schlimmer.«

Einen Augenblick lang herrschte Stille, dann sagte sie:

»Du hast mir gesagt, du seist einszweiundachtzig.«

»Ich mache keine Witze«, wimmerte ich. »Ich würde ja die Tür öffnen und es dir zeigen, aber du würdest bloß schreien oder in Ohnmacht fallen oder weiß der Himmel was, mit der Bratpfanne auf mich einschlagen oder so was. Ich brauche Hilfe, einen Arzt oder vielleicht einen Priester, ich weiß selbst nicht... Bobbi, bist du noch da?«

Wieder Stille, dann ein Kichern.

»O Mann, ich habe ja schon manche Ausrede gehört,

wenn Leute nicht essen wollten, was ich gekocht habe, aber das hier ist bei weitem die beste. Okay, Eidechsenmann, komm raus und laß mich die Pointe hören.«

»Ich komme nicht raus. Ich kann nicht rauskommen!«

»Ach, jetzt verstehe ich«, sagte sie, und ihre Belustigung nahm eine neue Qualität an. »Du möchtest, daß ich da reinkomme. Ein bißchen Spaß vor dem Essen. Tut mir leid, Aaron, aber ich bin mir nicht mal über ein bißchen Spaß *nach* dem Essen sicher.« Und verführerisch setzte sie hinzu: »Es hängt ganz davon ab, wie sehr du mein Broccolisoufflé magst.«

Es war ganz offensichtlich eine Pattsituation. Ich mußte den entscheidenden Zug machen. Ich mußte mich zeigen und hoffen, daß Bobbi den Angriff auf ihre Sinne wenigstens solange überleben würde, bis sie mir Hilfe geholt hatte.

Ich wickelte ein Badetuch um meine Leibesmitte, um zu verbergen, was meine neuen Familienjuwelen sein mochten oder auch nicht – ein instinktiver Akt feinfühliger Rücksichtnahme.

Dann machte ich die Badezimmertür auf.

Bobbi starrte mich an.

Ich erwartete einen Schrei des Urentsetzens.

Statt dessen sagte sie:

»Ziehst du dich immer so zum Abendessen an?«

Mein Herz vollführte einen dreifachen Salto rückwärts vor Glück und Erleichterung. Der Zauberbann war gebrochen – vielleicht durch die reine Liebe einer Jungfrau! Na ja, oder wenigstens einer jungen Frau. Wenn das Badetuch verknotet gewesen wäre, hätte ich Bobbi in meine Arme geschlossen und ihr auf ewig meine Lehnstreue zugeschworen – wie man sehen kann, dachte ich in mittelalter-

lichen Wendungen. Doch dann sah ich mich in dem großen Spiegel und stellte fest: Was das Badetuch da zu einem
Drittel verhüllte, war noch immer diese Kreatur.

Meine Verwirrung war fast so groß wie bei der Entdek-
kung meiner Verwandlung. Aber als mich Bobbi weiterhin
ohne das geringste Zeichen von Schock oder Überraschung
ansah, da wußte ich, daß meine erste Schlußfolgerung
richtig gewesen war. *Sie sah nicht, was ich sah.*

»Hui, was für ein schickes Badetuch«, sagte sie. »Aber
schau nicht so ängstlich drein. Mit dem Broccoli, das war
nur Spaß. Ich meine, ich mache schon ein phantastisches
Soufflé, aber nach einem anstrengenden Tag ist es mir
einfach zuviel Arbeit, du verstehst?«

Ich hätte ihr am liebsten mit meiner Klaue den Mund
zugehalten, aber statt dessen schrie ich nur meinen nächsten Satz heraus.

»Um alles in der Welt, Bobbi, kannst du denn an mir
keinen Unterschied feststellen?«

»Nun ja, du siehst schon ziemlich schlimm aus«, sagte
sie gouvernantenhaft. »Aber wenn man bedenkt, wann du
jeden Abend ins Bett gehst und wie du es *vor* dem Schla-
fengehen treibst, dann muß man sich wundern, daß du
nicht schlimmer aussiehst. Wie dem auch sei, Echsenge-
sicht, ich verzeihe dir, wenn du auch mir verzeihst.«

»Was?« brachte ich heraus und war überrascht, daß ich
überhaupt etwas zu äußern vermochte, was zu einer nor-
malen Unterhaltung in Beziehung stand.

»Es ist nicht bloß der Broccoli. Um ehrlich zu sein, ich
hatte heute einfach keine Zeit, *irgend etwas* zu besorgen –
im Büro war der Teufel los, so viele neue Verkaufsaufträge
kamen heute rein. Was ist überhaupt los in dieser Stadt,
ziehen hier alle aus? Ich *verspreche* dir, daß ich das Steak

Diane ein andermal mache, bloß heute abend . . . hättest du was dagegen, essen zu gehen? Ich habe schon einen Tisch reservieren lassen, in diesem neuen Tex-Mex-Restaurant, von dem ich dir erzählt habe, da, wo ich mit meinen wirklich interessanten Kunden hingehe. Aaron, was ist los? Du bist mir doch nicht böse?«

Sie küßte mich auf die Schnauze, und ich wußte, daß es stimmte.

Es war keine Metamorphose.

Es war eine Halluzination.

Ich hätte erleichtert sein sollen, aber während der nächsten dreißig Minuten empfand ich nichts als Widerwillen und Ekel. Ich duschte meinen grünen Leib unter einem vollen Strahl, dessen Wasser von meiner dicken, schuppigen Haut sofort abzuperlen schien. Ich überschüttete mich mit Kölnisch Wasser, aber das verstärkte nur den fauligen Sumpfgestank, der mich umgab. Ich würde Deodorant unter meine Achseln gesprüht haben, wenn ich nicht sicher gewesen wäre, daß sich meine Schweißdrüsen, wenn ich denn überhaupt welche hatte, an einer anderen Stelle meines Körpers befanden. Aber das eigentliche Problem war das Rasieren. Ich wußte, daß ich das Gesicht rasieren mußte, das Bobbi und vielleicht die übrige Welt sehen konnten. Aber wie sollte man eine nackte Schnauze mit warzenartigen Höckern und seltsamen Konturen rasieren? Die Antwort hieß: sehr vorsichtig.

Das Anziehen war genauso schlimm. Ich zog einen Jockeyslip an, dessen stützende Funktion gänzlich überflüssig war. Die einzigen sauberen Socken, die ich finden konnte, waren brandneu, und es tat weh, sie über die langen, gebogenen Nägel an meinen verlängerten Zehen ziehen zu müssen – es waren nur vier, wahrscheinlich, um meine sechsfingrigen Klauen wieder wettzumachen. Da ich nicht annahm, daß bei dem neuen Tex-Mex-Restaurant Krawattenzwang herrschte, ließ ich den Schlips sein und griff nach dem erstbesten Sporthemd in der Schublade. Ich änderte meine Meinung, als ich den kleinen Alligator auf der linken Brustseite sah. Alles zu seiner Zeit und an seinem Ort. Ironie war jetzt nicht angebracht.

Als ich mit meiner Montage fertig war, sah ich in den Badezimmerspiegel und war überwältigt von dem Anblick des geschniegelten Monsters vor mir.

Offensichtlich war Bobbi mit dem Resultat nicht unzufrieden. Sie legte ihre Arme um mich und ließ meinem Echsenmund einen weiteren Kuß zuteil werden – und diesmal war er feucht und tief.

Alles jedoch, was ich fühlte, war Empörung über ihr mangelndes Urteilsvermögen, und alles, was ich denken konnte, war: Lippen, die Echsen küssen, sollten niemals meine Lippen küssen. Ich weiß, daß meine Reaktion bizarr war, aber die Situation war es auch. Ich nahm es Bobbi doch tatsächlich übel, daß sie mit so einem widerlichen Geschöpf ausging, obwohl es sich um mich selbst handelte.

Eine Entdeckung machte ich, als wir das Haus verließen: Irgendwo an meinem ekelhaften Körper gab es wirklich Schweißdrüsen, denn ich fühlte, wie mir der Schweiß die Seiten hinunterlief, als wir auf dem Bürgersteig einer Gruppe früher Nachtschwärmer begegneten. Ich wußte, daß Bobbi immer noch Aaron Zachary in seinem Armani-Blazer vor sich sah, aber konnte es nicht sein, daß sie die einzige war? Ich wurde schnell beruhigt. Es ertönten keine gellenden Schreie, keiner rang nach Atem, und auch die obligatorischen O-mein-Gott-Rufe, die man von den

Horrorfilmen her kennt, blieben aus. Ich war allein in meinem Wahn, aber diese Tatsache linderte mein Leiden nicht.

In dem Tex-Mex-Restaurant war es dasselbe. Niemand nahm Notiz von mir. Ich meine wirklich: niemand. Wir mußten so lange auf einen Tisch warten, daß ich fast wünschte, meine großartige Grauslichkeit wäre sichtbar gewesen, wenigstens lange genug, um die Aufmerksamkeit des Oberkellners zu erregen. Als wir endlich am Tisch saßen, hatte ich so viele salzige Margeritas intus, daß ich Gefahr lief, in tiefe Benommenheit zu verfallen – bei gleichzeitig hohem Blutdruck. Ich trank genug, um fast zu vergessen, was ich an diesem schrecklichen Tag in den Spiegeln gesehen hatte, aber ich hatte immer etwas vor Augen, was mich wieder daran erinnerte, wenn es nach den Tortillachips griff: meine grüne, geschuppte, sechsfingrige Klaue.

Für gewöhnlich bin ich nett, wenn ich betrunken bin, mit einem Hang zur Gefühlsduselei und einer Vorliebe für alte Songs, aber das war vor der Verwandlung. Jetzt war ich feindselig und streitsüchtig und fing an, mich darüber zu erbosen, daß niemand in dem vollbesetzten Restaurant meine mythische Häßlichkeit bemerkte. Die Leute fuhren einfach fort, ihre Enchiladas und wieder aufgebratenen Bohnen zu mampfen, und waren vollkommen blind für meine erschreckende Erscheinung. Am liebsten hätte ich mich auf meinen grünen Hinterbeinen aufgerichtet und meine Verachtung für ihre menschliche Unzulänglichkeit herausgebrüllt, für ihr läppisches, erbärmliches rosa und braunes Fleisch, ihre kleinen Zähne und glatten Gesichter, für ihre kurzen Fingernägel. Ich wollte sie kreischen und davonhasten sehen, wie es die Japaner in den Godzilla-

Filmen taten. Außerdem wollte ich zur Toilette, aber ich wußte nicht so recht, wie ich es anstellen sollte, wenn ich erst mal da war.

Mir fing an schlecht zu werden, und ich fand, es sei Zeit, nach Hause zu gehen. Bobbi war gleich einverstanden, aber aus einem Grund, der mir erst klar wurde, als wir zu dem Apartmenthaus am Santa Monica Boulevard zurück-gekehrt waren. Der salzige Tequila, von dem mir schlecht geworden war, wirkte auf sie wie ein Aphrodisiakum, und sie nahm an, daß ich es genauso eilig hatte, meine Klei-dungsstücke erneut auf dem Boden meines Studios zu verstreuen. Auf uns beide wartete eine große Enttäu-schung.

Es war unmöglich, mein zimperliches Benehmen zu erklären. Als die Wohnungstür hinter uns zufiel, warf sich Bobbi mit betrunkener Hemmungslosigkeit auf mich und preßte ihre Lippen auf meine Schnauze. Ihre Zunge schoß zwischen meine gezackten Zähne, und ihre Hände glitten um meine Taille, als spüre sie das Bedürfnis, jenen ekelhaf-ten Kranz von Babyschnullern zu erregen, die jetzt ein Teil meiner Grundausstattung waren. Dann wandte sie sich den Knöpfen meines Hemdes zu, und als ihre Hand unter den Stoff glitt, hörte und fühlte ich das Schaben meiner warzigen Haut an ihrer Handfläche – und da ver-lor ich die Herrschaft über meinen Magen. Ich würgte eine Entschuldigung heraus und taumelte ins Badezimmer, wo ich tat, was ich tun mußte.

Vage drang Bobbis fragende Stimme in mein Bewußt-sein, aber ich antwortete nicht. Ich saß auf den kalten Badezimmerfliesen und machte meine restlichen Hemd-knöpfe auf. Meine Klaue versuchte den brennenden Schmerz in meiner gummiartigen grünen Brust fortzurei-

90

ben. Tränen liefen mir die Schnauze hinab, und eine große Woge von Selbstmitleid brach über mir zusammen. Ich weiß nicht, wie lange es dauerte, aber als ich aus ihrer Tiefe wieder auftauchte, war Bobbi fort.

Auf dem mittleren Sofakissen lag ein Zettel. Darauf stand:

GEH MAL ZUM PSYCHIATER!

Der Rat war schon gut, aber ich befolgte ihn erst am nächsten Tag. Ich warf mich angezogen aufs Bett und verbrachte die Nacht in einem Dickicht von Träumen, an die ich mich selbst jetzt nicht erinnern möchte. In einem von ihnen wühlte ich mit der Schnauze in irgendeinem widerlichen Sumpf herum, und etwas, das wie fünf Pfund rohe Leber mit Augen an Selleriestangen aussah, erfüllte mich mit unvorstellbarem, schmatzendem Entzücken. Ich öffnete mein Riesenmaul und – wachte auf, Gott sei Dank! Schnell schüttelte ich meinen Ekel ab und war auch schon von überwältigender Dankbarkeit erfüllt, denn zweifellos waren die Ereignisse des gestrigen Tages auch nur ein Traum gewesen. Ich sprang aus dem Bett und begrüßte das Tageslicht so freudig wie Scrooge am Weihnachtsmorgen. Was tat das Tageslicht zum Dank? Es beleuchtete die beiden grünen Klauen, die die Schnur der Jalousie gepackt hielten.

Weit brauchte ich nicht zu gehen, um fachlichen Rat einzuholen. Als Bobbi mir damals das Studio-Apartment gezeigt hatte, das dann mein Zuhause wurde, hatte sie damit geprahlt, was für tolle Leute hier wohnten, und besonders einen Dr. Marcus hervorgehoben, einen Psychiater, der seine Praxis im ersten Stock hatte. Ich war Marcus mehr als einmal am Swimmingpool begegnet, und er war einer jener Ärzte, die es darauf anlegten, nicht einschüchternd zu wirken. Er lächelte viel und redete über Filme und über Baseball. Ich rief sein Büro an, und in meiner Stimme muß soviel Dringlichkeit gelegen haben, daß ich sofort einen Termin bekam. Um 10 Uhr lag ich bereits auf seiner ledernen Couch ausgestreckt und hörte mich gestehen, daß ich nicht einfach bloß sein Nachbar sei, sondern der Bewohner eines Körpers, der besser in den mesozoischen Dschungel als auf den Santa Monica Boulevard der Gegenwart passe.

Das muß ich zum Lob des Doktors sagen: Er warf kein Netz über mich. Er lehnte sich bloß zurück und fragte nach Einzelheiten. Voll Bewunderung für die Rationalität meiner Darstellung erzählte ich ihm von meinem Bürobesucher vom Vortag – ein Mann, den ich nicht beschreiben könne, der eine Frau suche, die *er* nicht habe beschreiben können. Ganz offensichtlich bestehe eine Verbindung zwischen ihm und dem, was mir passiert sei. Da ich annahm, daß Marcus mir die Geschichte vom »Bösen Zauberer« nicht abkaufen würde, vertrat ich die Ansicht, daß ich als Resultat seiner heftigen Reaktion auf meine Weigerung, seinen Fall zu bearbeiten, möglicherweise eine Gehirnerschütterung davongetragen hätte. Das würde alles aufs schönste erklären, sagte ich mit wachsender Begeisterung über meine eigene Diagnose. Ich müsse mit dem Kopf aufgeschlagen sein und ein Zentrum meines Gehirns beschädigt haben, das für Monsterhalluzinationen zuständig sei.

»Aber wenn Sie mir das Richtige verschreiben, eins von diesen psychotropischen Medikamenten, von denen man immer im *Time Magazine* liest, bin ich in ein paar Tagen sicher wieder auf dem Damm, ja, tatsächlich ist es schon eine große Hilfe, die Ursache des Problems überhaupt erst mal *erkannt* zu haben, Doc, und im Augenblick fühle ich mich völlig normal, auch wenn meine Klaue... ich will sagen, meine Hand... eigentlich noch genauso aussieht wie vorhin, als ich hier hereinkam...«

Ich schwatzte natürlich Unsinn, aber Marcus wartete, bis ich mich entspannt hatte. Dann räusperte er sich und sagte:

»Erzählen Sie mir von Ihrem Vater, Mr. Zachary.«

Als ich begriff, welche Richtung Marcus einschlug, wurde mir in meinem Reptilienleib immer beklommener zumute. Habe dieser »Besucher« Ähnlichkeit mit meinem Daddy gehabt? Sei Daddy jemand gewesen, dem man es nie hatte recht machen können? Habe Daddy mir, als ich heranwuchs, das Gefühl gegeben, nichts wert zu sein? Unerwünscht, widerwärtig? Ekelhaft? Wie eine Küchenschabe etwa? Oder eine Ratte? Eine Eidechse? Irgendein Ungeziefer?

Ich versuchte ihm zu sagen, daß er auf dem Holzweg sei. Der Mann hatte nicht die geringste Ähnlichkeit mit meinem Vater. Mein Vater war ein stämmiger Polizeisergeant, der alles, was ich machte, phantastisch fand. Diese Verwandlung entsprang keiner vergifteten Kindheitsquelle. Sie war nicht traumatisch. Sie war eine Realität. Und das nur zu sehr, verdammt noch mal! Aber Marcus saß da, strich mit buddhagleicher Gelassenheit über die Schreibtischplatte und fragte mich nach meiner Mutter...

Das war zuviel für mich. Ich grub meine Krallen in meine hornigen Handflächen. Ich knirschte mit meinen fangartigen Zähnen, bis mir mein vorstehender Oberkiefer weh tat. Ich hätte brüllen mögen wie ein Tyrannosaurus, Feuer speien, das Behandlungszimmer verwüsten, das Apartmenthaus, die ganze Umgebung! Mit meinen auswärtsgebogenen, gespreizten Füßen hätte ich Gebäude niedertrampeln und Stromleitungen herunterreißen können, daß es nur so krachte und blitzte! In Wirklichkeit jedoch setzte ich mich nur auf, und zwar so plötzlich, daß ich mit meiner rechten Klaue die Schachtel mit Papiertüchern vom Couchtisch stieß. Als ich mich hinabbeugte, um sie aufzuheben, geriet ich mit meinem gelenklosen Knie unter die Tischplatte und warf den Tisch um, wobei eine blaue chinesische Vase zu Bruch ging und sich deren Inhalt von Glockenblumen und trübem Wasser über den Orientteppich des Doktors ergoß. Dessen Gesichtsausdruck wandelte sich von Duldung zu Bestürzung, und das gefiel mir, wie ich feststellte.

»Ich bin ein Monster, Doktor, verstehen Sie das doch! Ich bilde mir das nicht bloß ein. Ich kann es sehen. Ich kann es fühlen! Und wenn Sie Menschen wirklich verstehen könnten, dann würden Sie es auch sehen!« Ich fuchtelte mit den Armen vor ihm herum, was ihn veranlaßte, mit seinem Sessel rückwärts zu rutschen, so daß er in seine Diplome an der Wand krachte. »Klauen!« rief ich. »Das hier sind keine Hände mehr, das sind Klauen!«

»Ja, natürlich!« sagte er. »Ich verstehe vollkommen...«

»Und das hier«, sagte ich und zeigte auf meine spitzen Zähne, »das sind Reptilienzähne, Doktor. Reißzähne!«

Ich hielt noch immer die Schachtel mit Papiertüchern. Einem verrückten Impuls nachgebend, biß ich wütend hinein, schüttelte sie wild hin und her, wobei ich die ganze Zeit knurrte, und schleuderte dann die arg mitgenommene Schachtel in eine Ecke. Marcus kam mit ausgestreckten Armen hinter seinem Schreibtisch hervor, in der Annahme, er könne die Bestie durch Handauflegen beruhigen. Ich stieß ihn so heftig von mir, daß er über den umgefallenen Tisch stürzte. Dann knallte ich die Tür hinter mir zu, allerdings die falsche, die, hinter der noch andere Patienten warteten: eine nette, blauhaarige Dame und ein dünnes, kleines Männchen, das aussah, als hätte es sich sein ganzes Leben lang immer geduckt. Ich wartete auf ihr entsetztes Geplärr, aber offensichtlich weigerten sie sich zu sehen, was ich in Wirklichkeit war. Ich hatte die gesamte menschliche Rasse traumatisiert!

Die nächste halbe Stunde lief ich ziellos herum, nicht sicher, ob ich mich beruhigen oder meinen Zorn schüren wollte. Ich wußte, daß konventionelle Heilmethoden für mich keine Hoffnung bereithielten. Diese Krankheit konnten keine Medizin und kein Medizinmann heilen – mit einer möglichen Ausnahme: der Mann, der sie mir beigebracht hatte. Aber wie konnte ich ihn finden? Bei der Kfz-Meldestelle anzurufen, hatte jedenfalls keinen Sinn, das war schon mal sicher. Ich wußte keinen Namen, konnte den Mann nicht richtig beschreiben – die einzige Tatsache war sein Erscheinen in meinem Büro... Dieser Gedanke weckte meine Entschlußkraft, was auch dringend nötig war. Ich beschloß, in mein Büro zurückzukehren, auf die schwache Hoffnung hin, daß ich ihm noch einmal begegnen würde.

Eine Begegnung stand mir auch bevor, aber nicht die, die ich erhoffte. In der Nähe meiner Tür hing ein uniformierter Polizist herum, und ich hatte schon meinen Schlüssel im Türschloß, als mir klar wurde, daß seine Anwesenheit etwas mit mir zu tun hatte.

»Mr. Zachary?« fragte er mit einem gezwungenen Lächeln, das ich als humorlos erkannte, das mich aber wohl bei Laune halten sollte. »Ich würde mich gerne kurz mit Ihnen unterhalten, wenn Sie nichts dagegen haben...«

»Hat Marcus Sie gerufen?«

»Der Doktor ist Ihretwegen ein bißchen besorgt, Mr. Zachary, das ist alles.«

»Sagen Sie ihm, daß mir das mit seinem Tisch leid tut«, erwiderte ich. »Es war einfach ein Mißgeschick.«

»Sie hatten mehr als nur ein Mißgeschick«, sagte er.

»Das mit seinen Kleenex-Tüchern tut mir auch leid. Sie haben prima geschmeckt.« Ich versuchte, an ihm vorbei in mein Büro zu schlüpfen, aber dann sah ich einen zweiten Bullen aus dem gegenüberliegenden Flur kommen und begriff, daß die Zangenbewegung nur einen Zweck verfolgte, nämlich mich in die psychiatrische Abteilung zu verfrachten.

»Mein Himmel«, sagte ich, »ich hab meinen Aktenkoffer im Auto liegen lassen!«

Ich knallte meine Tür wieder zu und machte mich in der einzigen Richtung davon, die mir nicht versperrt war, in einen Teil des Gebäudes, in dem es nur einen Lastenaufzug gab. Der Polizist rief mir etwas zu, und der zweite Bulle rief ihm etwas zu, und dann trabten sie schwerfällig hinter mir her. In Panik bog ich um eine Ecke, und es war die falsche, denn hier ging es nicht weiter, sondern der Gang führte zu einem Büro, dessen Doppeltür es als die Hauptverwaltung des Großlabors Fiore auswies. Ich wußte, daß ich nur eine weitere Sackgasse betrat, aber ich hatte keine Wahl. Ich platzte ins Vorzimmer und erblickte ein vage bekanntes Gesicht, dessen puppenhafte Züge vor Überraschung verzerrt waren. Sie hieß entweder Eileen oder Irene, und wir hatten unten im Café schon zusammen Croissants eingetunkt. »Gläubiger«, sagte ich und schoß durch die offene Tür auf der anderen Seite. Dahinter erstreckte sich eine lange Reihe von Büros wie ein endloser Eisenbahnwagen, und ich rannte in der Hoffnung bis ganz zum Ende, doch noch auf einen Fluchtweg zu stoßen, eine Feuertreppe, irgendwas. Alles, was ich sah, war eine unbezeichnete Tür, und ich riß sie auf und zog sie hinter mir wieder zu.

Da stand ein Xerox-Gerät und ratterte vor sich hin, während es lustig Kopien eines Schriftstücks ausspuckte, das die Dienste des Großlabors Fiore pries. Die Maschine wurde von einer jungen Frau bedient, einer schlanken, nicht allzu wohlgeformten jungen Frau mit unbestimmbarer Haarfarbe und schwer zu beschreibenden Gesichtszügen, die sich nichtsdestoweniger auf ewig in mein Gedächtnis gruben. Denn die Augen von undefinierbarer Farbe weiteten sich, bis sie die richtige Größe für ein entsetztes Wiedererkennen hatten. Ihr schwer zu beschreibender Mund wurde zu einem offenen Oval, und ihre geschwollene Kehle stieß einen sirenengleichen Schrei schieren Entsetzens aus, dessen Echo von den Wänden widerhallte, bis ich glaubte, mir platze das Trommelfell.

Ich machte einen Schritt auf sie zu und hob meine Hand in einer universellen Friedensgeste, aber das steigerte nur Volumen und Häufigkeit ihrer Schreie. Da begriff ich, daß auch sie keine »Hände« vor sich sah. Sie sah *Klauen*. Sie sah nicht meinen flehenden Gesichtsausdruck. Sie sah die mitleidslose Physiognomie eines schuppigen grünen Wesens. Sie sah nicht *mich*, Aaron Zachary – sie sah das Monster!

In gewisser Weise war es fast eine Genugtuung. Aber mir war es auch recht, als das Kreischen endlich wieder aufhörte – vor allem, als ich verstand, warum. Hinter mir hatte sich leise die Tür geöffnet, und *er* war da.

»Sehen Sie?« sagte mein abgelehnter Klient und legte seine unfertigen Züge in so etwas wie ein Lächeln. »Ich habe Ihnen ja gesagt, Sie schaffen's, oder etwa nicht?«

»*Was* schaffe ich?« kreischte ich nun meinerseits. »Was soll das Ganze? Was haben Sie gestern mit mir gemacht?«

»Wieso, ich hab Sie bloß Ihren Job tun lassen«, sagte der Mann. »Ich habe Sie meine arme, verschwundene Dreeth finden lassen.«

Die Frau unterdrückte ein Schluchzen und verbarg ihr Gesicht in den Händen, als wollte sie uns beide nicht ansehen.

»Ich wußte, es würde nicht leicht sein«, sagte er. »Ich wußte, ich würde zu unkonventionellen Mitteln greifen müssen, denn ich hatte keine Ahnung, was für eine humanoide Gestalt Dreeth annehmen würde. Mein einziger Anhaltspunkt waren die Koordinaten ihrer Landung auf Ihrem Planeten.«

»*Meinem* Planeten?«

»Unsere Messungen waren durchaus präzise, aber ich brauchte trotzdem noch eine Identifizierungsmöglichkeit.« Er ging zu dem Mädchen und legte den Arm um sie. »Sehen Sie, Dreeth ist meine zukünftige Gefährtin. In unserer Welt war sie Wissenschaftlerin – die meisten unserer Wissenschaftler sind weiblichen Geschlechts. Aber sie war so sehr auf ihre Karriere versessen, daß sie... nun, sie zögerte, sich mit mir zu vereinigen, obwohl sie zugab, eine beständige Zuneigung zu mir zu empfinden...« Wie um diese Tatsache zu illustrieren, legte die Frau ihren Kopf an seine Schulter. »Als der Zeitpunkt der Vereinigung – Sie hier nennen es Hochzeit – immer näher kam, beschloß sie, mit Hilfe einer ganz bestimmten Transportvorrichtung zu Ihrem Planeten zu fliehen und das Aussehen eines seiner Bewohner anzunehmen. Das ist für uns nicht so schwierig, wie Sie vielleicht glauben. Natürlich folgte ich ihr. Doch ich mußte sie dazu bringen, sich zu verraten, und mir wurde schnell klar, daß ich dies nur auf dem Weg erreichen konnte, den ich dann auch beschritten habe. Nur ein Bewohner unserer Welt würde jemanden von unserer Art erkennen... und nun, da Sie Ihre Mission erfüllt haben, Mr. Zachary, gebe ich Ihnen Ihre irdische Gestalt zurück.«

Er streckte seine Hand aus und legte sie flach auf meine Brust. Das war alles. Kein blendendes Licht. Kein Gefühl, außer einem leichten Kribbeln in den Fingern und den Zehen. Habe ich Finger gesagt? Ja! Ich hob meine rechte Hand und zählte sie. Eins, zwei, drei, vier, fünf! Glatte, rosafarbene Finger mit kurzen, rosafarbenen Fingernägeln. Eigentlich kümmerliche kleine Dinger, aber das machte nichts. Es waren meine, und es waren Menschenfinger, und ich gehörte wieder zu meinesgleichen! Ich sah mich nach einem Spiegel um und fand einen über einem kleinen Waschbecken in der Ecke – und da war mein altes, brauchbares Gesicht, grinste mich an und sah so glücklich aus wie noch nie in meinem Leben.

Als ich mich umdrehte, sah ich gerade noch, wie sich Dreeth in die Arme des Mannes schmiegte und etwas von leid tun murmelte. Offensichtlich sei es einfach ein Fall von »Nerven« vor der Hochzeit gewesen, sagte sie, und jetzt sei sie bereit, nach Hause zu kommen. Er lächelte sie zärtlich an und sagte:

»Schlüpfen wir doch in was Bequemeres.«

Ich wußte, daß es Zeit für mich wurde zu gehen, aber ich

war nicht schnell genug. Im Nu waren sie verschwunden, und an ihrer Stelle preßten zwei eidechsenartige Wesen ihre Schnauzen aneinander, und ich hätte schwören können, daß ich ihn sagen hörte:

»Mein Gott, bist du schön!«

Verrückt

Ich habe stets der Versuchung widerstanden, ein Tagebuch zu führen. In meiner privilegierten Stellung wäre eine regelmäßige Aufzeichnung meiner Erlebnisse zwar ohne Zweifel von unschätzbarem Wert, sowohl in kommerzieller als auch in historischer Hinsicht, aber damit würde ich auch Geheimnisse verraten, die mir von jener Person anvertraut wurden, der ich Treue und Ergebenheit schulde, von meinem wöchentlichen Gehalt ganz zu schweigen. Mein Name ist Alfred Pennyworth, und ich bin BATMANS Butler.

Erst als diese hochgeschätzte Person für mich (ja, für die ganze Welt) verloren schien, regte sich in mir das Bedürfnis nach jener Katharsis, die ein Tagebuch häufig bewirkt. Ich verspürte ein verzweifeltes Verlangen, meinen Schmerz und meinen Kummer mit jemandem zu teilen, aber da ich einen heiligen Eid geleistet hatte, über BATMANS geheime Identität zu schweigen, blieb mir nur ein Vertrauter: ich selbst. Und als ich an jenem unglückseligen Abend von der Pine-Whatney-Klinik zurückkehrte, wo BATMAN darniederlag, spannte ich ein Blatt Papier in eine ziemlich wackelige, tragbare Schreibmaschine (ein trauriges Erinnerungsstück an Master ROBINS Schulzeit) und schrieb den ersten Eintrag, einen Bericht über meinen Besuch im Krankenhaus, ein Erlebnis, das mir immer noch lebhaft in Erinnerung ist.

Ich bin eben aus der Klinik zurückgekehrt, und Polizeichef Gordon war so freundlich, mir zu gestatten, einen
kurzen Blick in BATMANS Privatzimmer zu werfen, in sein,
wie er es mir gegenüber später beschrieb, »antiseptisches
Gefängnis«. Ich war beeindruckt von den Sicherheits-
vorkehrungen, die der Polizeichef getroffen hatte, um vor
der Öffentlichkeit zu verbergen, daß sich die legendäre
Gestalt als Patient in der in einem ruhigen Vorort von
Gotham City gelegenen Anstalt aufhielt. Noch mehr beeindruckte mich, mit welchem Eifer er das Geheimnis um
BATMANS Identität gewahrt hatte. Unter den gegebenen
Umständen hätte er leicht seine seit langem gehegte Neugier auf das Gesicht hinter der Fledermausmaske befriedi-
gen können, aber der Polizeichef verhielt sich wie ein
Ehrenmann. Der unter Beruhigungsmitteln stehende
Mann, den ich in jenem Krankenhausbett mit den jämmer-
lichen Schutzgittern sah, trug nicht nur ein Krankenhaus-
nachthemd, sondern er hatte auch seine Maske auf.

Auch ich hatte mich getarnt. Ich trat als Abgesandter
meines Arbeitgebers, des wohlhabenden Bruce Wayne
auf, um in seinem Namen jegliche finanzielle Unterstützung anzubieten, die erforderlich war, um für BATMAN die
beste medizinische Betreuung zu gewährleisten. Diesen
Trick hatte ich mir selbst ausgedacht, aber ich erfuhr bald
vom Polizeichef, daß ich nicht der erste war, der BATMAN
hilfsbereit die Hand entgegenstreckte. Hunderte, ja Tau-
sende von Menschen hatten, betroffen über die Nachricht
von BATMANS Zusammenbruch, unaufgefordert ihre Hilfe
angetragen. Es war eine rührende Huldigung seitens einer
dankbaren Bürgerschaft, und ich schämte mich ein wenig,
daß mein eigenes Angebot nur ein Vorwand war. Obwohl
BATMANS Arztkosten schließlich von der »Wayne-Stif-

tung« übernommen wurden, bezahlte Bruce Wayne seine medizinische Betreuung eigentlich selbst. Mr. Wayne ist nämlich nicht nur mein Arbeitgeber und der Freund von Polizeichef Gordon; er ist auch die Person, in deren Gestalt BATMAN im Alltag auftritt.

Bei meinem Besuch im Pine-Whatney erfuhr ich auch genau, wie es in Wahrheit zu BATMANS Einlieferung gekommen war. Bis dahin hatte ich alle meine Informationen den reißerischen Berichten der Presse entnommen, einschließlich jener schändlichen Schlagzeile, die die erste Seite der *Gotham City Post* verunstaltete:

BATMAN DREHT DURCH!

Es wurden schon viele Lügen über BATMAN verbreitet. Aber meine Erschütterung über diese Worte wurde noch durch die Erkenntnis vergrößert, daß die Behauptung durchaus zutreffen konnte. Ich war mir nur zu schmerzlich bewußt, unter welcher seelischen Belastung BATMAN seit ROBINS Tod stand. Sein Kummer war natürlich begreiflich, und obwohl ich kein ausgebildeter Psychiater bin, habe ich auf diesem Gebiet genügend gelesen, um zu erkennen, daß seine Reaktion eventuell durch Schuldgefühle verstärkt wurde. ROBINS Sicherheit war bei allen ihren Abenteuern stets BATMANS wichtigstes Anliegen gewesen, und ROBIN selbst war sich immer darüber im klaren, welchen Gefahren er sich als BATMANS Partner bei der Verbrechensbekämpfung aussetzte. Trotzdem mochte sich BATMAN wegen des Verlusts dieses tapferen, jungen Mannes durchaus Vorwürfe machen.

BATMAN hätte zu keinem schlimmeren Zeitpunkt in diesen, um Reverend Bunyan zu zitieren, »Sumpf der Verzagtheit« stürzen können. Ob nun die Sterne ungünstig standen oder ob die Unterwelt durch ROBINS Tod ermutigt wurde, Gotham City erlebte die schlimmste Verbrechenswelle seit Jahrzehnten. Die Zahl der Schwerverbrechen aus Gewinnsucht mit allen gewalttätigen Begleiterscheinungen war stark angestiegen. Innerhalb von drei Wochen waren ein Dutzend Banken überfallen worden, zwei davon am gleichen Tag. Dem besten und bestbewachten Juwelier der Stadt waren Edelsteine im Wert von fast zehn Millionen Dollar geraubt worden. In fünf Fällen war es Einbrechern gelungen, die Lohngelder von Firmen an sich zu bringen, deren Sicherheitssysteme als unüberwindlich gepriesen wurden. Und, was das schlimmste war, bei diesen Taten waren ein Dutzend unschuldiger Menschen getötet oder verwundet worden. Trotz ihres wagemutigen Einsatzes schien die Polizei unfähig, die Verbrechen zu verhindern oder die Täter zu fassen.

Ich wurde Zeuge der abgrundtiefen Verzweiflung des Gesetzes, als Polizeichef Gordon nur wenige Tage vor Mr. Waynes Zusammenbruch zum Abendessen kam. Beim Servieren hörte ich, wie er in unmißverständlichen Worten seine Sorge zum Ausdruck brachte.

»Ich habe so etwas noch nie erlebt!« sagte er, während er sich wie ein Wilder über sein *ris de veau* hermachte. »Diese Ganoven benehmen sich, als gebe es in dieser Stadt überhaupt keine Polizeimacht, die sie abschrecken könnte. Manchmal«, fügte er bedrückt hinzu, »glaube ich, es könnte an mir liegen, vielleicht sollte ich dem Bürgermeister meinen Rücktritt anbieten.«

Mr. Wayne murmelte etwas Beschwichtigendes, aber ich sah, daß er mit seinen Gedanken eigentlich nicht bei dem Gespräch war.

»Hinter dem Ganzen steckt eine Organisation«, sagte Polizeichef Gordon. »Aber wir können einfach nicht feststellen, wo die Führung steckt, obwohl wir alle üblichen Verdächtigen festgenommen haben.«

Bei dieser Anspielung auf Captain Renaults Bemerkung in *Casablanca* lächelte Mr. Wayne dünn. Es sollte für sehr lange Zeit das letzte Lächeln sein, das ich auf seinem Gesicht sah.

»Was ist mit Unterstützung von den Bundesbehörden?« fragte er. »Zwei der beraubten Banken waren Institutionen des Bundes.«

»Ich habe mit Randolph Spicer, meinem Freund vom FBI, gesprochen. Er hat mir seine Hilfe angeboten, aber er scheint der Sache ebenso verwirrt und ratlos gegenüberzustehen wie ich.«

»Über Sie bricht momentan eine Menge herein«, sagte Mr. Wayne. »Die lange Krankheit Ihrer Frau und die Probleme mit Ihrer Tochter...« (Barbara Gordon hielt ihren Vater ganz schön auf Trab, und Polizeichef Gordon wäre noch verstörter gewesen, wenn er von ihrem geheimen Doppelleben als BATGIRL gewußt hätte.)

»Ja«, seufzte der Polizeichef, »in letzter Zeit bin ich nicht ganz auf der Höhe. Übrigens auch...« Er hielt inne, als widerstrebe es ihm, den Gedanken zu Ende zu führen. Mr. Wayne und ich kamen zu dem gleichen Schluß, aber da ich nur der Butler war, überließ ich es Mr. Wayne, ihn in Worte zu fassen.

»Auch BATMAN nicht?« fragte er leichthin.

»Nicht daß ich dem Mann einen Vorwurf mache«, sagte Gordon. »Er trauert ganz offensichtlich noch immer um den armen ROBIN. Und ich habe meinen Teil unserer Vereinbarung in letzter Zeit auch nicht eingehalten. Er hat sich immer darauf verlassen, daß ich ihn informiere, und ich war seit Wochen nicht mehr in Kontakt mit ihm...«

Polizeichef Gordon hatte keine Ahnung, daß er genau in diesem Moment mit BATMAN »in Kontakt« war. Aber wenn es in Mr. Waynes Augen erwartungsvoll aufleuchtete, so entging mir das im Kerzenschein; er sah Polizeichef Gordon lediglich ernst und nachdenklich an und sagte nichts.

An diese letzte Begegnung mußte ich denken, als ich dem niedergeschlagenen Polizeichef, diesmal in den kalten, weißen Mauern der Pine-Whatney-Klinik, wieder gegenüberstand und ihn in bewegenden Worten erzählen hörte, wie BATMAN vor nur vierundzwanzig Stunden aufgefunden worden war.

»Es war in Wellmans Warenhaus«, sagte er. »Es hatte Alarm gegeben, ein Zeichen, daß ein Raubüberfall im Gange war. Ich schickte persönlich ein Dutzend Beamte an den Schauplatz. Irgendwie gerieten sie in die falsche Etage, und die Verbrecher, die gerade den Safe der Firma ausplünderten, entkamen mit den Bareinnahmen im Wert von einer halben Million Dollar... Aber diesmal beschloß ich, obwohl ich seine Trauer respektierte, mich über meinen heißen Draht an BATMAN zu wenden. Ich erklärte ihm, was geschehen war, und er ging auf meine Bitte ein.«

»Aber war es da nicht schon zu spät?« fragte ich vorsichtig. »Nachdem die Verbrecher schon entkommen waren?«

»BATMANS Fähigkeiten beschränken sich nicht nur auf Muskeln und Akrobatik, wissen Sie. Er hat einen scharfen Verstand, besonders wenn es um die Aufklärung von Verbrechen geht. Ich hoffte, er hätte vielleicht eine Idee, wie man die Schuldigen in ihr Versteck verfolgen könnte. Aber – nun, Sie haben ja gehört, was geschehen ist.«

Ich gestand ihm mein Mißtrauen gegenüber dem Zeitungsbericht.

»Der war ziemlich zutreffend«, sagte Polizeichef Gordon wehmütig. »Eine Frau in der Abteilung für Damenunterwäsche bei Wellman begann beim Anblick des kostümierten Mannes, der ziellos durch den Mittelgang schlenderte, zu schreien. Eine Verkäuferin näherte sich ihm, erkannte ihn als BATMAN und fragte, ob er Hilfe brauche. Er sah sie verständnislos an und murmelte unzusammenhängendes Zeug. Dann setzte er sich auf den Teppich, schlug die Hände vors Gesicht und ... weinte.«

Ich konnte nicht zeigen, wie sehr mich das bis ins Innerste erschütterte, ohne meine enge Beziehung zu dem verkleideten Kämpfer für die Gerechtigkeit zu verraten. Statt dessen schnalzte ich nur mitfühlend mit der Zunge und fragte, während ich selbst mit den Tränen kämpfte, den Polizeichef nach BATMANS gegenwärtiger gesundheitlicher Verfassung.

»Er ist wieder bei klarem Verstand«, erklärte mir Gordon. »Aber er hat keine Erinnerung an seine *fugue*. Er hat es abgelehnt, sich weiter in der Klinik behandeln zu lassen, aber er hat sich bereit erklärt, sofort mit einer Intensivtherapie zu beginnen.«

Ich gab meiner Genugtuung darüber Ausdruck und erkundigte mich nach der Art der erwähnten Therapie.

»Ich habe meine eigene Therapeutin gebeten, ihn als Patienten anzunehmen«, sagte Gordon. »Und sie ist einverstanden.«

»*Sie?*« fragte ich und zog erstaunt eine Augenbraue hoch, was ihm nicht entging.

»*Ja*«, sagte Gordon. »*Sie* ist zufällig eine der hervorragendsten Psychiaterinnen in Gotham City. Sie heißt Dr. Letitia Lace und wurde mir von Randolph Spicer vom FBI empfohlen. Während der schweren Krankheit meiner Frau war sie mir eine große Hilfe...«

»Aber was ist mit... nun, mit BATMANS wahrer Identität? Wird er durch eine psychiatrische Behandlung nicht... kompromittiert?«

»Dr. Lace hat sich einverstanden erklärt, seinem Wunsch nach Anonymität zu entsprechen. Und selbst wenn seine Identität... nun ja, spontan enthüllt würde, können Sie gewiß sein, daß sie sein Geheimnis wahren wird. Ärztliche Schweigepflicht und so weiter.«

Diesmal konnte ich meine Skepsis nicht verbergen, aber der Polizeichef zuckte nur die Achseln.

»Wer weiß? Vielleicht wäre es für BATMAN ganz gut, wenn er aufhörte, eine Doppelrolle zu spielen. Möglicherweise leidet er ja unter einer Identitätskrise. Wenn er nur *eine* Person wäre, könnte er eventuell ein normaleres Leben führen, sich irgendwo niederlassen, vielleicht heiraten...«

»Du lieber Himmel«, sagte ich und versuchte mir eine Frau in der BAT-Höhle vorzustellen. BATMAN hat sich wegen der Aufgabe, der er sich verschrieben hatte, immer gegen persönliche Bindungen gewehrt, und das hat ihn die Liebe mehrerer bemerkenswerter Frauen gekostet. Doch im Augenblick machte ich mir Sorgen um die *neue* Frau, die im Begriff stand, in BATMANS Leben zu treten...

Natürlich war ich nicht zugegen, als BATMAN zum erstenmal seinen herrlichen Körper in Dreß und Cape auf Dr. Laces Ledercouch ausstreckte, um mit der psychoanalytischen Behandlung zu beginnen. Dieser Bericht darf jedoch als ziemlich wahrheitsgetreu gelten, denn ich bekam ihn von BATMAN selbst, und sein Gedächtnis ist ebenso eindrucksvoll wie seine Muskulatur.

Als erstes ist über Dr. Letitia Lace zu sagen, daß es ihr vollständig mißlang, ihrem Patienten bei der ersten Begegnung Vertrauen einzuflößen.

Der Grund dafür war ganz einfach. Dr. Lace war, umgangssprachlich ausgedrückt, eine »dufte Puppe«. Sie gab sich ernsthaft Mühe, ihre Schönheit unter fast formlosen, bleigrauen Jackenkleidern zu verbergen, aber es war nicht zu vermeiden, daß ihre kurvenreiche Figur auch in diesen Kleidungsstücken in sinnlich aufreizender Weise sichtbar blieb. Ihr Haar war so schwarz wie ein Rabenflügel, und sie trug es ganz schlicht, aber diese Frisur unterstrich nur das auffallende Violett ihrer Augen und die Makellosigkeit ihrer Züge. Die Augen waren im übrigen hinter einer breitrandigen Brille verborgen, doch BATMAN mit seinem scharfen Blick entdeckte, daß die Fassung nur Fensterglas enthielt.

Er war jedoch nicht voreingenommen und selbst dann noch bereit, sich über Dr. Lace ein Urteil vorzubehalten, als sie die Sitzung mit einer schockierenden Frage begann.

»Können Sie mir sagen, warum Sie keinen Respekt vor dem amerikanischen Rechtssystem haben?«

»Augenblick mal –« sagte BATMAN.

»Das Gesetz in die eigene Hand zu nehmen, widerspricht allem, was unser Strafgesetzbuch vertritt. Wer gibt Ihnen das Recht, sich zum Richter über Ihre Mitmenschen aufzuspielen?«

»Hören Sie, Doktor, da gibt es ein paar Dinge, die Sie vielleicht nicht verstehen –«

»Ich weiß, was Selbstschutzgruppen unter Gerechtigkeit verstehen«, sagte Dr. Lace kühl. »Können Sie bestreiten, daß eine solche Haltung *immer* zum Zusammenbruch rechtsstaatlicher Garantien führt? Daß sie ordentliche Gerichtsverfahren nicht anerkennt, daß sie mehr den Unschuldigen schadet, als daß sie die Schuldigen bestraft, und daß sie am Ende zu Anarchie und sogar zu Faschismus führt?«

In BATMAN regte sich Empörung, und er wollte sich schon aufrichten, aber dann entschied er, daß sie ihn bewußt reizen wollte, und entspannte sich wieder.

»Zufällig bin ich ganz Ihrer Meinung, Doktor«, sagte er entwaffnend. »Ich halte auch nichts von Selbstschutzkomitees und Bürgerwehren. Deshalb wurde ich vor vielen Jahren vom Polizeichef offiziell in den Polizeidienst aufgenommen. Ich urteile nicht über Verbrecher, ich versuche sie zu fangen, und dann übergebe ich sie den zuständigen Behörden. Ich bin einfach eine andere Art von Polizeibeamter. Ist damit Ihre Frage beantwortet?«

»Man sieht nicht viele Polizeibeamte mit einer Kapuze, in hautengem Dreß und mit einem wie Fledermausflügel geschnittenen Cape.«

»Ich habe einen Grund für dieses Kostüm.«

»Würden Sie mir diesen Grund verraten?«

BATMAN zögerte. Es war lange her, seit jemand von ihm verlangt hatte, sich zu rechtfertigen.

»Als ich noch jünger war...« Er hielt inne und begann von neuem. »Als ich beschloß, mein Leben dem Kampf gegen das Verbrechen zu widmen, geschah etwas – was man vielleicht... symbolisch nennen könnte.« Er lächelte gequält. »Sie kennen sich doch mit Symbolen aus, nicht wahr, Doktor?«

»Sprechen Sie weiter.«

»Eine große, schwarze Fledermaus flog durch das offene Fenster in mein Arbeitszimmer ... Mögen Sie Fledermäuse, Dr. Lace?« Sie antwortete nicht. »Vermutlich nicht. Die meisten Leute haben entsetzliche Angst vor Fledermäusen; sie flößen ihnen einen abergläubischen Schrecken ein, obwohl die meisten dieser Geschöpfe harmlos und für das ökologische Gleichgewicht nützlich sind.«

»War es das, was Sie wollten? Den Leuten abergläubischen Schrecken einflößen?«

»Nicht ›den Leuten‹, Doktor. Nur den Verbrechern.«

»Wie denen, die Ihre Eltern töteten?«

»Wie ich sehe, wissen Sie einiges über meine Vergangenheit.«

»Nicht über Ihre Vergangenheit«, sagte Dr. Lace. »Über Ihre Legende, BATMAN. Es *ist* doch eine Legende, nicht wahr?«

»Wollen Sie damit sagen, daß sie nicht wahr ist?«

BATMAN spürte das Achselzucken der Psychiaterin, obwohl er sie von der Couch aus nicht sehen konnte.

»Ich glaube, Sie sind fest entschlossen, einen Mythos zu schaffen«, sagte sie. »Ist das aus Ihrem Verhalten nicht klar ersichtlich? Meine Frage ist nur, ob er geschaffen wurde, um Ihnen bei Ihrer ›Karriere‹ behilflich zu sein oder um damit ein geheimes Unrecht wegzuargumentieren.«

»Sie glauben, ich verberge etwas?« fragte BATMAN belustigt.

»Ich habe keine Ahnung«, gestand Dr. Lace. »Deshalb sind wir ja hier, um herauszufinden, was vielleicht unter der Oberfläche Ihres Lebens vorgeht. In der BAT-Höhle Ihres Geistes sozusagen.«

»Und was könnte das Ihrer Ansicht nach sein?«

»Wenn ich raten müßte, was nicht sehr fachmännisch wäre...«

»Wir sind doch hier unter Freunden.«

»...würde ich sagen, ein Schuldkomplex wäre eine Möglichkeit. Die Schuld, die Sie vielleicht in der Nacht empfunden haben, als Ihre Eltern von jenem Straßenräuber erschossen wurden... Sie haben nicht viel unternommen, um sie zu retten, nicht wahr?«

»Ich war doch noch ein Kind. Was hätte ich tun können?«

»Sie hätten mit ihnen sterben können«, sagte Dr. Lace. »Aber Sie haben überlebt... Dieser kaltblütige Killer hat Sie am Leben gelassen. Ist das nicht in Wahrheit die Lage der Dinge?«

BATMAN runzelte die Stirn.

»Ja«, sagte er. »Er hörte eine Polizeipfeife schrillen, als er die Schüsse abgefeuert hatte, und rannte weg.«

»Und was haben Sie empfunden, nachdem es geschehen war? Nachdem Sie begriffen hatten, daß Ihre Eltern beide tot waren? Schmerz, Zorn, den Wunsch nach Rache?«

»Das alles habe ich empfunden. Damals habe ich gelobt, mein Leben so zu führen, wie ich es tue. Von jener Nacht an habe ich von früh bis spät meinen Geist ausgebildet, meinen Körper –«

»Hat es Ihnen geholfen? Konnten all die Hingabe, all die Verbrecher, die Sie gefaßt haben, je die Schuldgefühle austilgen, die Sie empfanden, als Ihre Eltern starben?«

»Darauf kann ich nicht antworten.«

»Können Sie mir dann auf etwas anderes antworten? Wie gut erinnern Sie sich an diese Nacht? Daran, was Sie sahen, wie Sie sich verhielten, was Sie empfanden?«

BATMAN zögerte.

»Nicht sehr gut. Nur an die Dunkelheit. An den Räuber, der plötzlich auftauchte und die Halskette meiner Mutter verlangte. An die Weigerung meines Vaters. Daß die Waffe losging... zweimal. Mehr weiß ich nicht.«

»Das macht nichts«, sagte Dr. Lace leise. »Alle Einzelheiten sind noch in Ihrem Geist vorhanden, tief in Ihrem Unterbewußtsein. Ich werde sie hervorholen, durch Hypnose. Dann werden wir sehen, ob sie irgendwie relevant sind für diesen neuen Schuldkomplex, unter dem Sie leiden, der Sie veranlaßt, in aller Öffentlichkeit zu weinen...«

»Ein neuer Schuldkomplex?« Sie antwortete nicht, aber BATMAN erriet mühelos, was sie dachte. »Sie meinen natürlich ROBIN.«

»Ja«, sagte Dr. Letitia Lace. »ROBIN. Wie hat ihn die Presse genannt?«

»›Der Wunderknabe‹«, sagte BATMAN.

»Ja, der Knabe, der im Kampf für andere starb... anders als der Knabe, der *am Leben blieb,* während andere starben...«

Nun, aus BATMANS Bericht über dieses Gespräch war es offensichtlich, daß er es mit einer eindrucksvollen Persönlichkeit zu tun hatte, die ihm glücklicherweise wohlwollend gegenüberstand. Aber ich muß gestehen, daß ich zum erstenmal, seit ich BATMANS Vertrauter geworden war, feststellte, daß er den gleichen menschlichen Schwächen unterworfen war, wie sie auch uns übrige von den Göttern trennen. Ich hätte dieses Zeichen von Menschlichkeit akzeptieren müssen, doch ich konnte mich eines Gefühls der Enttäuschung nicht erwehren.

Von BATMANS nächster Sitzung bei seiner Psychiaterin kann ich einen noch genaueren Bericht geben, einfach deshalb, weil jedes Wort schriftlich festgehalten wurde.

Es war BATMANS erste Hypnotherapie. Er machte sich natürlich Sorgen wegen dieses Verfahrens, hegte Befürchtungen, was er unter hypnotischem Einfluß über sich (das heißt, über Bruce Wayne) verraten könnte. Dr. Lace versicherte ihm, daß hypnotisierte Patienten sich in keiner Weise gegen ihre Überzeugungen verhielten und auch keine Geheimnisse verrieten, die sie als heilig betrachteten. BATMAN verlangte klugerweise noch mehr Sicherheit. Er bat darum, daß die gesamte Sitzung auf Tonband aufgezeichnet würde.

In der folgenden Abschrift habe ich die Floskeln ausgelassen, mit denen die Trance eingeleitet wurde.

Dr. Lace: *Ich möchte, daß Sie zurückgehen bis zu der Nacht, in der Ihre Eltern starben. Ich weiß, daß dies schmerzlich für Sie sein wird, daß Sie es lieber nicht tun würden, aber Sie werden nicht anders können. Sie werden wieder der Junge sein, der Sie damals waren, Sie werden mit Ihren Eltern nach Hause gehen. Befinden Sie sich jetzt auf dieser dunklen, dunklen Straße? Erzählen Sie mir, was Sie sehen.*

BATMAN: *Wir unterhalten uns. Wir haben eben einen Film gesehen, und jetzt sprechen wir darüber. Mir hat der Film gefallen. Meine Eltern sind sich da nicht so sicher. Meine Mutter fand ihn zu brutal... Warten Sie! Da ist jemand.*

Dr. Lace: *Wo ist jemand?*

BATMAN: *Unter der Laterne. Er tut so, als binde er sich einen Schnürsenkel. Ich weiß, daß er auf uns wartet.*

Dr. Lace: *Sie sind doch noch ein Kind. Woher wissen Sie das?*

BATMAN: *Das kann ich nicht genau sagen. Es scheint, als ... weiß ich immer etwas über andere Menschen. Was sie denken, was sie gleich tun werden. Ihre Augen verraten mir vieles. Die Augen dieses Mannes ... Er hat Angst. Er hat schreckliche Angst. Und das macht auch mir angst –*

Dr. Lace: *Warum?*

BATMAN: *Menschen, die Angst haben, sind gefährlich ... Mensch, Dad, der Mann hat eine Pistole!*

An dieser Stelle veränderte sich BATMANS Stimme auf dem Band. Man hätte schwören können, es sei die Stimme eines Jungen von elf oder zwölf Jahren. Es war unheimlich und ein wenig erschreckend.

Dr. Lace: *Sprechen Sie weiter. Was geschah dann?*

BATMAN: *Er sagte – es sei ein Überfall! Irgendwie schien es nicht wirklich zu sein. Es war fast wie in dem Film, den wir eben gesehen hatten ... Er sagte, er wolle die Halskette, die meine Mutter trug. Er packte sie, und mein Vater schrie, er solle sie in Ruhe lassen ... Und da schoß er ... Mein Vater stürzte ... Und als meine Mutter nach der Polizei rief, schoß der Räuber auch auf sie ... Ich lief zu meinen Eltern, aber ich wußte, daß ich nichts tun konnte, daß sie beide tot waren, daß sie auf der Stelle gestorben waren ...*

Dr. Lace: *Und der Räuber? Wo war er?*

BATMAN: *Er lief weg. Ein Polizist auf Streife hörte die Schüsse ... er blies in seine Trillerpfeife und kam angelaufen ... Der Rest dieser Nacht ... ist eine einzige Leere.*

Dr. Lace: *Dann müssen wir noch tiefer graben,* BATMAN.

*Sie müssen noch weiter in Ihr Unterbewußtsein zurück-
gehen...*

Während der nächsten fünf Minuten lief das Band stumm
weiter, ich nehme an, daß Dr. Lace in dieser Zeit versuchte, die hypnotische Trance noch zu vertiefen. Aber als
sie wieder zu fragen anfing, konnte sich BATMAN immer
noch nicht an mehr erinnern, als er über diese verhängnis-
volle Nacht bereits erzählt hatte...

Doch während BATMAN darum rang, sein seelisches
Gleichgewicht wiederzufinden, schien die Welt außerhalb
der Praxis von Dr. Lace vollkommen den Verstand zu
verlieren!

Die *Gotham City Post* lieferte die Begleitmusik zu diesem Wahnsinn. Ihr Herausgeber Samuel Leaze dürstete
nach BATMANS Blut, seit dieses verantwortungslose Revol-
verblatt versucht hatte, seine Auflage mit skandalösen Ge-
rüchten über BATMAN zu steigern. Zuerst brachte es einen
Artikel, der andeutete, BATMAN habe ganz bewußt zuge-
lassen, daß BATWOMAN den Klauen des Gesetzes entging,
weil er romantische Gefühle für sie hege. Dann druckte es
Klatsch und Tratsch über BATMAN und BATWOMAN. Doch
der Tropfen, der das Faß zum Überlaufen brachte, war
eine verwerfliche Meldung in einer Klatschspalte, die
durchblicken ließ, daß BATMAN und ROBIN ein unsittliches
Verhältnis unterhielten. BATMAN war darüber sehr aufge-
bracht gewesen, aber für Genugtuung sorgte einer seiner
Bewunderer – ein Arzt, der gerade eine kosmetische Ope-
ration an der Nase von Samuel Leaze durchführte. (Der
Eingriff wurde notwendig, weil eine Schauspielerin, ein
Opfer der unflätigen Lügen der *Post,* ihm einen Kricket-
schläger übergezogen hatte. Es war eine britische Schau-

spielerin.) Der Chirurg hatte einen Sohn, dem BATMAN einmal das Leben gerettet hatte, und er konnte nicht widerstehen und verpaßte dem Herausgeber einen neun Zoll langen Rüssel, wie er Pinocchio wuchs, wenn dieser kleine hölzerne Bengel *seine* dreisten Lügen erzählte... Die Nase wurde irgendwann korrigiert, aber Leazes Haß auf BATMAN erlosch nie.

Seit dem Tag, an dem BATMAN zusammengebrochen war, erschien keine einzige Ausgabe der *Gotham City Post,* ohne daß eine Schlagzeile auf der Titelseite über BATMANS »hoffnungslosen« Zustand berichtete. Ohne Rücksicht auf die Wahrheit zitierte die *Post* »informierte Kreise«, »Sprecher des Krankenhauses« und »enge Vertraute«, die berichteten, BATMAN sei im Begriff, vollkommen wahnsinnig zu werden. Ich las derartige Artikel zwar mit Bestürzung, hatte aber doch noch soviel Vertrauen in die Öffentlichkeit, daß ich annahm, man würde diesen schamlosen Unwahrheiten keinen Glauben schenken. In gewissem Maße wurde mein Vertrauen auch gerechtfertigt – bis die »Verrückten BATMANS« auftauchten.

Ich bedaure, diese schrecklich vulgäre Phrase wiederholen zu müssen, aber sie wurde in Gotham City allgemein geläufig, und nicht nur bei der *Post.* Alle lokalen Medien, die nationale Presse, selbst die Nachrichtensprecher im Fernsehen gebrauchten sie. Bald schickten Sendeanstalten aus dem ganzen Land Aufnahmeteams in unsere schöne Stadt, in der Hoffnung, eine Vorstellung des »Verrückten BATMAN« zu erwischen, um sie dann ihrem Publikum vorsetzen zu können. Dies war sicher die düsterste Epoche in BATMANS Leben, von meinem eigenen ganz zu schweigen.

Der erste Auftritt fand bei der Eröffnung eines neuen

Einkaufszentrums in der Innenstadt von Gotham City statt, einem Ereignis, das für den Fortschritt der Menschheit wohl kaum von Bedeutung ist, aber durch die Aussicht auf Werbegeschenke und kostenlose Unterhaltung mehrere tausend Menschen anlockte. Die Menge nahm sogar an, daß die Gestalt mit dem Cape, die sich an einem offenbar echten BAT-Seil auf sie herunterschwang, zum Unterhaltungsprogramm gehörte. Ich war wie vor den Kopf geschlagen, als ich auf der Titelseite ein Foto dieses Augenblicks sah und die dazugehörige Schlagzeile las.

BATMAN WIRD ZU FATMAN!

Die Schlagzeile war in der Tat gerechtfertigt. Die Gestalt mit dem Umhang, die am Ende des Seils hin- und herschaukelte, war eindeutig als korpulent zu bezeichnen. Unter BATMANS gewöhnlich hautengem Dreß zeichneten sich Fettwülste ab, unter anderem ein Schmerbauch, der einer anderen, ebenfalls legendären Figur, nämlich St. Nikolaus', würdig gewesen wäre. Andererseits wurde gar nicht versucht zu verbergen, daß die Wülste und der Bauch nicht echt waren; daß sie aus Watte und Federkissen bestanden, daß sich da jemand eine ganz schön verrückte Maskerade ausgedacht hatte – und dieser »Jemand« war offenbar BATMAN selbst!

Natürlich war es ein Schwindler; ich war dessen absolut sicher, als ich hastig mit der Morgenzeitung an Mr. Waynes Schlafzimmertür ging und zaghaft anklopfte. Es mußte ein Gag der Werbeabteilung des neuen Einkaufszentrums sein, vielleicht war sogar die *Gotham City Post* der Urheber. Aber mir stand ein schrecklicher Schock bevor. Als Mr. Wayne nicht auf mein Klopfen antwortete, betrat ich unaufgefordert sein Zimmer und sah seine schlafende Gestalt im Bett liegen. Und über einem Stuhl hing, unübersehbar zur Schau gestellt, sein BATMAN-Kostüm. Das war an sich schon schlimm genug: BATMAN zog sich niemals anderswo um als in der BAT-Höhle, wo er ungestört war. Aber was das Ganze noch verschlimmerte, war der Anblick von Wattebäuschen und Kissen, die offensichtlich als Polsterung verwendet worden waren... Zutiefst erschüttert ließ ich die Zeitung zurück und schloß die Schlafzimmertür hinter mir...

Ich erwähnte Mr. Wayne gegenüber nicht, was ich gesehen hatte, und auch er machte keine Bemerkung, nicht einmal, nachdem er die Morgenzeitung gelesen hatte. Er war überhaupt sehr unzugänglich geworden, seit er seine Therapie bei Dr. Lace begonnen hatte, fast, als habe sie ihm als Teil der Behandlung Schweigsamkeit verordnet.

Dann, zwei Tage später, gab es wieder einen Auftritt des »Verrückten BATMAN«.

Vielleicht kennen Sie das Denkmal im Stadtpark von Gotham City, das seit mehr als fünfzig Jahren der Lieblingsplatz der Kinder ist. Viele der beliebten Gestalten aus *Alices Abenteuer im Wunderland* sind hier als lebensgroße Steinskulpturen dargestellt. Bei schönem Wetter ist das Denkmal stets von kletternden, lachenden, glücklichen Kleinen bevölkert.

An dem Sonntag, an dem der einhundertfünfundzwanzigste Geburtstag des Lewis-Carroll-Klassikers begangen wurde, war das Wetter keineswegs schön. Trotz des anhaltenden Nieselregens wurde am Fuß des *Alice*-Denkmals eine kleine Feier abgehalten. Doch unter den Teilnehmern befand sich unerwartet eine prominente Persönlichkeit. Gerade als der Bürgermeister und ein Dutzend weiterer politischer Größen sich versammelten, um dem Autor und seiner Schöpfung zu huldigen – und der Presse Gelegenheit zum Fotografieren zu geben – erschien BATMAN triumphierend oben auf dem Denkmal und stellte sich auf die steinernen Schultern von Tweedledum und Tweedledee. Nur war es nicht der BATMAN, den alle kannten und liebten. Dieser Kämpfer für die Gerechtigkeit trug nämlich außer seinem Cape einen riesigen Zylinder mit einem Preisschild im Hutband, unverkennbar der Hut des für seine Teestunden berühmten Verrückten Hutmachers. Er warf sein Cape zurück, breitete die Arme aus und rief in die Menge:

»Alles Gute zum Geburtstag von ... *Hatman!*«

Dann lachte er wild, das schrille, freudlose Lachen des Geistesgestörten, und verschwand ebenso schnell, wie er aufgetaucht war. Mit BATMANS gewohnter Wendigkeit war er außer Sicht, ehe die anwesenden Fotografen mehr als ein verschwommenes Bild seines Abgangs schießen konnten.

Am nächsten Morgen erschien dieses Bild auf der Titelseite der *Post,* und ich betrachtete es schaudernd. Meine »Schwindlertheorie« geriet ins Wanken. Trotz der mangelnden Bildschärfe erkannte ich den Hut. Er war eine Trophäe, die von einer von BATMANS berühmtesten Taten übriggeblieben war, der Gefangennahme von Jervis Tetch, dem Verrückten Hutmacher, der Gotham City terrorisierte, ehe BATMAN seine Karriere beendete. Der Hut war in BATMANS Privatmuseum aufbewahrt worden, aber als ich in seine unterirdische Höhle hinabstieg, lag er achtlos neben der Computeranlage auf dem Boden und war noch feucht vom Regen ...

In all meinen Jahren als BATMANS Diener hatte ich nie

gewagt, einen Rat oder eine kritische Bemerkung zu äußern, aber jetzt war ich stark in Versuchung. Es war offensichtlich, daß seine Depression in Wahnsinn umgeschla-
gen war, und ich mußte, wenn auch nur mit indirekten
Worten, mit jemandem darüber sprechen.

Polizeichef Gordon war die einzige Person, der ich
meine Bedenken vernünftigerweise mitteilen konnte. Ich
beschloß, die gleiche Ausrede zu verwenden, mit der ich
mir Zugang zur Pine-Whatney-Klinik verschafft hatte, die
Besorgnis meines Herrn um BATMANS Wohlergehen. Aber
es war aussichtslos; der Polizeichef war viel zu beschäftigt,
um meinen Anruf entgegenzunehmen, und das war auch
verständlich. Die Verbrecher von Gotham City zeigten
ihre Verachtung für den »Verrückten BATMAN«, indem sie
ihre Angriffe auf öffentliches Eigentum verstärkten. Polizeichef Gordon war zweifellos völlig außer sich, besonders, seit die Presse Bürgermeister Paul Donovan be-
drängte, seinen Rücktritt zu verlangen. Diese Maßnahme
schien in der Tat unvermeidlich.

Dann kam mir eine andere Idee. Vielleicht wäre es nützlich, unter vier Augen mit BATMANS Psychiaterin Dr. Lace
zu sprechen. Sie bekam ihr Honorar tatsächlich über Mr.
Waynes Bank, und das könnte als Begründung für eine
Unterredung genügen.

Um nicht wieder am Telefon abgewiesen zu werden,
suchte ich Dr. Lace persönlich auf, wobei ich darauf achtete, nicht gerade die Zeit zu wählen, zu der BATMAN
seinen täglichen Behandlungstermin hatte. Trotzdem erwartete mich eine Überraschung. Als ich dort eintraf, sah
ich jemand anderen das ruhige Sandsteinhaus von Dr. Lace
verlassen, einen Mann, dessen Gesicht ich sofort erkannte.
Es war Bürgermeister Donovan persönlich.

Ich dachte noch immer über dieses merkwürdige Zusammentreffen nach, als ich an der Tür läutete. Dr. Laces Krankenschwester und Empfangsdame, eine Matrone mit kalten Augen und dem unpassenden Namen Mrs. Bonny, sah mich argwöhnisch an. Aber als sie Dr. Lace meine Bitte mitteilte, erklärte sich die Psychiaterin liebenswürdigerweise bereit, mich zu empfangen.

Ihre erste Frage lautete, warum BATMANs Wohltäter Mr. Wayne nicht persönlich gekommen sei. Ob es nicht merkwürdig sei, an seiner Stelle seinen Butler zu schicken?

»Mr. Wayne ist unpäßlich«, erklärte ich. »Er hat sich irgendeinen Virus eingefangen.« Ich log, ohne mit der Wimper zu zucken; eigentlich lag doch eine gewisse, symbolische Wahrheit in meinen Worten.

»Nun, ich hoffe, Ihr Mr. Wayne wird verstehen, daß ich über diesen Fall nur sehr wenig sagen kann. Ich würde sonst gegen das Ethos unseres Berufes verstoßen.«

»Er versteht, daß Sie alles, was Ihren Patienten betrifft, vertraulich behandeln müssen«, sagte ich. »Aber er ist sehr besorgt über diese neue Entwicklung, diese absonderlichen, öffentlichen Auftritte... Sie sind doch informiert über das... exzentrische Verhalten Ihres Patienten?«

»Ich bin informiert«, sagte die Psychiaterin kühl. »Aber warum gehen Sie davon aus, daß ›exzentrisches‹ Verhalten immer anormal sein muß? Ist Ihnen – oder Mr. Wayne – noch nie der Gedanke gekommen, daß BATMAN vielleicht nur einem lange unterdrückten Sinn für Humor Ausdruck gibt?«

»Ich fand eigentlich nie, daß BATMAN seinen Humor ›unterdrückt‹«, gab ich ebenso kühl zurück. Doch dann fügte ich, besorgt, zuviel verraten zu haben, schnell hinzu: »Es erscheint merkwürdig, daß er sich gerade jetzt, so kurz nachdem er einen tragischen Verlust erlitten hat, in einen Witzbold verwandeln sollte...«

»Die normale Trauerzeit ist schon seit einer Weile vorüber«, sagte Dr. Lace. »Vielleicht ist es einfach BATMANS Art, seine wiederaufgeflammte Lebensfreude zu zeigen, indem er Spiele mit seiner Identität treibt.«

»Genau das macht mir – ich meine, Mr. Wayne – Sorgen. Das Spiel scheint so sinnlos! Fatman! Hatman! Wer weiß, was als nächstes kommt?«

Ich sollte es bald erfahren. Das Telefon auf dem Schreibtisch von Dr. Lace zirpte leise, und sie hob den Hörer ab. Ihr schönes Gesicht verdüsterte sich, als sie die Stimme von Mrs. Bonny hörte. Als sie auflegte, sagte sie:

»Sie müssen mich jetzt leider entschuldigen. Ein Patient von mir ist in Schwierigkeiten.«

Erst nachdem ich die Praxis von Dr. Lace verlassen hatte, erfuhr ich, daß dieser Patient BATMAN selbst war. Glücklicherweise kam ich auf der Straße an einem plärrenden Autoradio vorbei und hörte die kurze Meldung. Man hatte BATMAN im dreißigsten Stockwerk der Gotham City Towers auf einem Sims entdeckt, und Polizei und Feuerwehr waren mit Leitern und Netzen ausgerückt, für den Fall, daß es sich um einen Selbstmordversuch handelte.

Ich war natürlich entsetzt. BATMAN wurde häufig als Superheld bezeichnet, und viele Geschichten über seine übermenschlichen Kräfte waren im Umlauf. Doch welche hervorragenden Eigenschaften er auch immer besaß, er hatte sie sich alle durch hartes Training von Körper und Geist erworben. Daß dieser Geist nur zu verletzlich war, hatte er schon bewiesen, doch für seinen Körper galt das gleiche. Ich hastete zum Gelände der Gotham City Towers.

Schnelles Vorwärtskommen war jedoch unmöglich. Jede Straße in einem Umkreis von zwanzig Blocks um den Wolkenkratzer war mit Menschen und Fahrzeugen verstopft. Das Ereignis war von unwiderstehlicher Anziehungskraft: nicht nur ein potentieller Springer, sondern ein Springer, der sicherlich die berühmteste Person in Gotham City war. Vielleicht würde man jetzt erfahren, ob der »Superheld« fliegen konnte wie Superman. Vielleicht würde auch beim Anblick von BATMANS zerschmettertem, blutendem Körper der Blutdurst der Menge gestillt... Wie man sieht, hing ich den morbidesten Gedanken nach, bis ich endlich auf Sichtweite an die Gotham City Towers herankam. Und wie versprochen saß BATMAN lässig auf dem Sims und hielt einen weißen Gegenstand in der Hand.

Ich wußte nicht, was das für ein Gegenstand war, bis BATMAN, offenbar mit der Zahl seiner Zuschauer zufrieden, aufstand und ihn an seine Lippen hob. Dann dröhnte seine Stimme durch das Megaphon, und ich fröstelte bis ins Mark.

»Meine Damen und Herren! Sie sehen nun... *Splatman!*«

Ich wußte, was als nächstes geschehen würde, aber mein Geist weigerte sich, es zu glauben. BATMAN stellte sich auf die Zehenspitzen, ließ sein Fledermauscape flattern und hechtete elegant ins Leere. Einen einzigen, atemberaubenden Augenblick lang schwebte er, fast als könne er wirklich fliegen wie das Nachtgeschöpf, dem er nacheiferte... Aber dann gewann die Schwerkraft die Oberhand. Aus allen Kehlen drang ein Aufschrei des Entsetzens und der Bestürzung, als BATMAN aus der großen Höhe auf die Menge herabstürzte. Die Polizei und die Feuerwehrtrupps, deren Rettungsgeräte sich noch in den jeweiligen

Fahrzeugen befanden, sahen hilflos zu. Ich selbst konnte nur die Augen schließen und für die unsterbliche Seele meines Herrn beten.

Plötzlich schien die Zeit stillzustehen!

Ich begriff erst, was geschehen war, als ein zweiter, diesmal erstaunter Aufschrei der Zuschauer mich veranlaßte, die Augen zu öffnen, und da sah ich BATMAN wie von einer Zeitrafferkamera erfaßt über dem Boden schweben. Sein jäher Sturz ins Nichts war abrupt aufgehalten worden. Das fast unsichtbar an seinem Bein befestigte BAT-Seil hatte ihn weniger als zwei Meter vor dem Pflaster aufgefangen; einem weniger kräftigen Mann wäre durch den plötzlichen Ruck das Bein aus dem Gelenk gerissen worden. Aber BATMAN lachte nur über den »Erfolg« seines Streichs und sprang leichtfüßig zu Boden. Dann winkte er der betäubten Menge zum Abschied zu und eilte zu dem wartenden BAT-Mobil. Bald raste er die Straße hinunter, sein wildes Gelächter verklang mit dem Heulen des Motors ...

Eine Videoaufzeichnung dieses Vorfalls wurde an diesem Abend in den Sechsuhrnachrichten gebracht, und der witzige Kommentar der Sprecher verriet, daß sie der gleichen Ansicht waren wie der Rest der Welt: BATMAN war unzurechnungsfähig.

Es war nicht die einzige Meldung in dieser Sendung. In Verbindung damit wurde auch über das Ansteigen des Verbrechens in Gotham City berichtet und ein Interview mit Bürgermeister Donovan übertragen, der klipp und klar feststellte, er habe immer noch volles Vertrauen zu Polizeichef Gordon; es würde keine Aufforderung zum Rücktritt geben. Obwohl ich für den Polizeichef erleichtert war, hatte diese Entwicklung etwas an sich, was mich beunruhigte.

In dieser Nacht beschloß ich, meine ganze Beziehung zu BATMAN aufs Spiel zu setzen, indem ich ein heiliges Gesetz brach. Ich würde Mr. Wayne eine direkte Frage zur gegenwärtigen Situation stellen.

Ich konnte in dieser Nacht nicht einschlafen und war sicher, daß ich erst Ruhe finden würde, wenn ich mein Herz ausgeschüttet hatte. Also warf ich die Laken beiseite, schlüpfte in einen Morgenmantel und ging zu Mr. Waynes Tür. Ich klopfte erst gar nicht an, sondern trat einfach ein. Der Raum war dunkel, nur vom bleichen Mondlicht erhellt, das über eine schlafende Gestalt fiel. Als ich näher trat, regte sie sich ein wenig, und einen Augenblick lang hätte ich fast die Nerven verloren. Dann sagte ich leise:

»Mr. Wayne?«

Es kam keine Antwort, aber ich war so entschlossen, daß ich ihn um jeden Preis wecken wollte. Ich berührte ihn leicht an der Schulter und erkannte... *daß ich kein menschliches Fleisch berührte!*

Schnell zog ich die Decken zurück und sah, daß ich von einer raffinierten Puppe getäuscht worden war, einem künstlichen Menschen von solcher Lebensechtheit, daß er sogar einen Atmungsmechanismus enthielt. Dann fiel mir wieder ein, daß BATMAN damals, als ihm die Enthüllung seiner Doppelidentität drohte, einen »Bruce Wayne«-Roboter geschaffen hatte, der seinen Platz einnahm, während BATMAN seine Taten vollbrachte. Nun benützte Mr. Wayne die Puppe, um *mich* zu täuschen, den einzigen Menschen auf der Welt, dem er sein wichtigstes Geheimnis anvertraut hatte! Ich war so verblüfft, daß ich laut in die Dunkelheit hineinsprach:

»Warum?«

Natürlich war Wahnsinn das Zauberwort für alle Rätsel,

aber zugleich die Lösung, die am wenigsten befriedigte. Selbst im Wahnsinn steckt Methode, und welche verrückte Begründung konnte BATMAN für diese Täuschung seines treuen Dieners haben? So irrational es sich auch anhört, ich war eine Spur verärgert, und das verlieh mir den Mut, der Höhle unter dem Herrenhaus der Waynes noch einmal einen heimlichen Besuch abzustatten.

Ich entdeckte nichts Ungewöhnliches – wenn ein Wort wie »gewöhnlich« die BAT-Höhle, eine Kombination aus Computerraum, Laboratorium, Museum und Hauptquartier, überhaupt beschreiben kann. Aber ich war weit genug in BATMANS Methoden eingeweiht, um zu wissen, daß er oft an seiner Cray-Computerkonsole mit Flüssigkühlung den Anfang machte. Die Wirkungsweise des Computers war für mich ein Rätsel, aber einmal hatte BATMAN von einem anderen Ort aus schnell einige gespeicherte Daten benötigt und mich in der Technik unterwiesen, das Gerät zu »booten«. Das tat ich jetzt, und ich hatte Glück. Es war noch ein Programm im Speicher, und es fragte:

»Möchten Sie die Liste noch einmal sehen?«

Ich zögerte, dann drückte ich die Return-Taste. Und da erschien folgendes auf dem Bildschirm:

ERYTHOLHYDRAT

PENTOTHYLDIAZIN

CHLOROPAM E

ALPAPROXID

TRITOPHENOZEN

Diese Namen waren mir unbekannt, aber sie hörten sich an wie Arzneimittel, vielleicht von Dr. Lace verschrieben?

BATMAN konnte sie sicher nicht *alle* einnehmen, obwohl das vielleicht sein sprunghaftes Verhalten erklärt hätte... Spekulieren hatte keinen Sinn. Ja, das Spekulieren wurde sogar gefährlich, denn ich hörte deutlich das Summen des Aufzugs der BAT-Höhle und begriff, daß BATMAN auf dem Weg nach unten war!

Ich gestehe, daß mich einen Augenblick lang nackte Panik befiel. Wenn BATMAN mich bei diesem unbefugten Besuch ertappte, war mein Arbeitsverhältnis möglicherweise auf der Stelle zu Ende. Ich beschloß mich zu verstecken und suchte mir dafür den ersten Platz aus, der mir ins Auge fiel: den Rücksitz des BAT-Mobils.

Es war nicht die glücklichste Wahl. BATMAN ging nämlich geradewegs auf das BAT-Mobil zu und kletterte auf den Fahrersitz. Ein Griff zum Armaturenbrett, die verborgene Tür der BAT-Höhle öffnete sich, der Motor des BAT-Mobils begann zu brummen, und dann rasten wir mit einer Geschwindigkeit, daß mir die Ohren dröhnten, donnernd in die Nacht hinaus!

Man kann sich meine Beklommenheit vorstellen, nur mit Bademantel und Schlafanzug bekleidet, auf Gnade oder Ungnade einem Mann ausgeliefert, der fast sicher geistesgestört war. Nach dem Zusammenbruch im Warenhaus, nach den Auftritten von Fatman, Hatman und Splatman konnte ich nicht länger leugnen, daß »Verrückter BATMAN« die richtige Bezeichnung für den früheren Superhelden von Gotham City war. Wer konnte wissen, von welchen Wahnvorstellungen er jetzt getrieben wurde? Und vielleicht auch ich?

Die Fahrt dauerte nicht länger als zwanzig Minuten, aber mir schien es eine Ewigkeit, bis das schnelle Fahrzeug endlich schnurrend zum Stehen kam und verstummte.

Erst als BATMAN das BAT-Mobil verließ, wagte ich einen verstohlenen Blick auf meine Umgebung. Wir befanden uns in den Vororten, auf einem Parkplatz hinter einem hoch aufragenden, quaderförmigen Gebäude mit nur ein oder zwei erleuchteten Fenstern.

Endlich entdeckte ich ein Schild mit der Aufschrift:

PINE-WHATNEY-KLINIK

PARKPLATZ NUR FÜR ÄRZTE

JEDER VERSTOSS WIRD BESTRAFT

Dieses Schild war noch harmlos im Vergleich zu einem anderen, das an dem hohen Drahtzaun um das Gebäude angebracht war.

WARNUNG!

ELEKTRISCH GELADENER ZAUN

NICHT BERÜHREN

Dann sah ich, daß BATMAN, wie um erneut zu demonstrieren, daß ihm jede Urteilskraft abhanden gekommen war, sich anschickte, genau diesen Zaun zu ersteigen!

Ich sah entsetzt und fasziniert zu, wie er ein Instrument von seinem Gürtel löste, das aussah wie ein kleiner, stumpfnasiger Revolver. Damit zielte er auf das Dach des Gebäudes und schoß einen winzigen Greifhaken an einem langen Stück BAT-Seil ab. Das Seil legte sich genau über den geladenen Zaun und ließ einen Funkenschauer aufstieben, aber BATMAN machte sich trotzdem an den Aufstieg.

Zu meiner großen Erleichterung geschah nichts. Es dauerte einen Augenblick, bis ich begriff, daß BATMANS gummierte Stiefel und Handschuhe als Isolierung wirkten.

Dann verschwand BATMAN auf dem Klinikdach in der

Dunkelheit, und ich blieb allein zurück und hatte Gelegenheit, über dieses Rätsel nachzugrübeln.

Warum kehrte BATMAN hierher in die Pine-Whatney-Klinik zurück, die er einst »jenes antiseptische Gefängnis« genannt hatte? Regte sich in ihm das unbewußte Verlangen, Hilfe für seinen bemitleidenswerten Geisteszustand zu suchen? Warum drang er heimlich ein? Und, vor allem, gab es *irgendeine* vernünftige Erklärung für sein Verhalten?

Ich beschloß, es sei das beste, das BAT-Mobil zu verlassen und nach Hause zurückzukehren. Das war vermutlich die schlechteste Entscheidung meines Lebens. Als ich versuchte, mich aus dem Rücksitz zu befreien, einem engen Raum, der niemals für Fahrgäste meiner Statur gedacht war, verlor ich das Gleichgewicht und fiel nach vorn auf das Armaturenbrett. Ich streckte die Hand aus, um mich abzustützen, und stieß gegen die Hupe des BAT-Mobils!

In der Stille der Nacht war der Laut so durchdringend wie das Geheul einer Luftschutzsirene, und er versetzte die Bewohner des Gebäudes auch ebensosehr in Aufregung. Ich hörte Schreie, die sich zu einem so mißtönenden Chor steigerten, daß ich überzeugt war, sie kämen aus den Kehlen der Insassen. Dann konnte ich einige der Stimmen unterscheiden, und was sie sagten, war in der Tat erschreckend.

»Wir haben ihn! Wir haben BATMAN *erwischt!«*

Ich wußte nicht, *wer* diesen Sieg feierte; ich hoffte, es sei nur jemand von der Krankenhausverwaltung, aber es klang doch ein deutlich bösartiger Ton mit. Als ich die beiden Gestalten in den weißen Kitteln aus einer Hintertür kommen sah, trieb mich mein Instinkt in mein Versteck im Heck des BAT-Mobils zurück.

Wieder wurde ich zum unfreiwilligen Fahrgast. Die beiden Männer glucksten vor Freude, als sie das BAT-Mobil entdeckten, aber ihre Begeisterung erhielt einen Dämpfer, als sie feststellten, daß sie den Motor nicht anlassen konnten. Dazu war natürlich auch niemand außer BATMAN in der Lage; die Zündung reagierte nur auf seinen Handflächenabdruck auf dem Lenkrad. Aber das hinderte sie nicht daran, das Fahrzeug über eine Rampe und weiter in eine Garage unter dem Krankenhaus zu schieben. Dann stiegen sie eine Treppe hinauf und ließen mich in Angst und Unschlüssigkeit zurück.

Die Unschlüssigkeit dauerte nicht lange. Unter diesen Umständen konnte ich nicht fortgehen; ich mußte einfach wissen, was aus BATMAN geworden war. Ich versuchte mir einzureden, er befinde sich in der Obhut mitfühlender Menschen; dies sei ein Krankenhaus, hier würden Kranke geheilt und die Menschen, die ihn »erwischt« hatten, hätten sicher aus humanitären Motiven gehandelt. Trotzdem konnte ich ein Gefühl der Furcht nicht abschütteln. Ich verließ das BAT-Mobil und folgte den beiden Wärtern nach oben.

Ich mußte insgesamt acht Treppen ersteigen, an jedem Absatz blieb ich stehen, öffnete die Tür einen winzigen Spalt breit und sah nach, ob sich dahinter der Ort des Geschehens befand.

Als ich, vor Erschöpfung und Besorgnis fast völlig atemlos, das oberste Stockwerk erreichte, vernahm ich die erregten Stimmen. Ich betrat einen schwach erleuchteten Korridor und machte mich auf die Suche nach dem Ursprung der Geräusche. Offenbar war es ein medizinischer Besprechungsraum, und dem Stimmengewirr nach zu urteilen, führten dort mindestens ein Dutzend Männer eine hitzige Diskussion. Die Vorstellung, den Horcher an der Wand zu spielen, erschreckte mich, aber, wie mein alter Großvater zu bemerken pflegte, wer A sagt, muß auch B sagen. Ich legte mein Ohr an die weiße Tür und lauschte.

»Bist du sicher, daß er uns mit keinem von seinen Tricks reinlegen kann?« fragte eine krächzende Stimme. »Er ist nämlich gerissener als ein Dutzend Füchse.«

»Keine Sorge«, antwortete ein anderer Mann. »Er steckt in unserem besten Korsett und ist so hilflos wie ein Baby.«

Ich brauchte einen Augenblick, bis ich dahinterkam, daß ein »Korsett« das war, was man früher eine »Zwangsjacke« nannte.

»Na schön«, sagte der erste Mann. »Bringt ihn rein, dann werden wir schon sehen, wieviel er weiß.«

Man hörte, wie ein halbes Dutzend Stühle auf einem harten Holzboden gerückt wurden, und dann ein aufgeregtes Murmeln, das wohl durch BATMANS Eintreten ausgelöst wurde. Ich konnte nicht mehr an mich halten, ich mußte einen Blick in diesen Raum werfen. Quälend langsam drehte ich den Knopf und öffnete die Tür um den Bruchteil eines Zolls, genug, um zu sehen, wie mein armer Herr, in ein weißes Kleidungsstück geschnallt, das ihn seiner Bewegungsfreiheit beraubte, unsanft an das Kopfende eines langen Konferenztischs geschoben wurde, wo eine sehr merkwürdige Versammlung, allem Anschein nach Ärzte in weißen Krankenhauskitteln und Patienten in Bademänteln und Schlafanzügen, saß.

»Nur zu, BATMAN«, sagte die krächzende Stimme, deren Besitzer ich nicht sehen konnte, »sag uns, wie du hierher gekommen bist.«

»Vielleicht hat er dieses Haus vermißt?« sagte eine an-

dere Stimme, und man hörte unangenehm grölendes Gelächter.

»Ich wollte dieses Treffen nicht versäumen«, sagte BAT-
MAN mit klarer, ruhiger Stimme. »Eine solche Konferenz
hat es seit Appalachin nicht mehr gegeben.«

Diese Anspielung war für mich unverständlich, aber
unter den Sitzenden löste sie Unruhe aus.

»Wir wissen alle, daß du in deinem Glockenturm Fledermäuse hast, BATMAN«, sagte eine andere Stimme. »Dies
ist ein Krankenhaus, weißt du noch? Wir sind Ärzte.«

»Und Patienten, wie ich sehe«, sagte BATMAN trocken
und bestätigte damit meine eigene Vermutung. »Dürfen
die Insassen das Sanatorium auch leiten?«

»Warum hören wir diesem Irren überhaupt zu?« fragte
eine andere Stimme. »Geben wir ihm doch eine kräftige
Dosis Alpaproxid und werfen wir ihn in die Gummizelle.«

»Nein«, sagte die krächzende Stimme laut. »Wir wollen
erst hören, was er zu sagen hat. Nun los, BATMAN. Was soll
der Quatsch über Appalachin? Das ist in den Bergen, oder
was?«

Merkwürdige Ausdrucksweise für einen Arzt, dachte
ich.

»Ja«, sagte BATMAN. »In den Catskills. Damals, 1957,
wurde dort das größte Treffen der Verbrecherbosse in der
Geschichte abgehalten. Und auch das peinlichste, weil es
von der Polizei aufgelöst wurde...«

»Und du glaubst, genau das kannst *du* jetzt wiederholen, BATMAN?«

Ich keuchte, als mir klar wurde, was das bedeutete.

»Ich wußte, daß diese Konferenz stattfinden würde,
weil ich hörte, wie *Ihr* Boss die Vorbereitungen traf...
Wo ist der große Boss denn eigentlich?«

Ich erwartete eigentlich nicht, daß jemand auf BATMANS kühne Herausforderung antworten würde, aber es geschah doch. Erstaunlicherweise war es eine weibliche Stimme. Noch unglaublicher, es war eine Stimme, die ich wiedererkannte!

»Ich bin hier«, sagte Dr. Lace gelassen. »Aber ich kann kaum glauben, daß Sie etwas ›hören‹ konnten, BATMAN, denn Sie standen zu diesem Zeitpunkt völlig unter dem Einfluß eines Hypnotikums.«

BATMAN grinste breit unter seiner Maske.

»Tut mir leid, Doktor. Was für ein köstliches Gebräu Sie mir auch immer verabreicht haben, es hatte keinerlei Wirkung. Ich hatte nämlich schon vor einiger Zeit dafür gesorgt, daß ich gegen alle Ihre Hypnotika immun war. Um genau zu sein, zu Beginn Ihrer Behandlung.«

»Das ist unmöglich!«

»Das schöne an Alpaproxid, Chloropam und all den übrigen Medikamenten ist – sie können durch ein einziges Präparat außer Kraft gesetzt werden. Natürlich mußte ich erst selbst das Versuchskaninchen spielen, ehe ich das Mittel auch Ihren anderen Patienten anbieten konnte – Polizeichef Gordon und Randolph Spicer vom FBI zum Beispiel, und natürlich auch Ihrem neuesten Opfer, Bürgermeister Donovan...«

»He, was soll das heißen, Doc?« Die krächzende Stimme klang noch rauher als zuvor. »Hatten Sie nicht gesagt, BATMAN sei völlig unter Kontrolle?«

»Das war er auch!« sagte Dr. Lace, und ich hörte ein nervöses Zittern in ihrer Stimme. »Sie wissen doch, was er getan hat, er hat sich aufgeführt wie ein vollkommener Irrer, genau wie ich es ihm befohlen habe...«

BATMAN lachte ohne eine Spur von Nervosität.

»Ich habe die kleinen Spielchen, die Sie sich für mich ausgedacht haben, richtig genossen, Doktor. Es hat mir Spaß gemacht, Ihre ›hypnotischen‹ Befehle auszuführen. Fast soviel Spaß, wie mich überhaupt bei Ihnen in Behandlung zu begeben.«

»Augenblick mal!« rief einer der anderen. »Soll das ein Witz sein? Du *hattest* gar keinen Nervenzusammenbruch?«

»Tut mir leid, Sie enttäuschen zu müssen«, sagte BATMAN. »Ich hielt das einfach für die beste Methode, um herauszufinden, ob meine Vermutung richtig war – daß Polizeichef Gordon und andere auf merkwürdige Weise beeinflußt wurden, damit sie ihre Arbeit *nicht* taten. Ich kenne Gordon schon lange, und er hat noch nie so viele falsche Befehle gegeben, ist so vielen falschen Spuren gefolgt oder hat so hilflos auf eine Verbrechenswelle reagiert... Ich wußte, daß an seiner Haltung etwas nicht stimmte, und da begann ich mich zu fragen, ob diese ›Haltung‹ nicht von jemand anderem geformt wurde...«

»Er lügt!« sagte Dr. Lace abwehrend. »Der Mann war seelisch völlig zerrüttet, als er zu mir kam...«

»Sie haben mir tatsächlich geholfen«, sagte BATMAN grinsend. »Sie haben mich von meinen Problemen abgelenkt, Doktor. Sie haben mir etwas gegeben, worauf ich mich freuen konnte – zum Beispiel darauf, alle diese illustren Gangsterbosse im Gefängnis von Gotham City eingesperrt zu sehen.«

»Das reicht jetzt!« fuhr die rauhe Stimme auf. Zum erstenmal sah ich, wem sie gehörte, einem riesigen Mann mit gewölbter Brust und Händen wie zwei Speckseiten. Ich erkannte Tough Teddy Thomas, einen der berüchtigsten Verbrecher des Landes, der angeblich seit langem im

Asphalt der Schnellstraße von Gotham City begraben lag. »Dieser Bursche hat Sie zum Narren gehalten, Doc! Er war es, der die Spielchen gespielt hat, nicht Sie! Nur werde ich dafür sorgen, daß das Spiel jetzt vorüber ist –«

Zu meinem Entsetzen zog er einen Revolver aus einem Schulterhalfter, richtete ihn geradewegs auf BATMAN und feuerte! Die Wucht der Kugel schleuderte BATMAN gegen die Wand des Konferenzraums, dann glitt er schlaff wie eine Stoffpuppe zu Boden und blieb mit dem Gesicht nach unten liegen.

Direkt vor meinen Augen war BATMAN hingerichtet worden.

Die Versammlung war von diesem überwältigenden Ereignis wie elektrisiert. Dann wurden plötzlich Stühle zurückgestoßen und umgeworfen. Schreie und Flüche erfüllten die Luft, und schließlich stürmte alles in wilder Flucht auf den Ausgang zu. Die Türen des Konferenzraums wurden so heftig aufgerissen, daß sie mich für kurze Zeit verdeckten, und als ich mich nicht länger dahinter verbergen konnte, nahmen die Gangster meine Anwesenheit überhaupt nicht wahr. Erst nach einer Weile begriff ich den Grund. Ich trug wie die meisten der Ganoven, die sich als Krankenhauspatienten ausgaben, Morgenmantel und Schlafanzug. Sie hielten mich für einen der Ihren!

Als der Raum sich geleert hatte, eilte ich an BATMANS Seite, überzeugt, daß ich nicht mehr für ihn tun konnte, als ihm die letzte Ehre zu erweisen. Ich schwamm schon in Tränen, bedauerte tief, daß ich dem gestürzten Helden nie mehr sagen konnte, wie sehr ich es bedauerte, daß ich ihm nicht von Anfang an vertraut, daß ich das kunstvolle Spiel nicht durchschaut hatte, mit dem er diese schreckliche Verbrecherverschwörung hatte besiegen wollen. Es schmerzte mich, sehen zu müssen, daß alle seine tapferen Bemühungen, seine Bereitwilligkeit, um des größeren Zieles willen sich selbst zu demütigen, vergebens gewesen waren, daß die Schurken entkommen waren und BATMAN der Geschichte überließen...

Dann vernahm ich die Sirenen und begriff, daß BATMAN diese Möglichkeit vorhergesehen, daß er noch vor seiner Ankunft die Polizei alarmiert hatte. Aber würde sie noch rechtzeitig eintreffen?

»Keine Sorge, Alfred«, sagte BATMAN. »Ich habe alle Ausgänge mit BAT-Seil zugebunden. Der einzige Weg, auf dem man dieses Gebäude verlassen kann, führt durch die Garage, und dort werden sie von einer ziemlich großen Anzahl von Streifenwagen empfangen...«

Ich konnte BATMAN nur angaffen, als er sich erhob und begann, sich aus dem Korsett zu befreien.

»Ich habe gehört, daß Houdini das in vier Minuten schaffte«, sagte er leichthin. »Mal sehen, ob ich seinen Rekord brechen kann.«

Ich muß vermelden, daß er es nicht konnte. Erst nach vier Minuten und fünfzehn Sekunden war BATMAN von seinen Fesseln frei. Die Tuchjacke fiel mit einem dumpfen, metallischen Aufschlag zu Boden.

»Es ist ein kugelsicherer Schild«, erklärte BATMAN. »Ich habe ihn in ein Korsett geschoben, ehe ich mich fangen ließ. Nur zur Sicherheit.«

»Sie *wollten* sich fangen lassen?« keuchte ich.

»Ich dachte, auf diese Weise könnte ich Dr. Lace am ehesten ein Geständnis entlocken.« Er löste das winzige, an seinem Gürtel befestigte Tonbandgerät und lächelte. »Nun habe ich es.«

Ich muß plötzlich zusammengebrochen sein, denn die

nächste Minute ist mir aus dem Gedächtnis entschwunden. Dann fand ich mich in einem Stuhl wieder, und BATMAN flößte mir aus einem Glas Wasser ein.

»Es tut mir leid«, sagte ich. »Um ehrlich zu sein, ich dachte, es sei ganz allein meine Schuld, daß Sie gefangengenommen wurden...«

»Ich bin derjenige, der sich entschuldigen muß, Alfred«, sagte er. »Ich konnte einfach weder dir noch sonst jemandem anvertrauen, was ich vorhatte; ich konnte es mir nicht leisten, daß über meinen Geisteszustand auch nur der leiseste Verdacht aufkam.«

»Ja, Sir«, sagte ich. »Ich verstehe vollkommen. Und ich bin sicher, jedermann in Gotham City wird Ihr Opfer zu schätzen wissen.«

»Wie auch immer«, sagte BATMAN freundlich. »Ganz gleich, was die Medien über dies alles berichten werden, sei nicht überrascht, wenn einige Leute weiterhin hartnäckig glauben, daß ich wirklich ›verrückt‹ bin.«

Und er hatte natürlich recht. Es entspricht wohl der menschlichen Natur, von anderen immer das Schlimmste anzunehmen. Bis auf den heutigen Tag gibt es Leute, die BATMAN für einen größenwahnsinnigen Schizophrenen halten. Andere sind der Ansicht, BATMAN sei nur das Produkt irgendwelcher Fieberphantasien. BATMAN stört das nicht. Er ist bereit, die Verbrecher dieser Welt weiter in ihrem Wolkenkuckucksheim leben zu lassen, bis zu jener dunklen Nacht, in der sie den schwarzen Schatten von Fledermausflügeln vor der gelben Scheibe des Mondes erblicken werden.

Gespenster

Kitty würde bestimmt wollen, daß er beim Abendessen so gut wie möglich aussah, deshalb trug Gannet seinen blauen Sergeanzug, ein Hemd mit weißem Kragen und breiten roten Streifen (nicht zu auffallend) und keinen Revolver.

Die letzte seine Eleganz betreffende Entscheidung war die schwerste gewesen. Aber das ging nun nicht anders – er besaß keine Jacketts mehr, deren Schnitt Platz bot für den Wulst eines Schulterhalfters. In den letzten Wochen war ihm das allerdings egal gewesen, er hatte ihn trotzdem getragen. An dem Tag, an dem ihm die grauenhafte Erscheinung im Fahrstuhl seines Hauses begegnet war, hatte er seine 38er Smith & Wesson hervorgekramt, die seit beinahe vier Jahren unbenutzt in seinem Schlafzimmerschrank gelegen hatte. Er hatte geglaubt, die Notwendigkeit, sich zu bewaffnen, wäre endgültig aus der Welt geschafft. Die *padrones* hatten es stillschweigend gebilligt, daß er sich mit sechzig aus dem Metier zurückzog. Er hinterließ keine Feinde (ausgenommen die in ihren teuren Särgen), und ordentliche Geschäftsleute trugen keine Feuerwaffen mit sich rum, sondern Aktenköfferchen.

Er wirkte durchaus überzeugend, als er seine Maisonette in der East 63rd Street verließ. Mit seinem sorgfältig gebürsteten zinnfarbenen Haar und der noch immer muskulösen Nacken- und Schulterpartie, gemildert durch einen leichten Bauchansatz, sah Gannet ganz wie der Geschäftsmann aus, für den die Welt ihn hielt (in der Haupt-

139

sache Kitty, aber schließlich *war* Kitty auch die Welt für ihn). Dennoch war er nervös. Als er auf den Fahrstuhlknopf drückte, hielt er den Atem an, bis die Tür aufglitt und er sah, daß die Kabine leer war.

Kitty Russos Wohnung lag auf der West Side und bestand aus ein paar großen, düsteren Räumen, die sie mit dem Enthusiasmus ihrer dreiundzwanzig Jahre in die Seite 56 von *House & Garden* verwandelt hatte. Es war eine Eigentumswohnung im Rahmen einer Kooperative, und Gannet hatte sie gekauft und ihr zum bestandenen Examen geschenkt. Zuerst hatte sie das Geschenk nicht annehmen wollen, und er hatte gesagt, er tue es für ihren Vater. Wenn Joe Russo nicht so blöd gewesen wäre und eine ordentliche Lebensversicherung abgeschlossen hätte, dann hätte er ihr bestimmt genug Geld hinterlassen, um so eine Wohnung zu kaufen.

Kitty hatte viel geweint, und er hatte ein bißchen geweint, und schließlich hatte sie ihre Arme um ihn geschlungen und ihm gedankt und ihn Onkel Marty genannt, so wie früher, als sie noch ein Kind gewesen war und keine Hochschulabsolventin mit einem Job, ihrer eigenen Wohnung und – wie es nun aussah – einem ernsthaften Freund.

»Dr. Ira Hammel«, stellte Kitty ihn vor, mit einer kleinen, stolzen Betonung auf dem »Doktor«.

Hammel sah zu jung aus für einen Arzt. Er sah zwar gut aus, war aber, wie Gannet fand, zu pummelig um die Mitte, um wirklich erwachsen zu sein. Aber er schüttelte Hammel die Hand und lächelte und lehnte den ihm angebotenen Drink ab.

»Alkohol und ich, wir vertragen uns nicht«, sagte er fröhlich.

»Ich habe Ira von deiner Kolitis erzählt«, sagte Kitty.

»Auweia!« lachte er. »Hier kommt die Rechnung!«

»Haben Sie noch immer Kummer damit?« fragte der Arzt. »Kitty sagte mir, daß es Sie vor ein paar Jahren ziemlich schlimm erwischt hat, aber daß Sie jetzt anscheinend über den Berg sind. Schlackenarme Kost, nehme ich an?«

»Hey, was soll das? Ich dachte, ich komme zum Abendessen und nicht zu einer Untersuchung!«

»In Ordnung!« lachte Kitty. »Ein schlackenarmes Abendessen ist schon unterwegs.«

Es lief nicht schlecht. Kitty hatte die Speisenfolge einfach gehalten und daher auch keine großen Fehler gemacht. Ihr Arzt-Freund benahm sich ruhig und respektvoll. Offenbar hatte Kitty ihn über die Rolle als zweiter Vater, die er, Gannet, in ihrem Leben spielte, ins Bild gesetzt. Und Gannet blieb auch nicht lange, was beide ganz offensichtlich zu schätzen wußten.

Aber als er aus dem Haus in den Nieselregen hinaustrat, der die Bürgersteige der West End Avenue glitschig machte, sah er wieder einen von *ihnen*.

Der Mann trug einen Regenmantel, als hätte er das Wetter vorausgeahnt, das die Leute vom Wetterbericht nicht vorhergesagt hatten. Der Filzhut, den er aufhatte, war tief über die Augen gezogen. Er stand an der Ecke, als wollte er ein Taxi heranwinken, aber seine Hände waren tief in den Taschen vergraben.

Dann wandte er sich um, und Gannet sah, daß er keinen Mund hatte.

Gannets erschrockene Reaktion war durchaus vernehmlich, aber der Mann starrte ihn bloß unverwandt an. Gannet drehte sich rasch um und hetzte zu Kittys Haustür zurück. Er wußte nicht, ob der Mann ohne Mund ihm folgte, aber das war egal. Er versuchte verzweifelt, die Tür zu öffnen, und stellte dann fest, daß sie verschlossen war.

Er tastete nach dem Knopf, der oben in der Wohnung sein Signal aussenden würde, aber als er ihn endlich gefunden hatte, hatte seine Panik nachgelassen. Niemand war ihm gefolgt. Der Mann ohne Mund war nicht mehr zu sehen.

Er fuhr nach Hause und kämpfte mit sich, ob er seine Abstinenz, die er nun schon ein Jahr lang durchgehalten hatte, aufgeben und sich etwas zu trinken genehmigen sollte. Schon die Tatsache, daß er dies überhaupt in Erwägung zog, war ein böser Schock für ihn.

»Ich drehe durch«, sagte er zu sich selbst. »Wenn ich schon ohne was zu trinken Gespenster sehe, weiß der Himmel, was dann der Alkohol mit mir anstellt!«

Um halb zwölf klingelte das Telefon, und es war Kitty.

»Na, was meinst du?«

»Zu deinem Freund? Der ist okay. Redet nicht sehr viel, was?«

Kitty lachte. »Du hast ihn eingeschüchtert. Ich hab ihm erzählt, was für ein großes Tier du bist – mit all den Schuhreparaturläden, die du besitzt. Ich hab zu ihm gesagt: ›Warte, bis du morgen seine Maisonette siehst!‹«

»Morgen?« fragte Gannet. »Du willst, daß wir uns für morgen hier verabreden?«

»Ich verabrede mich gerade mit dir«, sagte Kitty. »Er will, daß alles seine Ordnung hat, Onkel Marty. Ich hab ihm erzählt, daß ich außer dir keine Familie mehr habe, und er hat noch diese altmodischen Vorstellungen.«

»Was für altmodische Vorstellungen?«

Kitty kicherte. »Er will bei dir um meine Hand anhalten. Ich ruf dich bloß an, damit du weißt, was für eine Antwort du ihm zu geben hast. Ein schlichtes ›Ja, mein Junge‹ reicht völlig aus. Sind wir uns da einig?« Als er nicht antwortete, fragte sie ernst: »Onkel Marty, bist du okay? Oder habe ich dir etwa heute abend deinen Dickdarm vergiftet?«

»Mir fehlt nichts«, sagte Gannet. »Außer daß ich vielleicht ein bißchen überrascht bin. Freund ist ja in Ordnung, aber heiraten?«

»Wär's dir lieber, wir lebten bloß so zusammen? Das ist jetzt absolut *in*, weißt du?«

»Zum Teufel mit dem, was *in* ist!« knurrte Gannet, was Kitty mit Befriedigung aufzunehmen schien. Ihm kam zu Bewußtsein, daß ihr Vater ganz genau dasselbe gesagt hätte, und mit einem Gefühl, tiefer als Trauer, mußte er daran denken, wie innig das Mädchen Joe Russo geliebt hatte.

»Nichts zu essen«, sagte Kitty noch, und deshalb bereitete Gannet für ihren Besuch am folgenden Abend nichts weiter vor als eine Horsd'œuvres-Platte, die 60 Dollar kostete, was hauptsächlich daran lag, daß der Kaviar auf ihr vorherrschte. Außerdem bestellte er noch Whiskey. Als es um halb sieben an seiner Wohnungstür klingelte, dachte er, es sei der Lieferjunge vom Spirituosengeschäft, aber es war ein hochgewachsener, stiller Mann ohne Mund.

Gannet ließ seine Brieftasche fallen und fing an zu schreien. Ihm verschwamm alles vor Augen, oder vielleicht löste sich auch die Figur auf und verflüchtigte sich wieder in jenes geheimnisvolle Schattenreich, aus dem sie gekommen war. Jedenfalls stand niemand mehr in der Tür, als er wieder zu Bewußtsein kam und Kittys neuer Freund ihn von oben bis unten betastete, während Kitty selbst irgendwo unendlich weit weg zu weinen schien.

»Beruhige dich«, sagte Ira Hammel. »Sein Herz ist es nicht. Er hat irgendeinen Schock erlitten, aber er kommt wieder zu sich.«

»Der Junge klingt jetzt richtig wie ein Arzt«, dachte Gannet, »er sieht sogar älter aus.« Aber dann war er wieder ganz der alte, was bedeutete, daß er in seiner polternden Art ein halbes Dutzend Gründe für das Geschehene vorbrachte, die weder Hammel überzeugten noch Kitty zufriedenstellten.

»Also gut«, sagte Gannet schließlich, »ich erzähle euch, was es war. Aber ihr müßt mir versprechen, daß ihr nicht die Männer mit den weißen Kitteln ruft. Abgemacht?«

Dann erzählte er ihnen von dem ersten Mann im Fahrstuhl.

»Der Bursche war nicht groß. Ungefähr so wie ich, nicht so fleischig. Er trug einen grauen Anzug, nichts Besonderes. Er stand in der Ecke und las eine Zeitung. Er sah nicht mal auf, als ich den Fahrstuhl betrat. Aber dann drehte ich mich zu ihm um und sah, daß er mich anblickte. Fragt mich nicht, wie seine Augen oder seine Nase aussahen. Ich kann mich an nichts von dem erinnern, was ich sah, nur an das, was ich nicht sah.«

»Was meinst du damit?« fragte Kitty.

»Ich meine damit, daß er keinen Mund hatte. Da war überhaupt nichts. Nur Haut von der Nase bis zum Kinn. Das war ein Anblick! Ein Anblick, auf den ich in Zukunft verzichten könnte.«

»Eine Mißbildung vielleicht«, meinte Hammel.

»Wäre das denkbar, Ira?« fragte Kitty.

Der Arzt zuckte mit den Achseln. »Ich nehme schon an. Ich muß mal in meinem *Medizinische Anomalien und Kuriositäten* nachschauen.«

»Moment, es geht noch weiter«, sagte Gannet. »Ich habe es wieder gesehen... ich meine im Fahrstuhl... einen Mann ohne Mund. Am nächsten Tag.«

»Wahrscheinlich wohnt er hier im Haus«, sagte Kitty.

»Nein, du verstehst mich falsch. Es war genau wie das erste Mal, kein Mund, nichts. *Nur war es nicht derselbe Mann!*«

Hammel sah das Mädchen an, und Gannet deutete seinen Blick richtig. Aber er fuhr trotzdem fort:

»Gestern, als ich bei euch zum Essen war, habe ich wieder einen gesehen. Auf dem Heimweg, an der Ecke, einen Mann in einem Regenmantel. Wollte wohl ein Taxi herbeiwinken. Er drehte sich um, und so wahr mir Gott helfe, er hatte keinen Mund, Kitty! Und sagt nicht, es sei derselbe gewesen, denn das stimmt nicht. Es war jemand anderes, aber ohne Mund.«

Hammel fragte das Naheliegende.

»Ja«, gab Gannet zur Antwort, »genau. Kurz bevor ihr kamt. Ich hatte im Spirituosengeschäft was zu trinken bestellt – ich habe keinen Alkohol im Haus, seit ich damit aufgehört habe – und ich dachte, es wäre der Junge, der das Zeug bringt. Aber es war einer von *ihnen*.«

»Ein Mann ohne Mund.«

»Ja.«

»Onkel Marty«, sagte Kitty unglücklich, »du hast dir das einfach nur eingebildet, das ist alles. Vielleicht arbeitest du zuviel. Oder es stimmt irgend etwas nicht mit deinen Augen, ein blinder Fleck oder so was.« Hoffnungsvoll wandte sie sich an Hammel. »Könnte das nicht der

Grund sein, Ira? Daß er einfach einen Fleck im Auge hat, der sein Sehvermögen beeinträchtigt?«

»Schon möglich«, sagte dieser zurückhaltend.

»Es war einfach zuviel«, sagte Gannet. »Versteht ihr das? Einmal, zweimal, das könnte ich ja noch hinnehmen. Der Müdigkeit zuschreiben. Oder dem Alter.«

»Du bist doch nicht alt!« rief das Mädchen.

»Aber müde bin ich auch nicht«, sagte Gannet. »Ich und überarbeitet? Zwei, drei Stunden Arbeit täglich, das ist doch das äußerste. Sonst hänge ich rum, besuche die Rennbahn, in der Richtung. Nein, es ist etwas anderes. Vielleicht laufen hier ja Mißgeburten rum. Oder Marsmenschen. Hey, Doc, was meinen Sie? Sind es Marsmenschen?«

»Warum sollten die sich gerade Sie aussuchen?« meinte Hammel.

»Tja,« – Gannet nickte – »das ist schon richtig. Ich hatte nie was mit Marsmenschen zu tun, also warum gerade ich?« Er sah den jungen Arzt ernst an. »Was Sie in Wirklichkeit sagen wollen, Doc, ist, daß es an hier oben liegt.« Er tippte an seinen Kopf.

Ira Hammel lächelte.

»Augen, Ohren, Nase und Hals«, sagte er. »Das ist das einzige, wovon ich etwas verstehe, Mr. Gannet.«

Zu dem eigentlichen Vorhaben des Abends, zum Heiratsgespräch, kamen sie gar nicht mehr. Aber am nächsten Tag erschien Hammel ohne Kitty. Er hatte eine Stunde vorher angerufen, und Gannet hatte seinem Besuch zugestimmt. Als er jedoch eintraf, schien Gannet seine Meinung geändert zu haben. Er machte die Tür nur zehn Zentimeter weit auf und sagte: »Hören Sie her, Doc, würde es Ihnen was ausmachen, wenn wir uns ein ander-

mal unterhielten? Ich fühle mich nicht so toll heute nachmittag. Ich habe Kopfschmerzen.«

»Vielleicht kann ich etwas tun.«

»Klar können Sie das. Sie können ein lieber Junge sein
und weggehen.«

»Ich bleibe bestimmt nicht lange. Ich möchte bloß ganz
kurz mit Ihnen reden.«

»Übers Heiraten?« fragte Gannet. »Hören Sie, dazu
brauchen Sie nicht meinen Segen. Solange Sie mein kleines
Mädchen gut behandeln.«

»Nicht übers Heiraten«, erwiderte Hammel ernst. »Sondern über Sie. Und das Syndikat.«

Gannet ließ die Tür los. Der junge Arzt machte sich das
zunutze und gab ihr einen ganz kleinen Schubs, gerade
soviel, daß Gannet seinen ernsten Gesichtsausdruck sehen
konnte. Dann war er drinnen, und Gannet forderte ihn auf,
sich zu setzen. Seine Stimme hatte eine gewisse Schärfe,
aber das schreckte Hammel nicht. Gannet kam zu dem
Schluß, daß Kittys Freund nicht so weich war, wie er
aussah.

»Okay«, sagte Gannet. »Was wissen Sie von mir?«

»Ich weiß, daß Sie damals in den Fünfzigern einmal vor
den staatlichen Untersuchungsausschuß für Kriminalität
zitiert worden sind.«

»Damals in den Fünfzigern haben Sie doch noch in den
Windeln gelegen.«

»Das stimmt schon. Ich weiß nur das, was ich gelesen
oder an Dokumentarberichten im Fernsehen gesehen habe.
Aber der Mann, mit dem ich gestern gesprochen habe,
dieser Psychiater, der hat damals während der Anhörungen
gerade sein Examen gemacht, und er konnte sich noch an
alles erinnern. Er konnte sich auch an Sie erinnern.«

147

»Psychiater?« sagte Gannet. »Sie haben mit einem Klapsdoktor über mich geredet?«

»Kitty hat mich darum gebeten«, sagte Hammel. »Und ich dachte, daß es nichts schaden könnte, seine Meinung zu hören. Was nun eine Diagnose anbetrifft, da war er keine große Hilfe – er meinte, er habe viel zu wenig Anhaltspunkte, um eine Diagnose auch nur zu versuchen. Aber als ich Ihren Namen erwähnte, erinnerte er sich an die Gerüchte, die über Ihre Zugehörigkeit zum Syndikat in Umlauf waren. Wenn Sie meine Worte ungehörig finden, dann sagen Sie mir, daß ich den Mund halten soll.«

»Halten Sie den Mund!« knurrte Gannet wütend. Dann ging er zur Wohnungstür und machte sie auf. »Und jetzt sehen Sie zu, daß Sie rauskommen, und hören Sie auf, sich über Dinge den Kopf zu zerbrechen, die Sie nichts angehen. Und Sie täten gut daran, Kitty kein Wort von diesem ganzen Quatsch zu erzählen, sonst kehre ich wirklich den Papa heraus und sage ihr, daß ihr Freund ein Stinker ist. Wer weiß, Meister, vielleicht gibt sie Ihnen ja den Laufpaß, und dann können Sie sich nach einer anderen Freundin umsehen.«

Hammel schaute ihn ruhig an.

»Dieser Freund, von dem ich eben geredet habe«, sagte er, »dieser Psychiater meinte, was Ihre Erscheinungen anginge, da hätte er eine Theorie. Sie klang recht einleuchtend, fand ich.« Er hielt inne. Gannet wußte, daß er nur um den Preis einer geschlossenen Tür fortfahren würde. Er fluchte und schlug die Tür zu.

»Also schön. Was hat der Seelenklempner gesagt?«

»Er sagt, es bestehe kein Zweifel, daß es sich um Halluzinationen handele. Aber das Muster, dem sie folgten, sei ziemlich leicht zu durchschauen, wenn man die Vorgeschichte des Patienten bedenke. Ich hoffe, es macht Ihnen nichts aus, wenn ich von Ihnen als dem ›Patienten‹ spreche, Mr. Gannet.«

»Ich weiß immer noch nicht, wovon Sie eigentlich reden.«

»Mein Freund sagt, wenn man häufig Männer ohne Mund sähe, könnte dies ein Hinweis auf ein tief verwurzeltes Schuldgefühl sein, das sich in ein bestimmtes Symbol kleidet. Ich meine, woran muß man denn denken bei der Vorstellung von einem Mann ohne Mund?«

»Sagen Sie's mir, Doc.«

»An jemanden, der nicht reden kann«, sagte Hammel. »Liegt das nicht auf der Hand? Daß ein Mann ohne Mund zum Schweigen gebracht worden ist. Mundlose Männer reden nicht, sagt mein Freund.« Er zögerte. »Genau wie tote Männer.«

Der Zorn pumpte Blut in Gannets Gesicht.

»Was reden Sie denn da, verdammt noch mal! Was zum Teufel wollen Sie damit sagen, Freundchen? Nennen Sie mich einen Mörder?«

»Bitte«, sagte Hammel sanft. »Ich gebe eine Unterhaltung wieder und nicht eine persönliche Meinung. Sie haben mich gefragt, und ich antworte. Dieser Psychiater sagt, daß Ihr früherer Umgang bei Ihnen starke Schuldgefühle hinterlassen hat, die mit... nun ja, mit Denunzianten oder möglichen Denunzianten zu tun haben. Das ist keine Beschuldigung, sondern bloß eine Analyse.«

Hammel stand auf. »Sehen Sie her, ich versuche nur, Ihnen zu helfen. Und der einzige Grund, warum ich das tue, ist Kitty. Weil ich nämlich von der George-Washington-Brücke springen würde, wenn Kitty sagen würde, bitte spring, Ira. Jetzt werde ich gehen und genau das tun, was Sie mir geraten haben – ich werde aufhören, mir über Dinge den Kopf zu zerbrechen, die mich nichts angehen.«

Er ging zur Tür und machte sie diesmal selbst auf. Gannet sagte: »Sie werden noch etwas anderes nicht tun. Sie werden Kitty von dem allem nicht ein Sterbenswörtchen erzählen, andernfalls erwürge ich Sie mit Ihrem eigenen Diplom.«

»Das hatte ich auch nicht vor«, erwiderte Hammel.

Er ging schnell hinaus. Gannet, noch immer wütend, wollte ihm etwas hinterherrufen und riß die Tür auf. Hammel war in einem nach unten fahrenden Lift verschwunden, dessen Türen sich gerade schlossen. Aber ein Mann war auf Gannets Stockwerk ausgestiegen und kam auf ihn zu.

Als Gannet das Gesicht des Mannes sah, seine leer starrenden Augen, das entsetzliche rosa Fleisch, dort, wo sein Mund hätte sein sollen, heulte er unwillkürlich vor Angst laut auf und schlug die Tür zu, verschloß sie, verriegelte sie und wimmerte bei seinem Versuch, das Gespenst am Hereinkommen zu hindern. Denn er war sicher, daß es zu ihm wollte. Aber nichts geschah.

»O mein Gott, mein Gott«, flüsterte er, »wann hört das endlich auf? Wann?«

An jenem Abend griff er zum Alkohol, zum ersten Mal seit einem Jahr – und zum Teufel mit seinem Gedärm!

Er verfügte sich mit einer Flasche Scotch in seine Bibliothek und goß sich ein halbes Glas ein.

Er trank langsam und beschwor die Geister herauf.

Wer war der erste gewesen? Chaudry natürlich. Wer könnte den ersten je vergessen? Chaudry, der sich fast zu Tode geschwitzt hatte, bis er, Gannet, den Schuß abfeuerte, mit dem sein Auftrag erledigt war. Sie hatten ihm noch nicht einmal gesagt, womit Chaudry ihren Zorn erregt hatte, und er selbst hatte sich einen Namen gemacht, indem er nicht fragte. Das sei die richtige, professionelle Vorgehensweise, hatten sie gesagt, und er stand da mit vor Stolz geschwellter Brust und hatte sich nie eingestanden, daß er nur Angst gehabt hatte zu fragen, was Chaudry getan habe.

Als er Vic Santione umlegen sollte, gaben sie ihm einen Grund an: Santione sei ein Spitzel, Santione müsse das Verrätermaul mit Friedhofserde gestopft werden, und er, Gannet, sei der Richtige für den Job. Er hatte seine Sache nicht besonders gut gemacht – Santione war im Krankenhaus und nicht auf der Straße gestorben. Aber er hatte nicht geredet. Eine von Gannets Kugeln hatte ihn in der Kehle erwischt. Keine Vorsichtsmaßnahme – Glück. Aber er hatte immer Glück gehabt, damals und ein weiteres halbes Dutzend Morde lang, immer Glück. Niemals bezichtigt, niemals unter Anklage gestellt. Er hatte gute, saubere Arbeit geleistet.

Aber hatte er das wirklich?

War es ihm wirklich gelungen, sie alle zum Schweigen zu bringen? War es ihm mißlungen, sie für immer zu beseitigen, weil es kein für immer gab? Hatten sie einen Weg gefunden zurückzukommen? Einen Weg, ihn zu verfolgen und zu quälen?

»Gespenster«, flüsterte er laut und spürte die Wirkung des Alkohols...

Wie zufällig schaute er bei Kittys Arzt-Freund in der Praxis vorbei. Er komme nur so als Freund, sagte er, nicht als Patient, nur, um die Berufsadresse des Mannes zu überprüfen, mit dem seine Kitty verlobt sei.

»Sie haben hier eine schöne Praxis, Doc«, sagte er.

Hammel fragte: »Haben Sie schon eine andere gesehen?«

Gannet wußte, was er meinte. Er spürte, wie ihm peinlicherweise Tränen in die Augen traten.

»Ich bringe es nicht über mich, zu einem Klapsdoktor zu gehen«, sagte er. »Ich bin einfach nicht der Typ, wissen Sie? Aber Sie, Sie sind doch ein kluger Kopf und verstehen was von solchen Sachen, das weiß ich.«

»Ich bin kein Psychiater«, wandte Hammel ein.

»Sie können mir helfen«, sagte Gannet störrisch. »Ich werde von Gespenstern verfolgt, glaube ich. Ich habe nie an Gespenster geglaubt, aber es könnte sein, daß ich meine Meinung ändern muß.«

»Ich bin auch kein Spiritist.«

»Es gibt für mich zwei Möglichkeiten, soweit ich sehe«, sagte Gannet. »Ich könnte zu einem Arzt gehen, oder ich könnte in eine Kirche gehen und mit einem Priester oder so jemand reden.«

»Beide könnten helfen«, erwiderte Hammel vorsichtig. »Das ist etwas, was die Psychiater und die Kirche gemeinsam haben – sie wissen, daß Beichten gut für die Seele ist.«

»Was meinen Sie damit, Beichten?«

»Da liegt doch die Wurzel des Problems, nicht wahr? Schuldgefühle erzeugen einen seelischen Druck. Manchmal wird dieser Druck unerträglich, und dann kommt es zu einer Art Explosion.«

»Im Kopf, wollen Sie sagen.«

»Sie mögen recht gehabt haben, als Sie das Wort ›Gespenster‹ benutzten. Die Schatten der Vergangenheit verfolgen Sie vielleicht wie Gespenster, weil Sie sie nie eingestanden haben – sich selbst nicht, niemandem.«

Gannet, schon wieder wütend, stand auf.

»Ich wußte, daß ich nur meine Zeit vergeude«, sagte er und ging zur Tür.

Hammel stoppte ihn, indem er sagte: »In einer Woche geben Kitty und ich eine Verlobungsparty. Wir würden uns freuen, wenn Sie kämen, Mr. Gannet.«

»Ich mach mir nichts aus Parties«, knurrte Gannet und verließ die Praxis.

Auf dem Weg aus dem Haus rannte er in einen Mann ohne Mund. Bei seinem Anblick wurde er fast ohnmächtig, schaffte es aber bis zu dem nahegelegenen Taxistand. Im Taxi wurde ihm übel, und zur Besorgnis des Fahrers fing er an zu würgen, ohne sich direkt zu erbrechen. Als er zu Hause ankam, war ihm noch immer schlecht.

Dann fiel ihm das Tonbandgerät ein.

Kitty hatte ihm das Ding zu Weihnachten geschenkt, und er hatte gelogen und gesagt, es sei genau das, was er sich gewünscht habe. In Wahrheit hatte er es seitdem nicht angerührt. Es ruhte noch immer in seinem Bett aus Styropor, und das beigefügte Band war noch immer unberührt.

Er nahm das Gerät aus dem Schrank und stellte es auf die Platte seines Schreibtischs in der Bibliothek. Er betrachtete die Schalter, auf denen ON, OFF, RECORD, STOP, REWIND und PLAY stand.

Er kannte sich mit solchen Geräten nicht aus, aber er schaltete es ein, nahm das kleine Mikrophon und stöpselte es in die Buchse, über der MIC stand.

Dann drückte er auf RECORD und sah, daß die Spule anfing, sich zu drehen. Das war also schon alles.

Der nächste Schritt jedoch war schon schwieriger.

Er sagte ins Mikrophon: »Ich heiße Martin Gannet. Im Jahr 1945 – nein, 46 – erschoß ich in North Bergen, New Jersey, einen Mann namens Rick Chaudry.«

Erschrocken über das, was er gerade laut gesagt hatte, drückte er auf die STOP-Taste.

Dann spielte er es sich vor.

»Ich heiße Martin Gannet. Im Jahr 1945 – nein, 46 – erschoß ich in North Bergen, New Jersey, einen Mann namens Rick Chaudry…«

Er schloß die Augen.

So ging es, dachte er. So und nicht anders. Wenn die Gespenster eine Beichte haben wollten, dann bitte. Die einzigen Ohren, die sie hören würden, wären die elektronischen im Inneren dieses kleinen Spielzeugs hier. Dann würde er das Band in einen Umschlag stecken und diesen versiegeln. Den Umschlag würde er in seinen Schreibtisch neben seine 38er Smith & Wesson legen und so etwas wie »Nach meinem Tode zu öffnen« drauf schreiben. Vielleicht würden ihn die Gespenster dann in Ruhe lassen.

Er spulte das Band zurück und drückte wieder auf die Aufnahmetaste. Seine trockenen Lippen berührten fast das Mikrophon, als er begann:

»Ich heiße Martin Gannet…«

Auf der Verlobungsparty ging es recht laut zu. Kitty schien einzig und allein Freundinnen eingeladen zu haben und Hammel nur Kollegen. Vielleicht war das der Grund dafür, daß die Party so schrill war. Alle schienen sich zu Paaren zusammenfinden zu wollen – vielleicht würde diese Verlobungsfeier eine weitere nach sich ziehen.

Gannet fühlte sich auf unbehagliche Weise isoliert, jedenfalls bis Kitty ihm ihre Aufmerksamkeit zuwandte. Sie wollte sich gerade um etwas zu essen kümmern und forderte ihn auf, mit in die Küche zu kommen.

Als sie ihn dort im Hellen sah, sagte sie: »Onkel Marty, du siehst *großartig* aus! Hundert Prozent besser.«

Er grinste. »Fühl mich auch ganz gut«, sagte er.

»Und keine ... Beschwerden mehr?«

»Nö, das ist vorbei«, sagte er. »Ein für allemal. Weißt du, ich glaube, du hattest recht mit diesem kleinen blinden Fleck. Vielleicht brauche ich einfach eine Brille, das ist alles.«

»Und hast du in der letzten Zeit noch mal ... etwas ... gesehen?«

»Nein, nichts«, erwiderte er mit einem kleinen, stillvergnügten Lachen. Dann kam Dr. Hammel herein, der Kitty suchte, und diese sagte glücklich:

»Ira, ist das nicht wundervoll? Onkel Marty meint, daß er sich viel besser fühlt. Keine Halluzinationen mehr!«

Sie nahm ein Tablett mit Käse und Kräckern auf und verschwand durch die Schwingtür im Gewühl der Party. Die beiden Männer blieben allein zurück.

Ira blickte Gannet nachdenklich an, und dieser sagte: »Hören Sie, Doc, ich habe da einiges zu Ihnen gesagt ... ich hoffe, Sie können das vergessen.«

»Ich war nicht beleidigt.«

»Na, gut so, denn wenn Sie Kitty heiraten, haben Sie mich auch am Hals.«

»Stimmt das, was sie gesagt hat?« fragte Hammel. »Daß alles in Ordnung ist? Keine Halluzinationen mehr?«

»Nicht eine einzige«, entgegnete Gannet. »Waren vielleicht wirklich Gespenster aus der Vergangenheit, wie Sie gesagt haben. Aber sie haben sich dahin verzogen, wo sie hergekommen sind.« Er lächelte und versenkte seine

Hand in der Tasche. »Ach, hier habe ich eine Kleinigkeit für Sie und Kitty. Verlobungsgeschenk.« Er übergab ihm den weißen Umschlag mit dem Geschenkgutschein. »Hab mir gedacht, Sie wissen besser, was Sie brauchen, als ich«, fuhr er fort und hörte, wie Hammel angesichts der Summe einen Pfiff ausstieß.

Eine halbe Stunde später verließ Gannet die Wohnung. Er fühlte sich wohl und genoß dieses Gefühl. Es war eine klare Nacht, deshalb beschloß er, eine Weile zu Fuß zu gehen, ehe er sich ein Taxi nahm. An einer Ampel, die auf Rot stand, wartete er neben einer jungen Frau in einem leichten Stoffmantel. Sie hatte eine gute Figur, und er war noch nicht zu alt, um sie zu bewundern. Aber dann drehte sie ihm ihr Gesicht zu – und hatte keinen Mund.

Gannet weigerte sich zu glauben, was er sah, aber sie wandte den Blick nicht von ihm, und ein Irrtum war unmöglich.

Gannet gab einen erstickten Laut von sich und stürzte blindlings auf die Straße. Der Fahrer der Limousine bremste schnell, aber nicht schnell genug.

Kitty war natürlich die erste, die ihn im Krankenhaus besuchte. Hammel begleitete sie.

»Sie sind wirklich ein Glückspilz, Marty«, sagte der Doktor, ihn zum ersten Mal beim Vornamen nennend. »Sie müssen starke Knochen haben, denn Sie haben sich nicht einen einzigen gebrochen.«

»Mir fehlt nichts«, sagte Gannet, doch seine schwache Stimme strafte ihn Lügen. »Mir ist bloß ein bißchen die Luft weggeblieben, das ist alles. Der Bursche hat mich ja kaum berührt. Hören Sie, Doc, lassen Sie mal Ihre Beziehungen spielen und holen Sie mich hier raus.«

»Immer mit der Ruhe«, sagte Kitty. »Sie wollen dich für ein paar Tage zur Beobachtung hierbehalten, mindestens. Ich bringe dir eine Zahnbürste und ein paar Sachen.«

»Und seine Blaue-Kreuz-Karte«, grinste Hammel. »Vergiß sie nicht, Schatz. Damit niemand auf dumme Gedanken kommt.«

Gannet wußte, daß es sinnlos sein würde zu protestieren – er kannte Kittys entschlossenen Gesichtsausdruck. Er gab ihr seinen Wohnungsschlüssel, und sie küßte ihn auf die Stirn und ging. Er war froh, daß er eine Weile mit Hammel allein sein konnte. Nicht ohne Bitterkeit sagte er: »Sie hatten unrecht, Doc.«

»Wieso?«

»Sie mit Ihren Theorien! All diese Männer ohne Mund. Sie dachten, ich würde von Gespenstern der Vergangenheit gejagt, aber Sie hatten unrecht!«

»Warum glauben Sie das?«

»Weil ich wieder jemanden gesehen habe... heute abend! Und es war kein Mann – diesmal war es eine Frau!«

»Was?«

»Sie haben mich schon verstanden«, sagte Gannet, und seine Stimme war jetzt kräftiger. »Ich habe eine Frau ohne Mund gesehen. Und in meinem ganzen Leben habe ich niemals eine Frau... ich meine, gibt es keine Frau, derentwegen ich mich schuldig fühlen müßte. Damit geht Ihre ganze Theorie in Rauch auf! Es sind keine Schatten der Vergangenheit!«

Hammel zuckte mit den Achseln. »Ich habe Ihnen ja gesagt, daß ich kein Psychiater bin. Es ist durchaus möglich, daß meine Diagnose falsch war, oder vielleicht war sie unvollständig. Ängste sind nicht immer so leicht zu durchschauen.«

Nachdem Hammel gegangen war, lag Gannet da, starrte an die weiße Decke seines Krankenhauszimmers und dachte über alles nach. Es war nicht anders möglich, er mußte recht haben und der Doktor unrecht. Seine Beichte, die er da auf Tonband aufgenommen hatte, war also ganz unnötig gewesen.

Dann fiel ihm ein, wo das Tonband war und wo er seine wichtigen Dokumente aufbewahrte – wie beispielsweise die Blaue-Kreuz-Karte.

Alarmiert warf er die Bettdecke zurück und schwang seine Füße aus dem Bett. Einen Augenblick lang war ihm schwindlig, aber das ging schnell vorbei. Er tappte zum Schrank auf der anderen Zimmerseite und sah, daß der Pfleger in der Notaufnahme einfach seine Straßenkleidung dort hineingehängt hatte. So schnell, wie es sein körperlicher Zustand erlaubte, zog er sich an und verließ das Zimmer, wobei er versuchte, wie ein Besucher und nicht wie ein Patient auszusehen.

Als er die Wohnungstür öffnete, wußte er, daß sich seine Befürchtungen bewahrheitet hatten.

Kitty hatte die oberste Schublade seines Schreibtisches aufgezogen und ihren Inhalt gesehen. An dem Revolver hatte sie sich wahrscheinlich nicht weiter gestört – sie wußte, daß er einen besaß, und verstand seine Angst vor der Dschungelstadt. Aber sie hatte auch den Umschlag gesehen mit seiner geheimnisvollen Anweisung, und er wußte, daß Kitty viel zu neugierig war, um das Band ungespielt zu lassen.

Schon beim Eintreten konnte er seine monotone Stimme hören, die von Chaudry berichtete, von Santione, von all den anderen. Eine kalte Hand griff nach seinem Herzen. Von *all* den anderen, großer Gott im Himmel!

Er stieß die Tür zur Bibliothek auf und erblickte sie an seinem Schreibtisch. Er erkannte sie kaum. Ihr Gesicht war ohne alle Farbe, und der Schock hatte die Stellung ihrer Augen und die Konturen ihres Unterkiefers seltsam verändert. Sie sah ihn an und schaltete das Tonbandgerät ab. Sie sagte: »Zum zweiten Mal.«

»Was?«

»Ich spiele es mir schon zum zweiten Mal vor. Das erste Mal konnte ich es einfach nicht glauben. Ich konnte es einfach nicht!«

»Du hättest es dir nicht anhören sollen! Hast du nicht gesehen, was auf dem Umschlag stand? Nein?«

»Daddy«, stöhnte Kitty. »O Daddy.« Er wußte, daß sie nicht ihn meinte. Er war für sie Onkel, niemals Daddy.

»Mein Gott, Liebling, hör mir zu«, flehte er. »Du weißt nicht, wie es in dieser Welt zugeht. Du weißt nicht, wie man drangsaliert und rumgestoßen wird, bis man wie ein Tier wird. Das ist der einzige Grund, Kitty. Versuch doch, das zu verstehen!«

Sie ließ das Band vorlaufen.

»Nein, nicht, Kitty, bitte nicht«, bettelte er. »Quäl uns nicht länger, bitte!«

Aber sie ließ es bis gegen Ende seines Schuldgeständnisses vorlaufen. Dann spielte sie es ab.

»...Phil Bolduc«, sagte seine Stimme. »Cerittos, California. Er handelte mit Stoff. Drogen, nicht Textilien. Das war, Moment, 1965, Februar. Ja, ich weiß noch, daß es Februar war, denn in New York war es bitterkalt, und ich war froh, einen Job im Westen zu kriegen.«

»Hör auf, Kitty!« rief Gannet und fühlte, wie seine Seele in Fetzen gerissen wurde.

»Tom Wykoff«, fuhr seine Stimme unerbittlich fort,

»gleiches Jahr, gleicher Staat. Ich glaube, es war im No-
vember. Das war so gut wie der letzte. Dann kam nur
noch . . .« Er wußte noch, wie er gezögert hatte. *»Dann*
kam nur noch . . . Joe Russo. Joe hatte eine Tochter. Sie war
auf dem College. Kitty. Er hatte große Angst, daß sie
herausfinden könnte, was er machte. Das ließ ihm über-
haupt keine Ruhe. Bloß daß sie dann einen Sündenbock für
eine verpatzte Lohngeldgeschichte brauchten und sich Joe
dafür aussuchten. Aber der weigerte sich. Er sagte, er
würde sich nicht einbuchten lassen, eher würde er singen,
und damit hatte er sein Todesurteil unterschrieben. Ich
hab ihnen gesagt, ich wolle den Job nicht ausführen. Joe sei
mein Freund, fast wie ein Bruder, aber das interessierte sie
nicht. Es sei so was wie ein Test meiner Loyalität, sagten
sie. Ich mußte es tun.« Stille. Das Band war zu Ende.

Kitty schaltete es gar nicht erst ab. Sie sah ihn an und
fragte: »Ist das der Grund, warum du dich so sehr um mich
gekümmert hast, Onkel Marty? Deshalb?«

»Du hast gehört, was ich gesagt habe, Liebling! Joe war
wie ein Bruder für mich, und du wie mein eigenes Kind.
Aber Befehl war Befehl . . . Glaubst du, dein Daddy hätte
anders gehandelt, wenn man ihm befohlen hätte, mich
umzulegen?«

»Ist das der Revolver, mit dem du es getan hast?«
Sie langte in die Schublade.

»Ist er das, Onkel Marty? Ist das der Revolver?«

»Leg ihn hin, Schatz, das Ding ist geladen.«

»Erzähl mir, wie du meinen Vater getötet hast! Deinen
besten Freund! Warum erzählst du es mir nicht?«

»Leg ihn hin, bitte!« sagte Gannet.

Er ging ganz ruhig zum Schreibtisch, und sie schoß. Die
Kugel hatte es nicht weit, nicht einen Meter, und ihre

Wucht schleuderte ihn durch den halben Raum. Aber er hatte noch die Zeit, Kittys Gesicht zu sehen, und er wußte, sie war ebenso überrascht wie er, daß sie abgedrückt hatte.

Er dachte noch, manchmal werden wir von der Vergangenheit heimgesucht und manchmal von der Zukunft... und dann verlor er das Bewußtsein.

Der Raum war regenverschleiert. Aber der Regen war weiß, blendend weiß und ohne Feuchtigkeit. Der Himmel hatte das gerundete Aussehen einer silbernen Schale, und Gannet blinzelte hinauf und wußte nicht, ob es Tag oder Nacht war.

Er dachte darüber nach, ob er möglicherweise tot sei, aber da war irgend etwas, das von unten gegen ihn drückte und ihm zu solide vorkam. So würde sich das Totsein nicht anfühlen, dessen war er sicher. Aber wo war er und warum?

Dann lichtete sich der Nebel ein wenig, und er sah den Mann ohne Mund.

Er wollte schreien, konnte aber nicht; irgend etwas hatte ihn der Fähigkeit beraubt, auch nur einen Ton von sich zu geben, obwohl die entsetzliche Erscheinung über ihm stand, mit stechenden Augen auf ihn herabsah – und keinen Mund hatte.

Dann war da ein zweiter neben dem ersten und dann noch einer, alle ohne Münder. Dann sah er eine Frau – ihr mundloses Gesicht kam über seinem Kopf in sein Blickfeld geschwommen. Wieder versuchte er, seinem Grauen laut Ausdruck zu verleihen, konnte es aber nicht.

Dann hörte er, wie einer von ihnen sprach. Offensichtlich war er auch ohne Mund imstande, Wörter zu bilden.

»Augenlider bewegen sich. Wieso dauert das mit der Narkose so lange?«

»Er kämpft dagegen an«, sagte eine andere Stimme.

»Sein Puls wird schwächer«, sagte die Frau.

»Ich fürchte, wir können nichts mehr machen, Ed!«

»Es ist vorbei, Phil«, sagte der erste, der erste Mann ohne Mund, und Gannet schloß die Augen und überließ sich der einladenden Dunkelheit. Der Chirurg, der Phil hieß, nahm seinen Mundschutz ab und wischte sich den Schweiß von den Lippen, dann drehte er sich um und verließ den Operationssaal.

Der Mann, der Weihnachten liebte

Als Lev Walters die ihn weckende Hand seiner Frau an der Schulter spürte, zweifelte er nicht daran, daß es wegen des Babys war. Mann! dachte er, jetzt käme sein Sohn vielleicht doch noch Weihnachten zur Welt! Seit Wochen schon redeten sie über diese Möglichkeit, wobei sie sich fragten, ob John Alexander Walters wohl sehr viel dagegen hätte, seinen Tag mit einem berühmteren Geburtstagskind zu teilen. (Sie kannten das Geschlecht des Babys, weil Elly eine Fruchtwasseruntersuchung hatte vornehmen lassen. Sie war zweiunddreißig, und es war ihr erstes Kind, warum also ein Risiko eingehen?) Doch als Lev endlich ganz wach war, was diesmal länger als sonst dauerte, da er bis zwei Uhr morgens Geschenke eingepackt hatte, war ihm klar, daß nicht die Wehen der Grund für den Weck- ruf waren. Elly hielt das Telefon in der linken Hand. Das hatte immer nur eins zu bedeuten, denn Lev Walters war Polizist.

Captain Ab Peterson beantwortete seine erste Frage, noch ehe er sie gestellt hatte. »Nein, Sam ist nicht da. Auf der Interstate hat es einen Unfall gegeben, in den drei Wagen verwickelt sind – zuviel Eierpunsch, nehme ich an. Ich habe hier nur Lutz und den Kleinen, und keiner von beiden hat genug Grips für die Sache.«

»Was für eine Sache?« fragte Lev.

»Jemand ist spurlos verschwunden, wie weggezaubert«, sagte Ab. »Ein Mann namens Barry Methune. Wohnt in der Holly Road. Letzte Nacht.«

»Du willst mich wohl auf den Arm nehmen«, sagte Lev. »Vor Ablauf von mindestens achtundvierzig Stunden gilt niemand als offiziell vermißt.«

»Dieser Typ ist aus seinem eigenen *Bett* verschwunden, und seine Frau ist ganz schön hysterisch deswegen. Er hat zwei Kinder – sie haben noch nicht mal ihre Geschenke ausgepackt, und Daddy ist einfach weg... Rede wenigstens mal mit der Frau, okay? Sie wohnt nur zehn Minuten von dir entfernt. Sieh zu, daß du sie beruhigst, bis Sam zurück ist, ja? Tust du das?«

Lev wußte, daß er es tun würde, trotz Ellys verzogenem Mund. Der Stadt Lewisfield standen nur sechs Polizeibeamte zur Verfügung, und Feiertage waren immer ein Problem, sowohl aus logistischer wie auch emotionaler Sicht. Am schlimmsten war Weihnachten. Für das Privileg, am 25. Dezember zu Hause bleiben zu dürfen, hatte Lev zwei Urlaubstage hingegeben, und nun stand er da, zerrte sich die Socken hoch, stolperte in seine Hose und schickte sich an, irgendeiner Hausfrau die Hand zu halten, weil ihr Ehemann Weihnachten wahrscheinlich zu ausgiebig begossen hatte und jetzt nicht mehr wußte, wo er wohnte.

»Bleib nicht so lange weg«, sagte Elly. »Ich möchte das Baby nicht ohne dich kriegen.«

»Ohne mich hättest du's gar nicht zuwege gebracht«, sagte Lev.

Er näherte sich ihr, soweit es ging, um sie zu küssen.

Lev Walters hatte seine gesamten vierunddreißig Jahre in Lewisfield verbracht und zugesehen, wie sich seine Stadt wie ein Tintenfleck ausgebreitet hatte, um schließlich der Vorort einer benachbarten Großstadt zu werden. Das Wachstum hatte dem Ort Wohlstand gebracht, dem Gemeinwesen aber geschadet. Außerdem waren neue

Wohngebiete entstanden, und die Holly Road gehörte dazu – Häuser wie Ausstechförmchen mit briefmarkengroßen Rasenflächen.

Weihnachten hatte der Straße noch eine andere Art von Gleichförmigkeit aufgezwungen. Fast an jeder Tür hingen Kränze, und in fast jedem Fenster leuchteten oder blinkerten Weihnachtsbäume. Aber als Lev mit seinem Kombi in die Auffahrt zum Haus der Methunes einbog, fing auch er an zu blinkern. Hätte es einen Wettbewerb um das am weihnachtlichsten geschmückte Haus in Lewisfield gegeben – die Methunes hätten mit Sicherheit den ersten Preis gewonnen. Auf dem Rasenstück vor dem Haus stand ein Pferdeschlitten in Originalgröße, auf dem ein Weihnachtsmann aus Plastik die Zügel von vier Plastikrentieren hielt. In der Nase des einen glühte ein winziges rotes Lämpchen. Auf der Terrasse stand eine fast lebensgroße Weihnachtskrippe aufgebaut, deren bunte Lichterketten dem Jesuskind ein gelbsüchtiges und den es Anbetenden ein grünes, orangefarbenes oder blaues Aussehen verliehen. Sämtliche Regenrinnen und Fallrohre waren von Lichterketten gesäumt, ebenso die Fenster und die Haustür. Auf dem Rasen standen zwei mit Lichtergirlanden geschmückte Bäume, aber keiner von ihnen konnte es mit dem im Haus aufnehmen, einem stattlichen Zweimeterexemplar, das, mit jedem nur denkbaren Schmuck behängt, aus einem Durcheinander bunt eingewickelter Päckchen emporragte, die noch alle unausgepackt waren.

»Hier mag jemand Weihnachten«, murmelte er, als Mrs. Methune ihn einließ.

»Mein Mann«, sagte die Frau und unterdrückte ein Schluchzen. »Das macht es ja so schrecklich. Daß das ausgerechnet heute passieren konnte!«

»Daß was passieren konnte?« fragte Lev.

Sie war eine dünne, hübsche Frau mit straff zurückgenommenem Haar und leicht vorstehenden Zähnen, was ihr ein liebenswertes, kaninchenartiges Aussehen gab. Glücklicherweise hatte sie dunkle Augen und einen strengen Mund, obwohl die ersteren verweint waren und der letztere zuckte.

»Wir sind erst nach Mitternacht ins Bett gegangen, Barry und ich. Die Kinder gehen normalerweise so gegen neun schlafen, aber sie waren so aufgeregt, daß wir ihnen erlaubten, bis zehn aufzubleiben. Das ließ uns noch ein paar Stunden, um all die Geschenke aufzubauen. Wir waren beide ganz erschöpft, das ist klar, aber Barry war glücklich, so glücklich, wie er es immer zu dieser Zeit des Jahres ist. Er liebt Weihnachten so sehr, daß er bereits am 26. Dezember anfängt, das nächste Weihnachtsfest zu planen, davon bin ich felsenfest überzeugt.«

»Wann sind Sie aufgewacht?«

»Um sieben. Ich hatte den Wecker gestellt, weil ich nicht zu lange schlafen wollte; ich wußte, daß Dodie und Amanda – das sind meine beiden kleinen Töchter – in aller Frühe auf sein und darauf brennen würden, ihre Geschenke auszupacken. Ich war durchaus nicht überrascht, als ich sah, daß mein Mann bereits aufgestanden war. Normalerweise schläft Barry zwar sehr fest, aber das war schließlich der schönste Morgen des ganzen Jahres für ihn...«

»Ihr Schlafzimmer ist oben?«

»Ja. Ich warf einen Morgenrock über und kam hier runter, und wie ich gedacht hatte, waren die Kinder schon unten, schüttelten ihre Päckchen und versuchten zu erraten, was der Weihnachtsmann ihnen gebracht hatte. Das meine ich übrigens wortwörtlich. Dodie ist fünf, und Amanda ist noch nicht ganz sieben, und sie glauben noch an den Weihnachtsmann, oder zumindest gelingt es ihnen sehr gut, so zu tun als ob... Daran hatte Barry so viel gelegen... daß sie *glauben*.« Sie schluckte einen schluchzenden Laut hinunter. »O mein Gott, ich spreche von ihm in der Vergangenheit! Sagen Sie mir, daß ich das nicht muß – bitte!«

»Sie müssen das nicht«, sagte Lev mit überzeugender Festigkeit. »Es gibt für das Verschwinden Ihres Mannes Dutzende von möglichen Erklärungen, Mrs. Methune, und die Chancen, daß er innerhalb der nächsten paar Stunden durch diese Tür hereinspaziert kommt, stehen phantastisch.«

»Ich habe versucht, wenigstens *eine* Erklärung zu finden«, sagte sie. »Nur eine einzige, an die ich mich klammern kann. Aber es will mir einfach keine einfallen!«

»Schön, dann will ich es mal versuchen. Er ist aufgewacht, und plötzlich fiel ihm ein, daß er eins der Geschenke im Büro gelassen hatte. Da dachte er, er könnte sich schnell ins Auto setzen –«

»Nein«, sagte die Frau scharf. »Das hat er nicht getan. Wir haben zwei Autos, seinen Ford und meinen kleinen Mazda. Sie stehen beide in der Garage. Zu Fuß ist er auch nicht ins Büro gegangen, es liegt in der Stadt, in Dayton. Er leitet eine kleine Firma für Ärztebedarf. Er besitzt zwar ein Motorrad, aber das ist auch hier.«

»Er könnte ein Taxi gerufen haben. Das ist doch nicht unmöglich, oder?«

»Mitten in der Nacht? Warum sollte er das tun?«

Lev wußte es auch nicht. Aber er fuhr fort, Vermutungen anzustellen.

»Vielleicht hat ihn jemand abgeholt. Wenn nun ein Auto vorgefahren wäre, ohne daß Sie es gehört hätten, so müde, wie Sie waren, in tiefem Schlaf?«

»Das ist ja noch schlimmer. Von einem Auto abgeholt! Wer saß am Steuer? Wohin sind sie gefahren?« Er wollte gerade antworten, aber sie ließ ihn nicht zu Wort kommen. »Sie denken an eine andere Frau, nicht wahr? Sie denken, daß er sich ausgerechnet Heiligabend ausgesucht hat, um mit einer anderen Frau durchzubrennen! Großer Gott, wie können Sie so was sagen!«

Lev machte sie nicht darauf aufmerksam, daß er es gar nicht gesagt hatte, schon deswegen nicht, weil ihm der Gedanke durch den Kopf gegangen war.

»Na gut«, sagte er. »Hören wir auf, Vermutungen anzustellen, und halten wir uns an die Tatsachen. Seine Sachen zum Beispiel.«

»Die sind alle hier«, sagte Mrs. Methune. »Jedenfalls kommt es mir so vor. Ich führe keine Bestandsliste von Barrys Sachen, und er nicht von meinen. Aber ich weiß, daß er fünf Anzüge hat, die alle noch im Schrank sind. Er besitzt drei Koffer, und die sind auch noch, wo sie immer waren. Würde er durchbrennen, ohne zumindest seine Zahnbürste einzustecken? Die ist auch da.«

Lev räusperte sich, denn er wollte ganz sichergehen, daß sie ihn richtig verstand.

»Ich habe eine Reihe solcher Fälle bearbeitet, Mrs. Methune. Ehemänner, die so was vorhaben, können ganz schön raffiniert sein. Da war ein Typ, der gab alle seine Sachen über einen Zeitraum von mehreren Monaten in die Reinigung und ließ sie sich dann an eine neue Adresse liefern. Ehe seine Frau spitzkriegte, was da ablief, war praktisch sein ganzes Zeug aus dem Haus.«

»Aber ich habe Ihnen doch gerade gesagt...«

»Ja, ja, ich weiß. Seine Sachen sind alle hier. Aber einige Männer sind bereit, sich eine komplett neue Garderobe zuzulegen, wenn sie ein neues Leben beginnen...« Er fühlte sich hundsmiserabel, kaum daß der Satz raus war.

»Vielleicht wollte Barry mich wirklich verlassen«, sagte die Frau, und ihr Blick umflorte sich. »Ich weiß es nicht. Er hat es sich jedenfalls nie anmerken lassen. Aber seine Kinder? Seine geliebten kleinen Mädchen? Und ausgerechnet *Weihnachten,* an dem schönsten Tag ihres Lebens?« Sie schüttelte so heftig den Kopf, daß sie das Gummiband abschüttelte, mit dem sie ihr Haar zurückgehalten hatte. Es kam frei und fiel in einem sanften braunen Durcheinander um ihr Gesicht. Jetzt sah sie noch jünger und hübscher aus, und Lev durchschauerte plötzlich ein Zweifel, der ausgesprochen unheimlich war. Wo *war* Barry Methune? Welches Weihnachtsgespenst hatte ihn von so einer Familie weggezaubert?

Es wurde drei Uhr nachmittags, ehe Lev die Gegend verließ, und ihm fiel plötzlich schwer auf die Seele, daß er noch nicht einmal Elly angerufen hatte, um zu hören, was ihre Wehen machten. Er überschritt auf dem Rückweg die Geschwindigkeitsbegrenzung und vertraute darauf, daß seine Dienstmarke ihn rausreißen würde. Glücklicherweise wurde er nicht angehalten. Noch glücklicher war der Umstand, daß Elly gar nicht zu Hause gewesen war, sondern beim Friseur. Sie entschuldigte sich bei *ihm*. Lev verzieh ihr großmütig.

Als er ihr von dem Fall Methune erzählte, identifizierte sie sich sofort mit dem Opfer, wie sie das immer tat.

»Wenn du jemals so was mit mir machst, Bulle, dann kratze ich dir die Augen aus.«

»Aber wir wissen ja gar nicht, was Methune gemacht hat. Seine Frau weiß es nicht und seine Nachbarn auch nicht.«

»Du hast mit ihnen gesprochen?«

»Ich habe die halbe Straße befragt. Niemand hat Methune das Haus verlassen sehen, niemand hat mitten in der Nacht ein Fahrzeug gehört. Ich hab sogar mit seinen Kindern geredet, zwei kleine Mädchen mit Gesichtern wie die liebe Sonne. Wenn du mir so eins machtest, hätte ich nicht das geringste dagegen.«

»Du kriegst einen Jungen, hast du das vergessen?«

»Das sagst du schon die ganze Zeit, bloß wann?«

Ellys Antwort klang wehmütig. »Nicht zu Weihnachten, so wie es aussieht... Sag noch mal, wie war das? Der Mann ist nicht jedes Weihnachtsfest zu Hause?«

»Ja, so hat es mir seine Frau erzählt. Er beschäftigt nur einen einzigen Vertreter in dieser Firma für Ärztebedarf, die er da hat, und wenn Feiertage sind, dann machen sie abwechselnd Dienst. Aber er entschädigt sich für die verpaßten Festtage, indem er sich jedes zweite Jahr wahnsinnig ins Zeug legt. Er gibt ein Vermögen für Weihnachtsdekorationen aus, bringt Tage damit zu, alles herzurichten. Er kauft tonnenweise Geschenke und packt jedes Geschenk selbst ein. Er leiht sich nicht einfach nur ein Weihnachtsmannkostüm, er hat sich eins machen lassen. Er schickt Weihnachtskarten an alle Leute, die er nur irgendwie kennt, und auch an ein paar, die er kaum kennt... Es ist der glücklichste Tag seines Lebens, und er ist nicht da, um ihn zu erleben.«

Um sechs klingelte das Telefon. Elly nahm den Hörer in der Küche ab, wo sie gerade einen Lammbraten zubereitete. Sie kam heraus, bedachte ihren Mann mit einem gespielt argwöhnischen Blick und fragte: »Und wer, bitte schön, ist Pola Methune?«

»Heißt sie so mit Vornamen?« sagte Lev. »Ich hab sie nie danach gefragt.«

Er nahm das Telefon und hoffte zu hören, daß Polas herumschweifender Gatte zurückgekehrt und wieder Weihnachten in das Heim der Methunes eingezogen sei. Aber ihre ersten Worte waren in ein Schluchzen gehüllt, und Lev wußte, daß sein Festessen würde warten müssen.

Auf der Fahrt zurück zum Haus der Methunes grollte er vor sich hin. Er hätte Pola nie seine Privatnummer geben, sondern sie ans Präsidium verweisen sollen, da hätte sich dann Sam Reddy mit dem Problem befassen können. Er fühlte sich als Opfer seiner eigenen Gefühlsduselei. Wenn das dabei herauskam, wenn man »Familienvater« war, dann wußte er nicht so recht, ob er Gefallen daran fand.

Es wurde bereits dunkel, als er die Holly Road erreichte. Er spürte plötzlich, daß die Lichter, die die Häuser schmückten, auch etwas Wehmütiges an sich hatten. Morgen würden sie erloschen sein, Weihnachten war fast vorüber. Barry Methune würde nun 364 Tage warten müssen, ehe er seiner Weihnachtsfreude Ausdruck verleihen konnte. Aber würde er ihr jemals wieder Ausdruck verleihen?

Pola begrüßte ihn hohläugig und mit gedämpfter Stimme. Dodie und Amanda jedoch setzten dazu einen Kontrapunkt. Kreischend vor Lachen wälzten sie sich auf dem Wohnzimmerteppich in einem Wust von Schachteln und Geschenkpapier. Offensichtlich hatte Pola beschlossen, ihnen ihre Geschenke nicht länger vorzuenthalten, auch wenn ihre eigenen ungeöffnet blieben.

»Ich weiß, was Sie mir erklärt haben«, sagte sie. »Daß es Vorschriften gibt, ab wann jemand als vermißt gilt, daß man warten muß... Aber gibt's denn gar nichts, was Sie tun könnten?«

»Ich habe bereits einiges getan«, sagte Lev. »Ich habe, nachdem ich Sie heute morgen verlassen hatte, die Leute in der Nachbarschaft befragt. Außerdem habe ich die Unfallberichte überprüft, die Krankenhäuser am Ort, das Leichenschauhaus. Mit negativem Ergebnis, was Sie sicher freuen wird zu hören. Aber haben Sie denn getan, worum ich Sie gebeten habe?«

Wenn möglich, sah sie jetzt noch unglücklicher aus. »Ja«, sagte sie. »Ich habe Barrys Papiere durchgesehen. Ich habe sogar alle seine Taschen durchsucht. Es war mir ganz schrecklich. Es hatte so was... Mißtrauisches.«

»Haben Sie irgend etwas gefunden?«

»Nein. Wenigstens nichts, was mir etwas gesagt hätte.«

»Wären Sie bereit, mich auch einmal schauen zu lassen?«

»Von mir aus... Ich habe alles in eine Schachtel getan. Zusammen mit seinem Adreßbuch. Abgesehen von einigen geschäftlichen Nummern ist es genauso wie meins.«

»Erlauben Sie mir trotzdem, daß ich es mir ansehe«, sagte Lev. »Und wenn Sie Fotos von Ihrem Mann haben, die auch.«

Sie drehte sich um und ging die Treppe hinauf – mit den schleppenden Schritten einer um zwanzig Jahre älteren Frau.

Während er wartete, beobachtete er die beiden kleinen Mädchen. Sie waren inzwischen mit sich selbst und ihrer eigenen Weihnachtsbeute beschäftigt. Die ältere – Amanda? – schien mit einem Spielzeug nicht zurechtzukommen und fand, daß er ein leidlicher Vaterersatz sei. Sie brachte es ihm und drückte es ihm in die Hand.

»Wie spielt man damit?« fragte sie. »Kannst du's mir zeigen?«

Lev sah es sich an. Es war eins von diesen elektronischen Spielen, ein Fußballspiel. Es bestand aus einem Bildschirm mit dem Spielfeld darauf und zwei Knöpfen, auf jeder Seite einer. Der eine kontrollierte den Sturm, der andere die Verteidigung. Aber als er auf die Knöpfe drückte, passierte gar nichts.

»Vielleicht sind die Batterien alle«, sagte er.

Erleichtert, daß er es hier mit einem einfacheren Problem zu tun hatte, suchte er zwischen den verstreuten Geschenken herum und fand eine kleine silberfarbene Taschenlampe. Tatsächlich steckten darin Batterien der gleichen Größe, und diese funktionierten. Das kleinere Mädchen – Dodie – hatte nichts dagegen, daß er sich an ihrem Geschenk zu schaffen machte; sie schien sich nicht besonders dafür zu interessieren. Lev fand es selbst auch ein wenig merkwürdig, einem kleinen Mädchen eine Taschenlampe zu schenken. Oder auch ein elektronisches Fußballspiel, wenn man darüber nachdachte.

Dummerweise reagierte das Spielzeug nicht auf seine neue Kraftquelle. Als Pola Methune wieder herunterkam, eine weiße Pappschachtel in der Hand, sah sie Amandas enttäuschtes Gesicht und fragte, was los sei.

»Wissen Sie noch, wo Sie das hier gekauft haben?«

»Ich habe es gar nicht gekauft, sondern Barry. In einem Spielzeugladen in der Nähe seines Büros, in der Broad Street. 900 Broad, im Wyatt Building.«

»Ich werd's schon finden«, sagte Lev. »Ich fahre hin und tausche es um, wenn Sie möchten.«

»Das ist furchtbar nett von Ihnen. Genau das hätte Barry auch getan.«

Neue Tränen drohten, und Lev lag viel daran, seine Untersuchung abzuschließen. Er sah Barry Methunes Papiere durch und mußte dessen Frau darin zustimmen, daß sie harmlos waren und keinerlei Aufschlüsse gaben. Außerdem stellte sich heraus, daß Methune kamerascheu sein mußte. Es gab nur ein einziges Foto von ihm, und das war vermutlich zu alt, um von Nutzen zu sein. Der Schnappschuß zeigte einen dicklichen jungen Mann, dessen dunkles, lockiges Haar sich an den Schläfen bereits lichtete. Er hatte Fältchen um die Augen, eine breite Nase und ein Lächeln, das aussah, als wäre es eine Dauereinrichtung.

In dieser Nacht lag Lev schlaflos neben seinem Mount Eleanor, wie er Elly nannte, und studierte die Schlafzimmerdecke. Seine Frau wollte wissen, woran er dachte.

»Ich dachte gerade über ihre Geschenke nach«, sagte er.

»Wieso, was hat sie denn gekriegt?«

»Nicht ›ihre‹ Einzahl. ›Ihre‹ Mehrzahl, wie in ›kleine Mädchen‹.«

»Ach, du meinst das Fußballspiel.«

»Und eine Taschenlampe.«

»Ja und?«

»Es kommt mir einfach ein bißchen komisch vor, das ist alles.«

»Inwiefern komisch?« In Ellys Stimme lag ein Anflug von Aggression. »Weil keine Puppen oder Kochherde oder Nähetuis dabei waren?«

»Ach weißt du, das kann durchaus dabeigewesen sein, ich habe ja nicht alle Geschenke gesehen.«

»Aber das Fußballspiel macht dir Kopfzerbrechen, weil es ein *Männer*sport ist, nicht wahr?«

»Es ist heute schon zu spät für feministische Polemik.«

»Ich sag dir nur das eine«, entgegnete Elly, »wenn John Alexander alt genug ist, kaufe ich ihm eine Puppe.«

»Krieg erst mal ein Baby«, sagte Lev und drehte sich auf die Seite.

Eine halbe Stunde später war er noch immer wach und grübelte darüber nach, wo der Mann, der Weihnachten liebte, geblieben sein mochte.

Am nächsten Morgen schrieb er seinen Bericht, und Ab Peterson las ihn mit zusammengekniffenen Augen. »*Cherchez la femme*«, sagte er. »Hast du schon mal daran gedacht?«

»Ich habe daran gedacht«, sagte Lev müde.

Mittags aß er mit Sam Reddy in einem Lokal in Lewisfield und erzählte ihm von dem Fall, mit dem eigentlich *er* sich hätte befassen sollen. Wie Ab Peterson hatte auch Sam eine Theorie.

»Selbstmord«, sagte er kurz und bündig. »Diese munteren Typen verbergen immer irgend etwas. Vielleicht mochte er Weihnachten in Wirklichkeit gar nicht. Vielleicht deprimierte es ihn.«

»Aber wo ist dann die Leiche?«

Sam zuckte mit den Achseln. »Wie wär's mit dem Reservoir? Von der Holly Road hätte er gut zu Fuß dorthin gehen können, es liegt kaum eine Meile von dort entfernt. Vielleicht trinken die Leute weiter im Süden in diesem Augenblick Wasser mit Methunegeschmack.«

Er glückste leise in seinen Kaffee, ganz unbeeindruckt von Levs angeekeltem Gesichtsausdruck.

Lev fuhr nicht mit Sam ins Präsidium zurück, sondern ließ sich in Dayton vor McReadys Spielzeuggeschäft absetzen. Er hatte Amandas nicht funktionierendes Spiel bei sich und präsentierte es dem Mann hinter dem Ladentisch.

»Was ist los damit?«

»Abgesehen davon, daß es nicht funktioniert, nichts.«

Das Benehmen des Mannes ähnelte dem eines ruinierten Pfandleihers.

»Haben Sie einen Kassenzettel?«

»Nein«, sagte Lev. »Jemand anderes hat es gekauft.«

»Wie soll ich dann wissen, daß es hier gekauft wurde?«

»Ich gebe Ihnen mein Wort«, entgegnete Lev. Zu seiner Ehre sei gesagt, daß er nicht seine Dienstmarke für sich bürgen ließ.

»Ich weiß nicht«, sagte der Mann. »Es kostet schließlich 49.50 Dollar. Ich bin schon öfter reingelegt worden. Wenn Sie's mir beweisen, gebe ich Ihnen ein anderes.«

»Ach, zum Teufel«, sagte Lev und langte nach seiner Brieftasche. Dann besann er sich eines anderen und sagte: »Vielleicht ist mit einer Kreditkarte bezahlt worden. Könnten Sie nicht mal nachsehen? Der Name ist Methune, Barry Methune.«

»Können Sie ihn beschreiben?«

Lev tat sein Bestes. Zu seiner Genugtuung nickte der Ladenbesitzer schließlich mit dem Kopf.

»O ja, ich glaube, ich kenne den Typ. Ich glaube, er war letzte Woche hier. Ich schaue mal nach.«

Fünf Minuten später kam er zurück – mit einer Rechnung für ein elektronisches Fußballspiel, eine Minitaschenlampe und zwei Captain Wangos Strahlenpistolen.

»Ich bin sicher, es ist der Typ, der diese Sachen hier gekauft hat. Das Ganze hat nur einen Haken. Er heißt nicht so, wie Sie gesagt haben. Sein Name ist Munsey, Benjamin Munsey. Seh'n Sie selbst.«

Er reichte Lev das Rechnungsformular, und trotz der blassen Durchschrift waren Name und Unterschrift deutlich genug. Munsey, Benjamin Munsey. Lev schüttelte den Kopf. »Das ist er nicht«, sagte er. »Irrtum.« Aber trotzdem sei er davon überzeugt, daß das defekte Spiel hier gekauft worden sei. Er wolle Ersatz, und er verliere langsam die Geduld. Er habe Wichtigeres zu tun, sagte er. »Und wenn Sie's genau wissen wollen, ich bin Polizist.« Er seufzte, als er das sagte – es verstieß gegen ein Prinzip. Aber es wirkte. Der Ladenbesitzer zuckte mit den Achseln und gab ihm ein funktionierendes Exemplar des elektronischen Fußballspiels.

»Und ich sage immer noch, daß es der Bursche ist«, grunzte er. »Um Weihnachten rum kommt er drei-, viermal hierher, stellt Fragen, probiert alles Mögliche aus. Der Typ ist ein richtiger Weihnachtsfreak.«

Levs Hand erstarrte auf der Türklinke.

»Könnte ich die Rechnung noch mal sehen?«

Die Unterschrift war eindeutig. *Benjamin Munsey.* Die Adresse war 18 Skyblue Lane, Sycamore Village, eine Vorstadtenklave ungefähr dreißig Meilen nördlich von Dayton.

»Danke«, sagte er.

Er stand auf dem Bürgersteig und dachte über diese sicher zufällige Übereinstimmung nach. Zwei Männer sahen gleich aus und liebten Weihnachten. Warum schließlich nicht? Zwei Männer sahen gleich aus, liebten Weihnachten und kauften fast die gleichen Spielsachen. Durchaus möglich.

Zwei Männer sahen gleich aus, liebten Weihnachten, kauften die gleichen Spielsachen und hatten dieselben Initialen.

Er fand eine Telefonzelle und rief Pola Methune an.

»Haben die Kinder *was* gekriegt?« sagte sie.

»Strahlenpistolen«, sagte Lev. »Captain Wangos Strahlenpistolen, was immer das ist.«

»Umbringen könnte ich diesen Captain Wango!« sagte Pola grimmig. »Dieses summende Geräusch macht mich wahnsinnig. Wenn Sie mich fragen, man sollte überhaupt keine Pistolen für Kinder herstellen!«

Lev war schon im Begriff, die Zelle zu verlassen, aber dann besann er sich anders. Er fragte die Auskunft nach einer Nummer in Sycamore Village und wählte sie. Es antwortete eine niedergeschlagene Frauenstimme, die ängstlich wurde, als er erklärte, wer er sei.

»Nein, es ist alles in Ordnung«, sagte er schnell. »Ich würde Ihnen nur gern ein paar Fragen stellen. Reine Routineangelegenheit«, und fragte sich dabei, wie oft in einer Woche er diesen Ausdruck benutzte.

Er ließ ihr keine Zeit zu protestieren, sondern hängte auf und führte schnell hintereinander noch drei Gespräche: eins mit dem Präsidium, eins mit zu Hause und eins mit der Taxizentrale von Dayton.

Eine dreiviertel Stunde später gelang es dem Taxifahrer, die Skyblue Lane zu finden, eine unbefestigte Straße, die versuchte, sich vor dem wildwachsenden Verkehr der Gegend zu verstecken. Nummer 18 war das dritte Haus auf der linken Seite, zwei Stockwerke aus Backstein und Putz, doppelt so alt und so groß wie das Haus der Methunes in Lewisfield.

Aber eine Ähnlichkeit war zumindest vorhanden. Weihnachtliche Lichterketten zeichneten die Konturen des Hauses nach, liefen von seinem breiten Schornstein über das schräg abfallende Dach an allen vier Ecken hinab und säumten sämtliche Türen und Fenster. Nachts würde das Haus wie eine in bunten Lämpchen ausgeführte Skizze aussehen. Auf dem Rasen stand zwar kein Plastikschlitten, dafür aber ein überdimensionaler Weihnachtsmann, der den Vorübergehenden zuwinkte.

Lev stellte noch einen weiteren Vergleich an, als Mrs. Benjamin Munsey die Tür öffnete. Sie war größer und kräftiger als Pola Methune, aber trotzdem glaubte er, um die Augen herum eine gewisse Ähnlichkeit zu entdecken. Später wurde ihm klar, daß es eher eine Frage der Wirkung als der Physiognomie war. Beide Frauen hatten Tränen vergossen, und das in reichlichem Maße.

»Es ist wegen meines Mannes, nicht wahr?« sagte sie, noch ehe er im Haus war. »Ihm ist etwas zugestoßen! Sie wollten es mir am Telefon bloß nicht sagen!«

»Nein«, sagte Lev. »Das ist nicht der Grund, weshalb ich hier bin, bestimmt nicht.«

»Ich habe schon daran gedacht, die Polizei anzurufen«, sagte sie. »Aber dann denke ich wieder, daß er bestimmt jeden Augenblick durch die Tür kommt oder daß das Telefon klingelt und er mir sagt, daß er irgendwo steckengeblieben ist. In Illinois tobt gerade ein Schneesturm, wissen Sie, und er hat Kunden in Chicago...«

»Mrs. Munsey, wollen Sie damit sagen, Ihr Mann sei verschwunden?« Mit Mühe verschluckte er das Wörtchen »auch«.

»Er versprach, einen Tag vor Weihnachten zurück zu sein, aber er ist nicht aufgekreuzt! Ich habe in seinem Büro angerufen, aber der Mann, der für ihn arbeitet, war nicht anwesend, war auf Tour, wie seine Sekretärin sagte. Und sie war nur zur Aushilfe da und hatte nicht die geringste Ahnung.«

Dann war es also kein Verschwinden, dachte Lev, sondern ein Nichterscheinen.

»Vielleicht hätten Sie wirklich die Polizei anrufen sollen. Ihr Mann könnte doch zum Beispiel einen Unfall gehabt haben.«

»Ich wollte mir das einfach nicht vorstellen!« sagte sie und preßte die Hand auf den Mund. »Nicht Heiligabend. Das wäre einfach zu furchtbar. Ben liebte Weihnachten so sehr!«

»Darf ich bitte hereinkommen?« fragte er ernst.

Sie führte ihn ins Haus, und sein Blick wurde von den weihnachtlichen Attributen allüberall magisch angezogen. In der Diele ein übergroßer Kranz, Stechpalmen- und Mistelzweige an allen Wänden, ein Arrangement weißer Zweige vor dem prunkvollen Kamin und in dem hohen Wohnzimmer ein Weihnachtsbaum von mindestens vier Metern. Auch hier ein Durcheinander ausgepackter Geschenke, obwohl das Einwickelpapier bereits fortgeräumt worden war.

Am Fuß des Baumes befand sich jedoch ein Trümmerfeld anderer Art, und Lev mußte zweimal hinsehen, um sich zu vergewissern, daß ihn seine Augen nicht getäuscht hatten. Es schien der Schauplatz eines Massakers im Spielzeugland zu sein. Da lagen ausgerissene Arme und Beine, ein Puppenkopf mit rausgepulten Augen, ein anderer, dessen Augen zwar noch heil waren, der aber noch grotesker aussah, da er seinen eigenen zerfetzten und verstümmelten Torso anstarrte. Die Frau mußte Levs Gesichtsausdruck gesehen haben, denn sie sagte:

»Das war Michael.« Ihre Stimme klang traurig. »Seit zwei Tagen ist er außer Rand und Band; ich bin sicher, es hängt damit zusammen, daß sein Vater nicht da ist.«

»Ist Michael Ihr Sohn?«

»Ja. Er ist erst sechs, aber er kann sehr jähzornig werden. Weiß der Himmel, woher er das hat. Von mir bestimmt nicht, oder von Ben, obwohl mein Vater mit Gegenständen geschmissen hat, wenn er wütend war.«

»Wollen Sie damit sagen, daß Ihr kleiner Sohn – das hier angerichtet hat?« Er deutete mit dem Kopf auf das Massaker.

»Ja. Es war wohl so was wie der letzte Tropfen, der das Faß zum Überlaufen bringt. Kein Weihnachtsmann, sein Daddy nicht da und dann noch diese Geschenke. Ich bin sicher, es handelt sich dabei um ein Versehen. Wahrscheinlich hat Ben die Geschenke telefonisch bestellt, und das Geschäft hat bei der Lieferung etwas durcheinandergebracht. Ich meine, Zwillingspuppen – und dann noch Mädchen! Michael ist völlig ausgerastet, als er sie sah. Es ist ja wirklich erstaunlich. Es muß das Fernsehen sein, wodurch Kinder diese Machohaltung lernen.«

»Was hatte er denn zu Weihnachten wirklich haben wollen?« fragte Lev vorsichtig. »Vielleicht ein Fußballspiel? Strahlenpistolen?«

»Ich weiß es nicht«, sagte die Frau. »Er war so schlechter Laune nach dem Streit mit seinem Vater. Er hatte nämlich verkündet, es gäbe gar keinen Weihnachtsmann... Ich habe Ben gesagt, er solle es nicht so schwernehmen. Früher oder später finden die Kinder doch die Wahrheit heraus. Sie erfahren sie auf der Straße, meinen Sie nicht auch?«

»Ja, wahrscheinlich.«

»Voriges Jahr noch hatte Michael für den Weihnachtsmann Milch und Kekse hingestellt. Dieses Jahr weigerte er sich. Ich meine, er versuchte nicht einmal, uns zuliebe so zu tun als ob, wie andere Kinder es manchmal machen.

Ben hat sich so darüber aufgeregt, daß er in der Nacht nicht schlafen konnte. Wie ich schon gesagt habe, er liebt Weihnachten über alles.«

»Mrs. Munsey«, sagte Lev, »hätten Sie wohl zufällig ein Bild von Ihrem Mann?«

»Komisch, daß Sie mich das fragen«, sagte sie. »Das ist etwas, was ich Jahr für Jahr auf meinen Weihnachtswunschzettel setze und nie kriege. Einen Fotoapparat, meine ich. Es gibt von uns einfach keine Familienfotos. Ben haßt es, fotografiert zu werden...«

»Dann können Sie ihn mir vielleicht beschreiben?«

Mrs. Munsey beschrieb ihn.

Zehn Minuten später, als Lev wieder an der Haustür stand, fiel es der Frau ein, nach dem Zweck seines Besuches zu fragen.

»Reine Routineangelegenheit«, sagte Lev.

Er versprach, wieder von sich hören zu lassen, und bat sie, ihn entweder im Präsidium oder zu Hause anzurufen, sobald ihr abtrünniger Gatte sich meldete.

Er rechnete nicht mit ihrem Anruf.

Lev hätte jetzt zum Präsidium zurückfahren können, um seinen Bericht zu schreiben. Ab Peterson, der Klatsch liebte, hätte seine Freude daran gehabt. Und Sam Reddy wäre enttäuscht gewesen, daß ihm so ein pikanter Fall entgangen war. Beide Reaktionen hätten ihm vielleicht Befriedigung verschafft, aber Lev mußte zuerst mit Elly reden.

Zu Hause traf er sie am Küchentelefon an und hörte sie sagen: »Oh, ungefähr alle fünfzehn bis zwanzig Minuten.«

»Was alle fünfzehn Minuten?« fragte er besorgt.

»Ich erkläre gerade Fawn Cohen, wie man einen Puterbraten mit Fett begießen muß.«

»Ach so.«

Dann erzählte er ihr von seinem Tag. Ihre Augen und ihr Mund bildeten drei perfekte O, als sie begriff, worauf er hinauswollte.

»Bist du dir absolut sicher, Lev?«

»Die Beschreibung seines Aussehens paßt, die Charakterbeschreibung paßt, selbst die Berufsbeschreibung paßt. Barry Methune besitzt eine kleine Firma für Ärztebedarf in Dayton. Ben Munsey besitzt eine völlig andere Firma für Ärztebedarf, ebenfalls in Dayton. Beide beliefern denselben Kundenkreis mit unterschiedlichen Produkten.«

»Du meinst, er habe sein Leben einfach ... in zwei Teile gespalten?«

»Das mußte er schon, wenn er zwei Haushalte unterhalten wollte. Über Weihnachten arbeitet er nie, sondern überläßt es jemand anderem, sich um die Kunden zu kümmern. Die Weihnachtsvorbereitungen trifft er immer in beiden Häusern, aber den Weihnachtstag selbst verbringt er mal in der Holly Road und mal in der Skyblue Lane. Dieser Mann liebt Weihnachten so sehr, daß er jedes Jahr zwei davon haben muß.«

»Aber was ist dieses Jahr passiert? Wieso ist er verschwunden?«

»Er war offensichtlich am Ende seiner Kraft. Er wurde zerstreut. Er verwechselte seine Adressen, seine Kinder, die Weihnachtsgeschenke. Sein Sohn bekam die Geschenke, die den Mädchen zugedacht waren, die Mädchen die Geschenke für den Jungen. Er hatte die Situation einfach nicht mehr im Griff.«

»Und deshalb ist er von seinen *beiden* Leben weggelaufen.«

»Und wir haben jetzt einen noch triftigeren Grund,

nach dem Burschen zu suchen. Er hat ein Verbrechen begangen. Bigamie.«

»Lev Walters«, sagte Elly, »du bist ein guter Detektiv.«

»Danke«, erwiderte er selbstgefällig.

»Trotzdem hast du nicht entdeckt, daß ich gelogen habe. Fawn Cohen hat in ihrem ganzen Leben noch keinen Puter gebraten. Ich habe vorhin mit Dr. Ramirez telefoniert.«

An die nächste halbe Stunde konnte sich Lev später nicht mehr erinnern. Aber irgendwie hatte er es geschafft, Ellys Sachen zusammenzuraffen, Elly ins Auto zu packen und sie gerade noch rechtzeitig im Krankenhaus abzuliefern – eine Stunde bevor er der Vater von John Alexander Walters wurde.

Sie sah verschwitzt, aber wunderschön aus, als er sie wieder zu Gesicht bekam, so als habe sie den Marathonlauf gewonnen.

»Ich bin bloß froh«, sagte er, »daß Alex nicht Silvester zur Welt gekommen ist. Er wäre mit dem Gefühl aufgewachsen, daß alle Parties nur für ihn veranstaltet würden.«

»Hast du ihn schon gesehen?«

»Ja«, sagte Lev. »Er ist hinreißend.«

»Lügner. Er sieht aus wie ein hundertjähriger Pueblo-Indianer. Ich hab schon überlegt, ob ich mich nicht beim Storch beschweren sollte.«

Als Lev nicht antwortete, sondern vor sich hinstarrte, zog sie an seinem Handgelenk. »He, du, hast du gehört, was ich gesagt habe?«

»Ja, sicher.«

»Du warst völlig weggetreten. Worüber hast du eben nachgedacht?«

»Den Storch«, sagte Lev. »Über die Art und Weise, wie

der Storch die Kinder bringt. Und jetzt denke ich an etwas anderes.«

Es war schon spät am Tag, als er wieder vor dem Haus der Methunes stand. Er fürchtete diesen Besuch noch mehr als den letzten, als er gezwungen gewesen war, Mrs. Methune die schlimme Nachricht vom Doppelleben ihres Mannes beizubringen. Methunes Teilzeitehefrau hatte auf seine Eröffnung äußerst unfreundlich reagiert, wie auch Mrs. Munsey. Er rechnete nicht mit einem herzlichen Willkommen.

»Haben Sie ihn schon gefunden?« sagte Pola Methune eisig.

»Nein«, entgegnete Lev. »Wir haben Ihren Mann nicht gefunden, Mrs. Methune. Aber ich habe da so eine Idee, wo er sein könnte.«

»Ich bin ganz Ohr. Lassen Sie mir nur Zeit, ein Gewehr zu holen!«

»Erinnern Sie sich noch, was Sie mir über sein Verschwinden erzählt haben? Daß er mitten in der Nacht einfach weg zu sein schien?«

»Wahrscheinlich hat er da seiner anderen Frau einen Besuch abgestattet.«

»Nein«, sagte Lev. »Er war völlig verwirrt. Er wußte nicht mehr, mit *welcher* Ehefrau er eigentlich zusammensein wollte, welche Geschenke er welchen Kindern geben wollte. Und dann könnte er noch etwas anderes durcheinandergebracht haben. Nämlich wo er vorhatte, den Weihnachtsmann zu spielen, so überzeugend zu spielen, daß ein zynisches sechsjähriges Kind wieder an ihn glaubte...«

»Keins meiner Kinder ist sechs Jahre alt.«

»Nein«, sagte Lev nüchtern, »aber Michael Munsey. Und es könnte sein, daß Ihr Mann beschloß, ihm eine überzeugende Vorstellung zu geben. Nur daß er diese Vorstellung im *falschen Haus* geben wollte.«

Er ging zum Kamin und zog den Ofenschirm und die Feuerböcke zur Seite. Dann duckte er sich und trat in die Feuerstelle. Er hoffte, daß er sich irrte, aber die Hoffnung erfüllte sich nicht. Als er hinaufgriff, in die Höhlung eines allzu engen Schornsteins, fühlte er die Sohlen zweier Gummistiefel.

Der Nebel

Ein schiefergrauer Himmel und ein so tiefhängender Nebel, daß die Schornsteine der *SS Amapol* darin verschwanden – das war genau die Art von Wetter, die zu Andrew Vanners Gemütszustand paßte.

Mit aufgestützten Ellbogen stand er an der Reling und starrte düster in Richtung der Stadt, die er hinter sich lassen würde, und lauschte auf das Bellen der Nebelhörner und das Rasseln der unsichtbaren Schlepper, die wie besorgte Glucken das Schiff umringten. Was für ein Ort, um seinen zwanzigsten Geburtstag zu feiern! Aber die Gesellschaft, in der er sich befand, machte alles noch viel schlimmer. Er sah zu dem alten Mann auf, der neben ihm stand, und stellte fest, daß Onkel Max lächelte wie ein dünner Teddy Roosevelt.

»Wunderbare Geräusche, nicht?« sagte Onkel Max enthusiastisch. »Ich liebe die Geräusche der See, schon seit meiner Knabenzeit.«

»See kann man's wohl nicht direkt nennen«, sagte Andrew trocken. »Schließlich liegen wir noch im Hafen von New York. Ist dir wirklich nicht kalt, Onkel Max?«

Der alte Mann, der eine robuste Tweedjacke trug und um seinen Hals einen dicken Wollschal gewickelt hatte, sagte:

»Nennst du das kalt? Das ist das Schlimme an dir, Andrew, du bist zu verweichlicht. All ihr jungen Leute heutzutage. Du würdest staunen, was ein flotter Morgenspaziergang und eine ordentliche eiskalte Dusche für deinen Organismus tun würden.« Dann setzte er verschmitzt hinzu: »Würdest nicht auf so viele dumme Gedanken kommen, falls du verstehst, was ich meine.«

Andrew wußte, was er meinte, aber er sagte es nicht. Es hatte keinen Sinn, über Bettina zu sprechen, nicht mehr. Seit zwei Monaten hatte es keinen anderen Gesprächsgegenstand gegeben, und er war es leid. Alle seine unerschrockenen Erklärungen, daß er sie heiraten würde, trotz Onkel Max und all des wunderbaren Geldes, der Wertpapiere, Aktien und Immobilien, die er beim Ableben von Onkel Max erben würde, hatten zu nichts geführt. Denn hier stand er nun, auf dem Erste-Klasse-Deck der *SS Amapol,* unterwegs auf der Sonnenroute nach Italien und Europa – zwar gegen seinen Willen, aber zur ausgesprochenen Befriedigung von Onkel Max.

Und Bettina? Andrew peinigte sich, indem er sich ihr Bild vorstellte. Bettina war damit beschäftigt, eine lebende Statue in dem Club in Las Vegas darzustellen, wo Andrew sie kennengelernt hatte. Er wußte, er würde sie nie vergessen; nur wenige Männer konnten eine lebende Statue vergessen, die so geformt war wie Bettina. Eine Seereise und ein Auslandsaufenthalt waren schon lange nicht mehr das Allheilmittel für diese Art von Krankheit, selbst wenn sein Vormund so töricht war, das zu glauben.

Ein Steward hastete an ihnen vorbei, aber Onkel Max' dünner Arm schnellte hervor und packte ihn.

»Was ist los, Kapitän?« fragte er heiter. »Fahren wir heute noch mal ab, oder was ist?«

»Doch, Sir, ich glaube, der Nebel lichtet sich ein wenig, in einer halben Stunde dürften wir auslaufen.«

»Großartig«, sagte Onkel Max vergnügt und rieb sich die Hände. »Hör zu, Andrew, warum gehen wir beide nicht runter in den Salon und spielen ein bißchen Cribbage. Später, wenn wir dann ausgelaufen sind, machen wir einen schönen, flotten Spaziergang auf dem Deck. Wie klingt das?«

Andrew verdrehte die Augen. »Bester Vorschlag, den ich je gehört habe, Onkel Max.«

Der alte Mann legte seinem Neffen den Arm um die Schulter, und sie gingen zusammen hinunter.

Um sechs Uhr begannen die Maschinen der *SS Amapol* langsam das Wasser aufzuwühlen, und das Schiff verabschiedete sich vom Land mit einem Tuten. Als es sich rückwärts aus dem Hafenbecken schob, grinste Onkel Max fröhlich und steckte seinen Stift auf dem Markierbrett zwei Löcher weiter.

Die Idee kam Andrew, als sie beim Abendessen saßen. Angewidert sah er zu, wie sich sein Onkel des Kellners bemächtigte und ihm präzise und detaillierte Anweisungen bezüglich der Zubereitung seiner Mahlzeit erteilte. Sie durfte kein gekochtes Fleisch und kein gekochtes Gemüse enthalten, keinerlei Fett in Gestalt von Öl, Butter oder Backfett. Der dünne Hamburger sollte roh auf Grahambrot serviert und das frische Gemüse so wie es war an den Tisch gebracht werden – der Alte würde es dann selbst in eine Schüssel mit Hüttenkäse würfeln. Schon beim Zuhören wurde Andrew ganz schlecht.

Als der Kellner kopfschüttelnd und sich gleichzeitig die Stirn trocknend davonging, kicherte Onkel Max und stieß seinen Neffen an. »Einer der Vorteile des Reichtums«, flüsterte er. »Es kann dir absolut schnuppe sein, was andere Leute denken.«

»Doch, das könnte mir auch gefallen«, sagte Andrew und lächelte schwach.

Aber als er zusah, wie sein Onkel das unappetitliche Mahl verschlang, wurde ihm klar, daß dessen Eigenheiten – die strenge Diät und die regelmäßige körperliche Bewegung – tatsächlich etwas ausmachten. Mit seinen einundsiebzig Jahren sah Onkel Max kaum älter als fünfzig aus. Er war kräftig. Er war gesund. Er war munter. Er konnte wahrscheinlich noch ewig leben. Ewig! Für einen jungen Mann wie Andrew Vanner war das eine sehr lange Zeit.

»Köstlich«, sagte Onkel Max, wobei ihm ein Gurkenstückchen aufs Kinn fiel. »Köstlich, Andrew! Du solltest es wirklich versuchen.«

»Tja, Onkel Max«, sagte Andrew träumerisch, »warum eigentlich nicht?«

Später jedoch, auf dem Weg zu ihren Kabinen, schlug Andrews Magen einen langsamen Purzelbaum und gab das ganze Essen wieder von sich. Onkel Max nannte es Seekrankheit, aber Andrew wußte, daß es sehr viel mehr war als das.

»Du wirst schon wieder«, sagte Onkel Max. »Es braucht seine Zeit, bis man einen seetüchtigen Magen entwickelt hat.« Liebevoll schlug er sich auf den seinen. »Paß auf, morgen früh fühlst du dich schon besser. Ich weiß ja nicht, wie es mit dir ist, aber ich habe vor, bei Morgengrauen aufzustehen und einen Gang ums Deck zu machen. Was meinst du, Andrew? Kommst du mit?«

»Ich glaube nicht«, entgegnete sein Neffe schwach. »Wenn es dir nichts ausmacht, Onkel.«

»Ich krieg dich schon noch dazu«, sagte Onkel Max entschlossen. »Schlaf gut, mein Junge.«

Die Vanners hatten getrennte Kabinen, und Andrew war dankbar dafür, daß sein Onkel es vorzog, ungestört zu sein. Er war auch lieber allein, ganz besonders in dieser ersten Nacht auf See. Unser junger Freund mußte intensiv nachdenken; mit hinter dem Kopf verschränkten Armen lag er in seiner Koje und starrte auf das trübe Glas des Bullauges, hinter dem nichts als Nebel und Dunkelheit war.

Kurz nach Mitternacht warf er seine Decke von sich, stand auf und tastete nach einem Koffer. Er holte den kleinen, teuren Reisewecker heraus, den ihm sein Onkel vor Antritt der Fahrt geschenkt hatte, und stellte ihn auf 4.30 Uhr. Dann zog er ihn sorgfältig auf und stellte ihn in die Nähe seines Kopfes. Sein leises Ticken hatte etwas Beruhigendes, und er schlief ein.

Als ihn das irritierende Summen weckte, reagierte er verärgert. Er fegte den Wecker mit der Hand vom Nachttisch auf den Boden, das Glas zersprang, und die Uhr lag stumm da, ein mechanischer Leichnam. Er hob sie auf, ächzte und suchte seine Sachen zusammen. Es war stockfinster, drinnen wie draußen, und er fragte sich, wann denn wohl der Morgen auf dem Atlantik zu grauen pflegte.

Mit zwei Pullovern übereinander und einem Paar Turnschuhe angetan, ging er zehn Minuten vor fünf den schmalen Korridor entlang zur Kajüte seines Onkels. Er klopfte leise und rief seinen Namen. Er erhielt keine Antwort – entweder schlief der Alte, oder er war schon an Deck. Vermutlich letzteres, so wie Andrew seinen Onkel kannte.

Als er das Deck betrat, stellte er fest, daß die Dunkelheit eine Mischung aus Nacht und Nebel war. Dieser wälzte sich in schmutziggrauen Schwaden über das Schiff, die so dick waren, daß die *SS Amapol* merkwürdig verkürzt aussah. Das Deck war verlassen, die wenigen herumstehenden Liegestühle trieften vor Nässe, die Planken waren glitschig. Er zitterte und bewegte sich vorsichtig an der Reling entlang zum Bug.

Als er die unheimlich verzerrte Gestalt aus dem Nebel auftauchen sah, gab er einen Schreckenslaut von sich. Dann wurde ihm klar, daß es nur sein Onkel Max war, der sich mitten in einer tiefen Kniebeuge befand. Er näherte sich ihm, und als sich der Alte aufrichtete, hörte Andrew ihn vor Vergnügen keckernd lachen.

»Wirklich, das ist aber eine großartige Überraschung, Andrew! Ich dachte, du wolltest heute lange im Bett bleiben?«

»Ich hab's mir anders überlegt«, sagte Andrew unbeholfen. »Vielleicht täte es mir ja gut, wenn ich mich dir anschlösse ... ich hab ja wirklich nicht viel Bewegung.«

»Es geht nichts über körperliche Bewegung«, sagte Onkel Max fröhlich. »Ich verschaffe mir täglich eine volle Stunde. Am liebsten schwimme ich – darauf freue ich mich schon am meisten.«

»Ach, wirklich?« sagte Andrew mit großem Interesse.

»Ja, wie ich gehört habe, gibt es hier an Bord ein wunderbares Schwimmbad. Und Decktennis. Wir müssen viel Tennis spielen, Andrew.«

»Das müssen wir wirklich«, murmelte der junge Mann. »Hör mal, Onkel Max, es gibt etwas, das wollte ich dich schon lange mal fragen ...«

Onkel Max lief eine Weile auf der Stelle, ehe er antwortete. »Ja, Andrew?«

»Du hast mir eigentlich nie richtig erzählt, woraus dein Vermögen eigentlich besteht. Ich meine, ich weiß, du hast es in allem möglichen angelegt, aber worin genau? Ich meine, auf wieviel genau belaufen sich deine Anlagewerte?«

Der Alte lachte leise in sich hinein. »Ich hab schon seit Jahren die Übersicht verloren. Ich denke, an die zwei Millionen, so um den Dreh. Vielleicht ein bißchen mehr.«

»O Mann, das ist eine ganz schöne Verantwortung, nicht? Ich meine, für jemanden wie mich wäre es das bestimmt.«

»Wenn es soweit ist, wirst du damit bestimmt zurechtkommen, Andrew. Bis dahin wirst du dafür reif genug sein. Denn weißt du«, lachte er, »ich habe noch nicht so bald vor, das Zeitliche zu segnen.«

Andrew rückte näher und tastete nach der Reling.

»Ach, wirklich, Onkel?«

»Was sagst du?«

»Ich habe gesagt, wie kannst du da so sicher sein?«

Onkel Max hielt im Laufen inne und versuchte, seinem Neffen durch den Nebel hindurch in die Augen zu blicken. Als er kein Zwinkern in ihnen entdecken konnte, runzelte er die Stirn und schnalzte mißbilligend mit der Zunge.

»Sprich nicht so, Andrew. Ich mag das gar nicht.«

»Ich hab's doch nicht bös gemeint, Onkel Max. Du weißt doch, was ich von dir halte.« Er legte dem Alten die Hand auf den Arm.

»Manchmal bin ich mir nicht so sicher«, erwiderte sein Onkel barsch.

Das Gefühl dieses mageren Armes unter seiner Hand gab ihm Sicherheit – so vital Onkel Max auch war, dieser Arm fühlte sich zerbrechlich an, wie ein Hühnerknochen. Andrew packte fester zu und kam näher. Mit der anderen Hand ergriff er das linke Handgelenk des Alten und begann, ihn unter Ausnutzung der Hebelwirkung rückwärts zur Reling zu ziehen.

»Was machst du denn?« sagte Onkel Max ärgerlich. »Mir ist nicht nach Spielereien zumute, Andrew.«

»Eine gymnastische Übung, die du noch nicht kennst«, sagte Andrew mit bösem Lächeln. »Sie wird dir gefallen, Onkel Max.«

»Du tust mir weh, Andrew! Hör sofort damit auf!«

»Aber sicher, Onkel Max, ganz wie du willst.«

Er lockerte seinen Griff gerade weit genug, um den Alten in Sicherheit zu wiegen. Dann gab er ihm einen gewaltigen Schubs und fühlte, daß sein Onkel mit dem Rücken die Reling berührte. Jetzt noch ein Ruck, und Onkel Max hing halb drüber und fing an zu schreien. Andrew hielt ihm den Mund zu und schob weiter.

»Du hast doch gesagt, du schwimmst gerne«, keuchte er. »Hier hast du die Gelegenheit. Jetzt kannst du den ganzen Weg bis Europa schwimmen.«

»*Andrew!*« rief der alte Mann, aber niemand hörte den dumpfen Schrei.

Dann war er verschwunden.

Zwei Sekunden später hörte Andrew mit Genugtuung, wie unten auf dem dunklen Wasser etwas aufklatschte.

Andrew hatte eine nervöse Reaktion erwartet, aber sie blieb aus. Er bewunderte seine eigene Ruhe und sah sich schnell um, ob irgend jemand die Szene beobachtet hatte. Nur der Nebel – sein Komplize – war zu sehen.

Dann kehrte er zu seiner Kabine zurück, ohne eine Menschenseele zu treffen.

In seiner Einzelkabine, wo er sich warm und sicher fühlte, ging er mit sich zu Rate, wie sein nächster Schritt aussehen sollte. Es war gerade fünf durch. Er konnte entweder den Rest der Nacht aufbleiben und dann die entsetzliche Entdeckung machen, daß sein Onkel verschwunden war, oder wieder ins Bett gehen und sich vom Frühstückssteward wecken lassen.

Die Entscheidung fiel ihm nicht schwer. Er fühlte sich angenehm schläfrig und mußte dauernd gähnen, folglich zog er sich aus und legte sich wieder schlafen. Der Gedanke, daß er den Morgen als reicher Mann würde begrüßen können, war äußerst lustvoll.

In kürzester Zeit schlief er ein und träumte von Bettina...

Das Klopfen des Stewards kam wie erwartet, trotzdem schrak Andrew bei dem Klang hoch. Er brauchte einen Augenblick, um sich zu fassen, dann fragte er laut, wer es sei.

»Es ist acht Uhr, Mr. Vanner. Sie wollten um acht geweckt werden.«

»Gehen Sie nicht weg«, sagte Andrew. Er sprang aus dem Bett und zog seine Hose an. Dann ließ er den kleinen, proper aussehenden Mann herein und sagte: »Ich glaube, ich möchte heute morgen nur ein kleines Frühstück, Steward... bloß Brötchen und Kaffee.«

»Selbstverständlich, Sir.«

»Äh, haben Sie schon meinen Onkel gesehen? Soweit ich weiß, hat er sich früher wecken lassen.«

»Ich habe an Mr. Vanners Tür geklopft, aber keine Antwort erhalten. Soll ich ihm auch Frühstück bringen?«

»Nein, lassen Sie nur«, gähnte Andrew. »Mein Onkel schläft ziemlich fest.« Er blickte zum Bullauge hinüber und konnte ein Stückchen aufklarenden Himmel sehen. »Das Wetter sieht ja heute morgen ein bißchen besser aus, was?«

»O ja«, strahlte der Steward. »Jetzt dauert es bestimmt nicht mehr lange, bis wir unterwegs sind.«

»Unterwegs?« Andrew sah ihn verständnislos an. »Sind wir in eine Flaute geraten oder so was?«

»O nein, Sir«, entgegnete der Steward vergnügt. »Aber wir sind letzte Nacht in dichten Nebel geraten, und der Kapitän war der Ansicht, daß es ein bißchen zuviel war. Deshalb hat er das Schiff um ein Uhr dreißig wenden lassen und uns in den Hafen zurückgebracht.«

»In den Hafen zurück?« wiederholte Andrew. »Was wollen Sie damit sagen, in den Hafen zurück?«

»Wir liegen seit drei Uhr morgens vor Anker«, sagte der Steward lächelnd. »Aber seien Sie unbesorgt, Mr. Vanner, wir holen die Zeit wieder auf – die *SS Amapol* ist ein gutes, schnelles Schiff.«

Andrew starrte ihn ungläubig an, dann hastete er zum Bullauge.

Die Skyline von Manhattan war deutlich zu sehen – und noch etwas anderes. Auf der Landungsbrücke stand ein Polizeiauto, und eine Gruppe von Polizisten kam die heruntergelassene Gangway herauf – in ihrer Mitte, gesund, munter und von seinem belebenden Bad erfrischt, ging sein Onkel Max.

Tod einer Mätresse

Fowler lenkte seinen glänzenden blauen Fleetwood eine Straße entlang, die für seine neuen Weißwandreifen entschieden zu schmutzig war. Er wich dem Stück Asphalt aus, das jemand aus dem Rinnstein gerissen hatte, und verwünschte den Hund, der vor seinem Kühlergrill über die Straße schlich. Vor kurzem war ein Wagen der Stadtreinigung hier durchgekommen und hatte in der Gosse schwarze Bäche hinterlassen, die den Gullys eine ganze Flotille von Dreck zutrugen. Fowler fühlte sich in dieser Gegend beschmutzt und erniedrigt, und bei dem Gedanken, seinen erst einen Monat alten Cadillac hier parken zu müssen, wurde sein feistes, bürobleiches Gesicht finster.

Es war nicht Vernon Fowlers eigene Entscheidung gewesen, diese schäbige Seitenstraße aufzusuchen, sondern es war der Wunsch einer Frau, die er einmal wegen ihrer Tüchtigkeit bewundert, dann wegen ihrer üppigen Reize begehrt und schließlich wegen ihrer Gier gehaßt hatte. Sie hieß Irene Conners, und sie lebte hier. Wie sie lebte und wieviel ihre Augen und ihre Nase vertragen konnten, um ihr zu ermöglichen, diese dreckige Straße ihr Zuhause zu nennen, wußte er nicht. Mehr noch, es war ihm egal. Das einzige, was er jetzt noch von ihr wollte, war ein allumfassendes und endgültiges Lebewohl.

In der Straße gab es genug Platz zum Parken. Fowler hielt neben einem exotischen, rosa-grünen Kabrio und manövrierte seinen Wagen in die Parklücke vor dem hohen Treppenvorbau von Irenes rotem Sandsteinhaus. Er stellte den Motor ab und drückte auf die Knöpfe der elektrischen Fensterheber. Dann steckte er den Autoschlüssel in die Tasche seines Kaschmirmantels.

Er betrachtete das glänzende Armaturenbrett und fühlte sich gleich besser. Er mochte seinen Wagen, er liebte dessen Ausstrahlung von Luxus und Reichtum, den teuren Geruch neuer Polster, das Gefühl vibrierender Kraft unter seinen Fingerspitzen. Hier fühlte er sich am rechten Platz, als integraler Bestandteil all des Chroms und Leders und Stahls. Er war Direktor einer Firma, die Pappbecher und Krimskrams herstellte.

Dort hatte die Sache natürlich angefangen. Im Büro, mit seiner Unzufriedenheit mit Frieda, dem kraushaarigen Geschöpf, das seine Briefe mehr schlecht als recht tippte und in Tränen ausbrach, wenn er seine Diktiergeschwindigkeit erhöhte. Als ihm sein neuer Titel verliehen wurde, beschloß er, sich eine neue Sekretärin zu leisten. Eine, die ein bißchen älter, aber attraktiv war. Eine, die die beruflichen und privaten Bedürfnisse eines Mannes von vierundfünfzig verstehen würde, eine Führungskraft, die Details verabscheute und Tüchtigkeit bewunderte. Kurz, eine wie Irene.

Sie mochte so an die vierzig sein. Sie hatte blaue Augen und blonde Haare, und ihr Gesicht und ihre Figur waren noch immer jugendlich. Ihre Kurven waren dergestalt, daß die Männer im Büro anzügliche oder wehmütige Witze machten, die Fowler jedesmal mit Genugtuung hörte. Irene erinnerte ihn an irgendeine Filmdiva, aber ihm fiel nie ein, welche. Sie war eine gute Sekretärin. Eines Tages hob sie die Augen von ihrem Stenoblock auf und sah ihn einladend an. Da wurde sie noch etwas anderes.

Nicht, daß Irene seine Mätresse gewesen wäre. Fowler

verabscheute dieses Wort. Es hatte zwischen ihnen keine finanziellen Transaktionen gegeben, niemals. Es hatte unauffällige Abendessen in guten Restaurants gegeben und an den Abenden, an denen seine Frau Nan ihre Schwester im Norden besuchte, diskrete Aufenthalte in kleinen Stadthotels. Hin und wieder ein paar Blumen, Parfüm, geringfügige Auslagen für Taxifahrten. Aber es war Vernon Fowlers geheimer Stolz gewesen, daß er Irenes Gunst niemals gekauft hatte. An dem Tag, an dem ihm diese Illusion geraubt wurde, an dem Tag nämlich, als sie in sein Büro kam und ruhig eine unverschämte Gehaltserhöhung verlangte, war seine Reaktion prompt und gerecht. Er feuerte sie.

Fowler seufzte und streckte seine Hand nach dem Türgriff aus. Auf dem Bürgersteig blickte er die schmutzige Straße auf und ab, die jetzt, im trüben Zwielicht, verlassen dalag. Nur auf der Treppe zu Irenes Sandsteinhaus saß jemand. Es war ein ungefähr dreizehnjähriger Junge mit zottigen Haaren und einem schlauen, unverschämten Gesicht. Er trug eine schwarze, glänzende Lederjacke, eine zerknautschte Air-Force-Mütze und Jeans. Zwischen seinen Beinen prellte er einen gelben Gummiball und betrachtete dabei Fowlers Weißwandreifen mit kaugummikauendem Interesse.

Er gefiel Fowler gar nicht. Er mochte weder den ganovenhaften Ausdruck seines Gesichts noch die Art und Weise, wie er seinen neuen Cadillac taxierte. Fowler zog die Kaschmirschultern hoch und wählte den einzig richtigen Weg.

»Hör mal, Junge«, sagte er, »willst du dir einen Dollar verdienen?«

»Klar. Was soll ich 'n machen?«

»Paß für mich auf das Auto auf«, sagte Fowler lächelnd. »Du weißt schon, was ich meine. Sieh zu, daß niemand dran rumspielt. Ich bin nicht lange oben, zehn Minuten etwa.«

Der Junge hörte mit seinem Ball auf. »Im voraus?« fragte er.

»Nix da. Wie ich gesagt habe, in zehn Minuten bin ich wieder unten. Wenn das kein guter Job ist – zehn Cent die Minute.«

»Klar«, grinste der Junge, »geht in Ordnung, Mister.«

Vernon Fowler stieg die steinernen Stufen hinauf und drückte mit einem behandschuhten Finger auf den Knopf, bei dem CONNERS stand. Er verzog sein Gesicht beim Anblick des runden Schmutzflecks, der auf dem Leder zurückblieb. Dann knackte es im Schloß, und er drehte den Türknauf.

Vor sich sah er eine lange, läuferbedeckte Treppe, und er machte sich an den steilen Aufstieg wie ein erschöpfter Bergsteiger. Es roch nach aufgewärmtem Essen und noch nach etwas anderem, das er erst benennen konnte, als er Irenes Wohnungstür erreichte. Es war der Geruch von Whiskey.

»Na?« sagte sie mit einem schiefen Lächeln, als sie ihn einließ.

Fowler war schockiert. Er hatte Irene durchaus schon betrunken gesehen, aber betrunken in einer eleganten Umgebung, ladylike betrunken oder ausgelassen betrunken. Aber nicht so schlampig bademantelbetrunken. Erst jetzt, als er sie in diesem Zustand sah, wurde ihm klar, wie perfekt sie die Kunst des Schminkens und Frisierens beherrscht hatte. Blondes, unordentliches, an den Wurzeln graues Haar. Falten im Gesicht und eine großporige Haut. Häßliche, rotgeränderte, in Tränen schwimmende Augen. Aber der Mund war das Schlimmste. Ohne Lippenstift war er schmal und herabgezogen, der Mund eines Clowns. Als Fowler den sah, wurde sein Abscheu fast hörbar.

»Also«, sagte er schnell, »ich hab dir ja gesagt, daß ich nicht viel Zeit habe. Nan erwartet mich nämlich zum Abendessen.«

Sie stieß ein verächtliches Lachen aus und ließ sich auf einen Stuhl an einem wachstuchbedeckten Tisch fallen.

Er fragte: »Was willst du von mir, Irene? Warum wolltest du, daß ich herkomme?«

»Um unsrer alten Zeiten willen«, lachte sie. »Willste 'nen Drink, Boß?«

»Nein. Hör zu, ich parke unten in der zweiten Reihe, ich kann nicht lange bleiben. Sag, was du zu sagen hast, und dann gehe ich wieder.«

»Hab 'ne Menge zu sagen, Vernon, Schatz. Muß bloß erst überlegen. Scharf überlegen.« Sie starrte auf ihre Hände und runzelte nachdenklich die Stirn.

»Du bist betrunken«, sagte er ruhig. »So kannst du nicht vernünftig reden. Ruf mich morgen im Büro an. Vielleicht können wir ja zusammen Mittagessen oder so was.«

»Nein, nein. Muß jetzt reden.« Sie sah auf und zeigte mit einer unbestimmten Armbewegung auf das trostlose Zimmer. »Wie gefällt's dir hier? Nicht grade das *Pierre*, was? In so was wohn ich, seit ich sechzehn bin, dieser Saukerl, dieser ...«

»Wer?«

»Mein Mann. Von *dem* hab ich dir nie was erzählt, von Charlie, mein ich. Saukerl, elender. Gut ausgesehn hat er ja, das muß man ihm lassen.«

Fowler sagte steif: »Ich wußte gar nicht, daß du verheiratet bist, Irene.«

»Bin ich nicht, nicht mehr. Witwe. Der Mistkerl hat mich sitzenlassen, im zweiten Jahr unsrer Ehe, ohne einen Pfennig Geld, mich und das Baby. Ertrunken ist er, der Saukerl.« Plötzlich fing sie an zu schluchzen und verbarg das Gesicht in den Händen. »Oh, ich hasse dich!« rief sie.

»Hör mal, Irene...«

»Ich hasse euch alle! Denkst wunder wer du bist. Du bist auch nicht besser als Charlie, *Mister* Fowler. Du läßt mich genauso schnell sitzen. Stimmt doch, oder?«

»Es ist nicht eine Frage des Sitzenlassens. Ich bin dir gegenüber nie irgendwelche Verpflichtungen eingegangen, Irene, das weißt du. Wir haben beide unseren Spaß gehabt, haben uns amüsiert. Lassen wir es dabei bewenden, hm? Was meinst du?«

Sie sah ihn verschlagen an. »Das möchtest du. Das könnte dir so gefallen, was, Vernon? Aber *mir* nicht. Ich vergeß nicht so leicht wie 'n Mann. Ich hab 'n gutes Gedächtnis...«

»Nun, wenn du es mir schwermachen willst...«

»Nein!« Sie stand unsicher auf und ging zu ihm hin. Sie legte die Arme aufs Revers seines guten Mantels und lehnte sich schwer gegen ihn. »Ich will's dir nicht schwermachen. Ich will's dir *leicht*machen, Vernon. Du würdest staunen, wie wenig ich brauche, um glücklich zu sein, Vernon. Nur was Kleines, nichts Besondres, nicht Park Avenue. Aber was Beßres als das hier, Vernon. Was in

202

'ner anständigen Gegend, mit Fenstern zur Straße und vielleicht 'nem Park in der Nähe...«

Er packte sie bei den Handgelenken und stieß sie von sich.

»Wovon redest du eigentlich?«

»Ach komm, Vernon, ich weiß doch, daß du's hast. Geld, mein ich. Du *riechst* nach Geld, Vernon.« Sie lachte heiser. »Hast du das gewußt? Du riechst genauso wie Geld, irgendwie grün und schmutzig. Da kannste mir doch 'n klein bißchen abgeben, einmal die Woche...«

»Einmal die *was?*«

»Einmal die Woche, Vernon, bloß für die Miete. Hundert Dollar vielleicht, das würde schon reichen. Ich könnte so was Hübsches einrichten, du würdest schon sehn...«

»Hör auf damit!« rief er. »Ich habe dir gesagt, Irene, daß ich keine Mätresse haben will. Ich bin nicht der Typ dafür.«

»Davon red ich doch gar nicht, Vernon. Ich rede von einer Wohnung für mich selbst, was Warmes und Gemütliches, mit einem kleinen Fernseher vielleicht...«

»Ich gebe dir kein Geld«, sagte Fowler mit unsicherer Stimme. »Das ist mein allerletztes Wort. Von mir bekommst du nicht einen Nickel, Irene.«

Sie starrte benommen in seine Richtung, unfähig, ihn direkt ins Auge zu fassen.

»Na schön. Dann bist du selber schuld.«

»Woran?«

»Was ich dann tun muß. Is keine Erpressung oder so was. Geht einfach nicht anders.«

»Hör zu, wenn du vorhast, dich an Nan zu wenden...«

»Das hast du gesagt«, kicherte sie. »Ich hab das nicht gesagt, Vernon, sondern du.«

»Du verdammtes Flittchen!« sagte er laut und war selbst überrascht. »Schlag dir den Gedanken aus dem Kopf.«

Ihr Blick wurde hart, ihr clownesker Mund schmal und weiß. »Das nimmst du zurück«, sagte sie. »Wehe, du nennst mich noch mal so!«

»Laß Nan zufrieden! Ich werde einfach alles leugnen. Sie wird auf den ersten Blick sehen, was du bist. Bloß ein dreckiges kleines...«

»Nimm das sofort zurück, Charlie!« kreischte sie und griff auf dem Tisch nach irgendeiner, der nächstbesten Waffe. Der einzige Gegenstand war eine Geschenkkaraffe mit billigem Whiskey, die wie ein modernistischer Leuchter geformt war. Fowler griff ebenfalls danach, und seine Hand umschloß den dünnen Flaschenhals als erste. Er schob die Karaffe aus ihrer Reichweite, und sie begannen wortlos miteinander zu ringen.

Einen wilden Augenblick lang wußte Fowler plötzlich, an welche Filmdiva Irene ihn erinnert hatte. Dann sah er nur noch ihren häßlichen Mund dicht vor seinem Gesicht, der obszöne Wörter murmelte. Irgendwie lagen auf einmal seine behandschuhten Hände um ihren faltigen Hals, und er fühlte mit Befriedigung die Kraft in seinen Fingern. Er setzte diese Kraft ein, weidete sich an ihr, genoß den Effekt, den sie auf Irenes verhaßte Augen hatte. Er sah zu, wie diese Augen größer und immer größer wurden, wie die Pupillen hilflos umherschwammen. Dann schlossen sich die Augen.

Er ließ den Körper zu Boden fallen und dachte:

»*Mir* doch nicht. So etwas kann mir doch nicht passieren...«

Er starrte sie zornig an. Sie hatte kein Recht dazu, so schnell tot zu sein. Nicht durch seine Hand. Er war Vernon Fowler, er war vierundfünfzig Jahre alt, er war ein leitender Angestellter, seine Adresse war...

Er fuhr zur Tür herum. Sie war einen winzigen Spalt offen, aber dahinter herrschte Stille. Die ganze Episode war ruhig abgelaufen, von dem Geschrei abgesehen, und viel war das auch nicht gewesen, eigentlich nur, als sie losgekreischt und ihn Charlie genannt hatte...

Tausend unzusammenhängende Gedanken schossen ihm durch den Kopf. Dann zwang er sich, die Sache geschäftsmäßig anzugehen, sie logisch zu durchdenken, Entscheidungen zu treffen.

Zunächst einmal konnte er sicher sein, daß auf ihn kein Verdacht fiel. Keiner wußte von ihrer Beziehung, er war da vorsichtig gewesen. Keiner wußte von seinem Besuch, ihre Aufforderung war an ihn alleine gegangen. Er hatte keine verräterischen Spuren hinterlassen – keine Haare von sich unter ihren Fingernägeln, keine Kratzer auf seiner Haut, keine Fingerabdrücke auf einem Glas, kein abgerissener Mantelknopf. Es hätte nicht besser laufen können, selbst wenn er mit sich selbst Planungskonferenzen abgehalten und lange, komplizierte Strategien entwickelt hätte.

Fowler ging zur Tür und vergrößerte den Spalt. Das Treppenhaus war noch immer leer. Er zog die Tür hinter sich zu und schlich auf Zehenspitzen die läuferbedeckte Treppe hinab zur Haustür.

In dem Augenblick, als er sie aufstieß, fiel ihm sein Cadillac ein und der Junge, der ihn bewachte.

Zu Fowlers Ehre sei gesagt, daß er nicht in Panik geriet. Er gebrauchte seinen logischen Verstand.

»Hi, Mister«, sagte der Junge. Er saß beinebaumelnd

auf einem der Kotflügel und hämmerte mit seinen schmutzigen Hacken gegen den Weißwandreifen.

Fowler runzelte die Stirn. »Komm da runter! Ich will mit dir reden.«

Der Junge sprang herunter. »Was ist mit dem Dollar?«

»Du kriegst schon deinen Dollar. Aber du hast die Möglichkeit, noch viel mehr zu verdienen. Interessiert?«

»Klar doch!«

Fowlers Augen verengten sich, und sein Gesicht nahm einen verschwörerischen Ausdruck an.

»Was hältst du von den Bullen, Sohn?«

»Den Bullen?« Der Junge sah ihn erstaunt an und spuckte dann gekonnt durch die Vorderzähne.

»Gut so«, lachte Fowler. »Ich wußte, daß du so denken würdest. Also, paß auf, hier ist mein Vorschlag. Du hältst den Mund, und dafür kriegst du fünfzig Eier.«

»Kein Witz?«

»Im Ernst. Du brauchst bloß zu vergessen, daß du mich jemals gesehen hast. Wenn die Bullen kommen und hier rumschnüffeln, dann hast du einfach nichts gesehen. Verstehst du?«

Der Junge grinste. »Klar, ich versteh' schon, Mister.«

»Brav so! Halt dich aus allem raus, vielleicht kann ich mal was für dich tun.« Er nahm die Scheine aus seiner Brieftasche und gab sie dem Jungen.

»Keine Sorge, Mister.« Die Augen des Jungen glänzten. »Aus mir kriegen die kein Wort raus!«

Fowler grinste und stieg ins Auto. Er ließ den Motor an und freute sich am ruhigen Summen seiner Zylinder. Er ging mit dem Jungen ein Risiko ein, das war klar, aber nicht mit Bullen zu reden gehörte zum ungeschriebenen Gesetz der Straße.

Er fuhr los und sah im Rückspiegel, wie ihm der Junge respektvoll nachwinkte. Denkt wahrscheinlich, ich bin ein Gangster, sagte er vergnügt zu sich selbst.

Er hatte gerade die Triborough Bridge erreicht, als ihm einfiel, daß Irene etwas von einem Baby gesagt hatte. Und dann sah er das Gesicht des Jungen vor sich – die schlauen, wissenden Augen und den Mund, der aussah wie der Mund eines Clowns.

Man hängt keinen zweimal

Sie würden ihn hier Welly nennen.

Das war Phil Boswells erster Gedanke, als der Fahrstuhl im dritten Stock des Kreisgerichts zitternd zum Halten kam. Nichts hatte sich in den vergangenen neun Jahren verändert. Noch immer roch es nach Schweiß und verbrauchter Luft. Noch immer war es unmöglich zu sagen, was auf dem Marmorfußboden Dreck und was Muster war. Noch immer lag das gleiche Rascheln und Summen in der Luft, fast unterhalb des Hörbereichs, wie das Surren von Hochspannungsdrähten. Alles war noch genauso wie damals, als er als jagdeifriger Neuling bei der Staatsanwaltschaft gearbeitet hatte. Warum also sollte nicht auch sein Spitzname der gleiche geblieben sein?

Er wurde jedoch enttäuscht, denn der erste, dem er begegnete, hielt ihn beim Anblick seines grauen Armani-Anzugs für einen Anwalt und nannte ihn »Sir«. Natürlich hatte er damit nicht unrecht, aber Phil hatte sich in seiner Anwaltspraxis schon seit acht Jahren mit keiner Strafsache mehr befaßt. Er schenkte dem unbedarften jungen Mann ein onkelhaftes Lächeln und fragte ihn, ob Donny Donahue seine schmutzige Arbeit noch immer in dem gleichen Winkel verrichte. Ja, erhielt er zur Antwort, Donny sei noch da, aber in einer anderen Ecke, und der junge Mann zeigte nach Osten, auf den Teil des Gebäudes, den sie früher einmal »Sibirien« genannt hatten.

Es verdiente den Namen immer noch. Donnys Stern war offensichtlich im Sinken begriffen. Am Telefon hatte er genau wie früher geklungen, aber Phil hatte im Taxi mal nachgerechnet und war zu dem Schluß gekommen, daß sein früherer Chef inzwischen über sechzig sein mußte – kein gutes Alter für einen so schlechten Politiker wie Donny. Aber äußerlich hatte er sich überhaupt nicht verändert. Er schnellte von seinem Drehstuhl hoch, zerdrückte ihn fast in einer ungestümen Umarmung und sagte tatsächlich: »Hey, *Welly!*«

Donny hatte ein Gesicht voller Parenthesen, reine Lachfalten hauptsächlich. Aber die runden Klammern wurden zu Fragezeichen, als er hörte, welchen Gefallen er Phil tun sollte. »Warum? Weshalb?« fragte er. »Dieser Bursche hat sie nicht alle im Kasten, Welly. Warum willst du mit ihm sprechen?«

»Mich interessiert der Fall«, entgegnete Phil. »Das ist alles. In meinem zweiten Jahr hier habe ich mal einen Serienkiller angeklagt, weißt du noch?«

»Bockmist«, knurrte Donny. »Die Anklagerei hat Myron Wechsler gemacht. Du hast bloß die Kuliarbeit verrichtet.«

»Trotzdem habe ich fünf Monate an dem Fall gearbeitet, bis ich alles zusammengetragen hatte, und deshalb hat mich dieser Wortman neugierig gemacht...« Es klang ziemlich lahm, was er da vorbrachte, also wechselte er die Gangart und sagte: »Ach, komm schon, Donny, du hast immer gesagt, ich hätte was bei dir gut. Habe ich dich schon jemals beim Wort genommen?«

»Nein«, gab jener zu. »Aber ich habe nie angenommen, daß du etwas brauchst. Jedenfalls nicht von hier. Was bekommst du inzwischen eigentlich von deinen betuchten Klienten? Eine Million, habe ich gelesen, für deinen neuesten Scheidungsprozeß, oder geht es um eine Abfindung?«

»Scheidung«, sagte Phil. »Aber glaub mir, jeder Nickel davon ist hart verdient. Du denkst vielleicht, daß das Eherecht ein Klacks ist, aber versuch mal, sechs Monate mit einem hysterischen, blutdürstigen Weibsbild zusammenzusein.«

»Vielleicht ist das der Grund, warum du nie geheiratet hast«, grunzte Donny. »Weil du dauernd mit diesen Gewitterziegen zusammen sein mußt.« Seine Augen verengten sich. »Hey, steckt das dahinter? Du versuchst, ins Strafrecht zurückzukehren?«

Einen Augenblick lang war Phil versucht, geheimnisvoll zu lächeln und Donny bei seiner Annahme zu lassen. Donny hatte es schon so oft erlebt, wie Anwälte hinter werbewirksamen Klienten her waren, bereit, die nicht zu Verteidigenden zu verteidigen, so schlagzeilengeil, daß sie mit einem Axtmörder oder einem Vergewaltiger oder sogar mit einem Hausfrauenwürger wie Carl Wortman ins Bett gehen würden. Letzteres hatte allerdings bis jetzt noch niemand versucht. Wortmans eiskalte Geständnisse hatten sogar die Entschlußkraft der robustesten unter den publicitysüchtigen Anwälten der Stadt erschüttert.

»Nein«, sagte Phil. »Ich habe seit Jahren keine Strafsache mehr angerührt, und wenn ich wirklich zurück wollte, würde ich ganz bestimmt nicht mit dem Wortman-Fall anfangen. Ich habe vielmehr eine Art... journalistisches Interesse. Ich hab ein paar Sachen zu Papier gebracht... du weißt ja, wie's einen manchmal packt. Nizer, F. Lee Bailey... ich hab keine Ahnung, ob ich das verdammte Buch jemals fertig kriege, wahrscheinlich werde ich's verbrennen, noch bevor ich beim zweiten Kapitel angekommen bin, aber ich möchte es einfach mal versuchen.«

Vielleicht glaubte ihm Donny, vielleicht wollte er ihn

auch einfach nicht weiter bedrängen. Wie auch immer, Donny sagte, er werde tun, was er könne, und Phil wußte, daß es genug sein würde. Donny würde mit den richtigen Leuten telefonieren, und er würde Zutritt zum Untersuchungsgefängnis erhalten, wo Carl Wortman noch immer voll damit beschäftigt war, sich von der Polizei vernehmen zu lassen – in dem Versuch, seinen Prozeß und seine unausweichliche Verurteilung so lange wie möglich hinauszuschieben. Vielleicht gefiel es ihm ja sogar, im Rampenlicht der Öffentlichkeit zu stehen, ganz egal, wie grellweiß und heiß es ihm in seine glänzenden, intelligenten, wahnsinnigen Augen schien.

Drei Tage später blickte Phil selbst in diese Augen, über einen zerkratzten Tisch hinweg in einem Raum, der nach kaltem Zigarettenrauch stank und noch nach einigem, was er lieber nicht identifizieren wollte. Seltsamerweise verströmte der Häftling einen Geruch von frischer Seife und Rasierwasser. Wortmans Gefängniskleidung aus blauer Baumwolle war frisch gewaschen, sein langes, glattes Haar noch feucht vom Duschen und sein Gesichtsausdruck freundlich, ja sogar eifrig. Es spielte keine Rolle, daß er nicht wußte, was Phil Boswell von ihm wollte. Er war seit seiner Festnahme von Dutzenden von Fremden in die Mangel genommen worden, und inzwischen hatte er Routine darin.

Phil führte sich mit einer Geschäftskarte ein, auf der seine Spezialität nicht weiter erwähnt war. Wortman versuchte es auf gut Glück. Mit einem breiten, zerknitterten Lächeln sagte er: »Ich weiß, wer Sie geschickt hat. Sie kommen von Charlene, stimmt's?«

Phil hatte seine Hausaufgaben gemacht, und so wußte

er, wer Charlene war. Wortman hatte eine von ihm getrennt lebende Frau, die auf einem Wohnwagenplatz in Abilene hauste. Es gab auch noch eine vierjährige Tochter, die er seit der Nacht nicht mehr gesehen hatte, in der ihn ihr kruppöser Husten und ihr endloses Geflenne so genervt hatten, daß er aus dem Haus gestürmt und nach Fort Worth getrampt war, wo er, wie die Polizei sagte, auf die Idee gekommen war, sich an seiner ersten Hausfrau zu vergehen und sie dann zu ermorden. Phil hatte einige der Theorien gelesen, mit denen man immer schnell bei der Hand ist: daß Wortman die Wut auf seine Frau oder vielleicht auch auf seine Mutter, wenn nicht gar auf seinen Teddy umgelenkt habe... Aber er beabsichtigte, Carl Wortmans Psyche außer acht zu lassen und sich auf den Zweck seines Besuches zu konzentrieren.

»Ich kenne Ihre Frau nicht«, sagte Phil. »Ich komme nicht in ihrem Auftrag. Wenn ich überhaupt im Namen eines anderen komme, dann höchstens in dem Ihrer kleinen Tochter. Ich fürchte, ich weiß den Namen nicht mehr.« Das stimmte zwar nicht, aber Phil schwebte ein kleiner Test vor.

»Sie heißt Rachel«, sagte Wortman. »Genauso wie meine Großmutter.« Wenn sich das kalte Leuchten in Wortmans Augen auch nur ein bißchen veränderte, so konnte Phil jedenfalls nichts davon wahrnehmen.

»Sie war erst zehn Monate alt, als Sie weggegangen sind. Haben Sie während all der Zeit jemals an sie gedacht? Sie vielleicht mal besucht?«

Wortman überraschte ihn mit einem bejahenden Nikken. Dann bat er Phil um eine Zigarette, aber Phil rauchte nicht. Ein Wärter kam aus dem Dunkeln und gab ihm eine. Der Service war gut hier.

»Ich bin mal durch Abilene gekommen«, sagte Wortman. »Ich war auch auf dem Wohnwagenplatz, aber ich hab Charlene dort nicht gesehen. Eigentlich wollte ich sie auch überhaupt nicht sehen. Jemand sagte mir, daß sie in einem Café arbeite. Rachel war in einer Kindertagesstätte. Da bin ich hingegangen. Die Kinder waren draußen, in einem Hof, der ganz von einem Maschendrahtzaun umgeben war. Ich hab sie sofort erkannt. Rachel gleicht mir mehr als Charlene. Ich in einem roten Kleidchen.« Er grinste und drückte seine nur halb gerauchte Zigarette aus. Phil sah das Loch in seinem Handrücken, und Wortman erklärte es ihm fast mit Stolz. »Sie hat das gemacht, Cleo, so hieß sie. Hat mir eine Schere da reingestoßen, mich an ihrem Couchtisch festgenagelt.« Er lachte leise, wie in liebevoller Erinnerung. Diese grausige Einzelheit hatte Phil zwar noch nicht gehört, aber der Name dieses Falles war ihm bekannt. Cleo Barnes, Hausfrau, Mutter zweier Kinder. Sie war Wortmans viertes oder fünftes Opfer gewesen. Das wievielte genau wußte er nicht mehr, und ebenso bezweifelte er, daß Wortman es wußte.

»Als die Polizei Sie festnahm«, sagte Phil, »in Abilene, im vergangenen April, hatten Sie da versucht, Ihre kleine Tochter wiederzusehen?«

Wortman zuckte mit den Achseln.

»Liegt Ihnen Rachel am Herzen? Interessiert es Sie, was mit ihr geschieht, wie sie aufwächst, ob sie zur Schule geht, genug zu essen hat?«

Jetzt, wo nicht mehr er selbst das Gesprächsthema war, begann Wortmans Umgänglichkeit merklich nachzulassen, und Phil beeilte sich mit seinen Ausführungen. »Was ich damit sagen will, ist, daß zu Ihnen noch sehr viel mehr gehört als die Sachen, die Sie getan haben, die Sie einfach tun mußten, stimmt's? Ganz egal, was die anderen sagen, Sie haben Gefühle. Sie wären niemals zu dieser Tagesstätte gegangen, wenn Ihnen Ihr kleines Mädchen nicht etwas bedeutete.«

»Na ja, schon. Genau«, sagte Wortman. Dann grinste er. »Hey, wissen Sie auch bestimmt, daß Sie ein Rechtsanwalt sind und kein Prediger? Neulich haben sie mir hier so einen untergejubelt, und dem hab ich gesagt, er soll gehen und die Sünder retten. Ich bin ja bloß ›geistesgestört‹.« Er zwinkerte Phil zu und lehnte sich zurück.

»Ich bin kein Prediger«, sagte Phil sanft. »Und ich bin auch kein Sozialarbeiter. Obwohl man sagen könnte, daß ich eine karitative Organisation vertrete, der das Wohlergehen von Kindern, wie Ihre Tochter Rachel eins ist, am Herzen liegt. Denn machen wir uns doch nichts vor, Carl, sie ist das Kind eines Opfers, genauso wie die Kinder von Cleo Barnes.«

Wortman wurde unruhig. Wörter wie »Wohlergehen« behagten ihm nicht. Aber der Name »Rachel« schien in der schwarzen Intensität seiner Augen einen Echoimpuls aufleuchten zu lassen, deshalb wiederholte ihn Phil noch ein paarmal. *Rachel* werde Hilfe brauchen, sagte er. *Rachel* werde Geld brauchen, eigenes Geld, nicht das seiner Frau.

»Verdammt richtig«, sagte Wortman dünnlippig. »Charlene wird keinen Finger für das Kind rühren, da kenne ich sie viel zu gut.«

»Dann hören Sie unser Angebot«, sagte Phil. »Hören Sie, wie wir Rachel gerne helfen würden.«

Bevor er weitersprach, blickte er zu dem Wärter in seiner dunklen Ecke des Vernehmungsraums hinüber. Der hatte die Arme verschränkt, daß sich alle Fäden seiner Uniform spannten. Sein Rücken schmiegte sich in die

Nische, seine Augen waren geschlossen, und sein Mund stand leicht offen. Wenn die Akustik besser gewesen wäre, hätte Phil, davon war er überzeugt, das leise Pfeifen seines flachen Atems gehört. Der Mann war im Stehen eingedöst, und Phils letzte Sorge hatte sich somit zerstreut.

»Das ist das Angebot«, sagte er. »Ein Treuhandfonds für die kleine Rachel. Ein hübsches, sicheres Vermögen auf der Bank von Abilene, so sicher, daß ihre Mutter nicht an einen einzigen Nickel rankommt. Es wird Rachel Wortman in steigenden Raten ausgezahlt, sagen wir, wenn sie fünfzehn, achtzehn, einundzwanzig wird. Genug, damit sie während ihrer Schulzeit versorgt ist. Ja, selbst aufs College könnte sie gehen, wenn sie wollte.«

»Wieviel?« fragte Wortman, und der Echoimpuls in seinen Augen wurde stärker. »Auf wieviel wird sich der Fonds belaufen?«

»Auf einhunderttausend Dollar«, sagte Phil langsam und deutlich. »Hundert Riesen, Carl. Wie viele Kinder kriegen so einen Start im Leben? Wie viele *Väter* können ihnen einen solchen Start ermöglichen?«

»Warum?« fragte Wortman mit verständlichem Mißtrauen in der Stimme. »Warum würden Sie das alles für sie tun? Und kommen Sie mir nicht mit diesem Wohltätigkeitsgesülze, das ist doch alles Kuhscheiße. Damit kenne ich mich aus.«

»Das will ich gerne glauben. Ich sehe doch gleich, ob sich ein Mann in der Welt auskennt, Carl. Also kommen wir gleich zum Wesentlichen. Nur noch eine Frage vorher. Kennen Sie das alte Sprichwort ›Man hängt keinen zweimal‹?«

Barry machte immer noch nicht die Tür auf, obwohl Phil schon dreimal lange geklingelt hatte, und Phil dachte, daß Barry möglicherweise entgegen seinen Anweisungen die Wohnung doch verlassen hatte. Als Barry schließlich öffnete, brachte er die Erklärung für die Verzögerung mit. Zwei Erklärungen. Die eine war der Frotteemantel, in den er sich gerade wickelte, die andere der Duft eines guten schottischen Whiskys. Phil erkannte seinen eigenen Bademantel und seinen eigenen Whisky, aber er beschwerte sich nicht. Einem Mann mit Barrys Problemen, der die vergangenen drei Stunden in vermutlich schier unerträglicher Anspannung verbracht hatte, durfte man wohl kaum das Recht auf ein heißes Bad und einen kalten Drink absprechen.

»Ich bin fast wahnsinnig geworden«, sagte er. »Alle fünf Minuten habe ich auf die Uhr gesehen. Ich hab sie mit in die Wanne genommen und zweimal ins Wasser fallen lassen. Jetzt werde ich ja sehen, ob sie wirklich wasserdicht ist, wie es heißt. Willst du was trinken? Sag nicht Glenlivet, das hier ist der letzte.«

»Setz dich«, sagte Phil. »Ich muß dir was erzählen.«

»Was Gutes, ich flehe dich an! Erzähl mir was, was ich hören möchte, Welly.«

Hier war er ebenfalls Welly. Er kannte Barry Lewin seit zwölf Jahren, hatte mit ihm an demselben unordentlichen Schreibtisch in der Staatsanwaltschaft gearbeitet, bis sich Barry aufs Verteidigen verlegt hatte. Er hatte einem Wirtschaftskriminellen zu einem netten Strafmaß verholfen und war schließlich zwei Jahre später in dessen Rechtsabteilung gelandet. Er hatte gutes Geld verdient, das schönste Mädchen geheiratet, das sie beide kannten, und war in ein hübsches Landhaus gezogen. Das Haus war zur

Zeit unbetretbar, weil es von der Presse belagert wurde. Deshalb hatte ihm Phil seine Stadtwohnung als Versteck angeboten.

Zunächst überprüfte Phil, ob ihn jemand hatte sprechen wollen. Vier schrille Anrufe von seiner Scheidungsklientin, zwei von seiner Sekretärin. Und eine mechanische Stimme, die ihm mitteilte, daß er möglicherweise in der Lotterie gewonnen haben könnte. Er stellte das Gerät ab und sah Barry an, der zusammengekauert in einem Ohrensessel saß. Seine Hände und seine nackten Füße sahen aus wie die eines Sechzehnjährigen, sein Gesicht glich dem eines alten Mannes. Vor zwölf Jahren war er mit seinem Wust goldblonder Locken der hübsche Junge des Büros gewesen, und dauernd waren irgendwelche Mädchen hereingeschneit gekommen. Jetzt schlängelten sich nur noch ein paar fisselige Haare über einer hohen, faltigen Stirn. Phil meinte: »Ich wollte dir nicht sagen, was ich vorhatte, ehe ich nicht wußte, ob es machbar sein würde. Ich bin immer noch nicht sicher, daß es klappt. Ich hoffe es, aber die Hoffnung bewahrt einen nicht immer vor dem Knast.« Er hielt inne. »Wo ich nämlich heute vormittag war.«

»Wo?« fragte Barry Lewin.

»Ich war im Untersuchungsgefängnis und habe dort einen Mann namens Carl Wortman besucht. Vielleicht sagt dir der Name nichts, aber du kennst den Fall. Der Hausfrauenwürger? Hat er sechs Frauen umgebracht oder zehn? Gibt es zwanzig noch nicht identifizierte Opfer? Schalten Sie nicht aus. Kurznachrichten zu jeder vollen Stunde. Filmbericht um elf.«

Er ging nachsehen, ob Barry die Wahrheit bezüglich des Glenlivet gesagt hatte. Hatte er. Phil nahm sich einen

Wodka mit Eis und ließ sich müde nieder. Sein Glas rührte er nicht mehr an.

»Ich habe Wortman ein Angebot gemacht«, sagte er. »Ich habe ihm gesagt, daß ich seiner Tochter einen Treu-handfonds im Wert von hunderttausend Dollar garantiere. Seine einzige Aufgabe bestehe darin, einem alten Sprich-wort zuzustimmen. Dem Sprichwort ›Man hängt keinen zweimal‹... Jetzt sieh mal zu, ob dir dein gigantischer Wall-Street-Verstand das übrige sagt.«

Barry brauchte bloß fünf Sekunden. Seine angespannten Züge wurden weicher, sein Unterkiefer fiel herab, seine blauen Augen rundeten sich.

»Tracey«, sagte er. »Du hast gesagt, er soll die Schuld auf sich nehmen... für das, was mit Tracey passiert ist.«

»Der Gedanke kam mir vor drei Wochen, als mir Joey Lopez verriet, daß Wortman in Texas geschnappt worden sei. Ich mußte die Sache natürlich erst durchchecken, die Logistik, meine ich. Welchen Weg Wortman genommen hatte, ob er zu der Zeit, als Tracey getötet wurde, in der Gegend hatte sein können. Laut Joey hat der Kerl nur ziemlich verschwommene Vorstellungen davon, wo er ge-wesen ist. Er ist in die Busse eingestiegen, so wie sie kamen, und hat sich einfach hierhin und dorthin treiben lassen. Das einzige, woran ihm lag, war das nächste Rendezvous mit irgendeiner grünen Witwe. Am liebsten hat er sie in der Küche umgebracht, wußtest du das? Er hat sie alle in die Küche gezerrt und über dem Spülbecken ermordet... Das war das einzige, was in Traceys Fall nicht paßte, aber ich glaube nicht, daß das ein kritischer Punkt ist.«

»Mein Gott«, flüsterte Barry. »Könnte das wirklich funktionieren, Welly?«

»Es könnte gehen«, sagte Phil. »Es könnte gerade gehen. Ich habe ihm ein paar Dinge erzählt, die er wissen muß. Über dein Haus, die Gegend, in der du wohnst, über Tracey. Wortman ist clever, ob du's glaubst oder nicht. Ein cleverer Verrückter. Hat in Abilene zwei Jahre lang Maschinenbau studiert, aber aufgehört, als er heiratete. Er wußte, wovon ich redete. Konnte sich an die Kleinigkeiten erinnern, die ich ihm genannt hatte. An deine halbfertige Garage, deine Erkerfenster, die Navajo-Teppiche, die Tracey sammelte... Ich hab ihm erzählt, wie Tracey aussah, von der silbernen Halskette mit den Türkisen, die sie immer trug – die Kette, mit der sie erwürgt wurde.«

Er blickte auf, um zu sehen, ob es Barry etwas ausmachte, aber dessen hingerissener Gesichtsausdruck hatte sich nicht verändert.

»Und hat er gesagt, er würde es tun? Er will wirklich den Mord an Tracey gestehen?«

»Ich hab ihm gesagt, daß es ihm egal sein könnte. Aber nicht seiner kleinen Tochter. Wenn sie nämlich herausfände, wie gut er für sie gesorgt habe. Sie würde dann in dem Gefühl aufwachsen, daß ihr Vater absolut riesig sei, ganz egal, was die anderen sagten.«

»Wann werden wir es wissen?« fragte Barry. »Wann werden wir es feststellen? Sie sitzen mir im Nacken, Welly. Da ist ein Bulle von der Mordkommission, Riggs heißt er, der mich noch von früher kennt. Der träumt davon, mich mit dem Arsch an den elektrischen Stuhl zu nageln.«

»Wir werden es erst wissen, wenn Wortman beschließt, es uns wissen zu lassen. Wenn wir es in der Zeitung lesen oder in den Sechs-Uhr-Nachrichten hören.«

Er sah Barry auf seine Uhr blicken. Es war halb sechs.

In den Fernsehnachrichten an jenem Abend wurde nichts erwähnt, weder um sechs noch um elf, und in der Mitternachtsausgabe der Zeitung stand auch nichts. Es blieb still um Wortman bis zum folgenden Abend, als die *Post* einen Bericht auf der dritten Seite mit folgender Schlagzeile brachte:

HAUSFRAUENMÖRDER NENNT DREI WEITERE OPFER

Das erste war die Frau eines Versicherungsmaklers, die sich bei einem Haushaltsunfall, das heißt beim Ausgleiten auf den Terrazzofliesen ihrer Küche, den Hals gebrochen hatte. Das hatte man jedenfalls – irrtümlicherweise – angenommen. Das zweite war eine Frau in Boise, Idaho, bei der man gemeint hatte, ein Sexualverbrechen ausschließen zu können, da sie beleibt und achtundsechzig gewesen war. Das dritte Opfer hatte er als schlank, hübsch und dunkeläugig wie eine Indianerin beschrieben. Das ganze Haus sei voller indianischer Teppiche gewesen. Er habe sie mit ihrer eigenen Halskette erwürgt. Seine Beschreibung war ausgezeichnet. Es sei die Art von Schmuck gewesen, die er in der Gegend von Santa Fe und Albuquerque zum Verkauf angeboten gesehen habe ... Er erinnerte sich sogar noch daran, daß er sie im Wohnzimmer getötet und sie sich so heftig gewehrt hatte, daß er sie weder hatte vergewaltigen noch über der Spüle erwürgen können ... Die *Post* zögerte nicht, die richtige Schlußfolgerung zu ziehen. Das dritte Opfer war von hier. Es war Tracey Jean Lewin, 200 Roylston Road, Allenville.

Barry kehrte am nächsten Morgen in die Roylston Road zurück, aber Phil rief ihn vorher erst an, ehe er abends hinausfuhr, da er annahm, daß Barry Besuch hatte. So war es auch. Riggs war sogar selbst da gewesen, um ihn über Carl Wortman zu befragen, und Barry berichtete schadenfroh, daß Riggs rücksichtsvoll, ja reumütig gewesen sei. Die Presse sei natürlich auch aufgetaucht, aber er hatte sich, Phils Rat befolgend, auf sein »Kein-Kommentar«-Recht berufen. Die Erleichterung in Barrys Stimme ließ ihn zehn Jahre jünger klingen.

Phil kam abends um zehn. Barry hatte trübe Augen, aber er sah entspannt aus. Er war nicht betrunken, wie Phil es fast erwartet hatte, nur angenehm beschwipst. Der Fernseher lief, und eine Situationskomödie bedachte sich selbst mit häufigen Lachern. Phil empfand die Geräusche in diesem Zimmer als schamlos, aber er sagte nichts.

»Ich kann es immer noch nicht glauben!« rief Barry. »Daß es vorbei ist, daß es wirklich vorbei ist. Zwei Monate lang – ja, fast drei, nicht? – konnte ich nur an eins denken: Ich stehe im Gerichtssaal und bin diesmal der Angeklagte – ich der Angeklagte! Es war ein Alptraum, Welly! Früher, als ich noch im Strafrecht war, habe ich manchmal so was geträumt. Daß ich dasitze und mich jemand anderes verteidigt. Und genau das wäre ja auch eingetreten, wenn du nicht gewesen wärst...«

Einen Augenblick lang befürchtete Phil, er müsse eine rührselige Umarmung über sich ergehen lassen, aber dann entwischte er dieser drohenden Gebärde und ging zur Bar. Glenlivet gab es nicht, aber eine Flasche mittelprächtigen Scotch, die zu einem Drittel leer war. Er goß sich ein Glas voll ein und ließ ein paar Eiswürfel hineinfallen. Er sah zu, wie sie in der bernsteinfarbenen Flüssigkeit wieder auftauchten und sagte, ohne seinen Blick von ihnen zu wenden:

»So, jetzt lös dein Versprechen ein und erzähl mir, wie es wirklich war. Alles, von Anfang an.«

Er drehte sich nicht um, auch nicht, als Barry still blieb. Dann hörte er das Klicken, mit dem die Fernbedienung den Fernseher ausschaltete. Das Gelächter erstarb, und Barry sagte:

»Was ich dir gleich zu Anfang erzählt habe, war die Wahrheit, Welly. Ich wollte Tracey nicht töten, Gott sei mein Zeuge! Das wäre das letzte gewesen, woran ich an jenem Abend gedacht hätte.«

»Nachmittag«, sagte Phil. »Es ist am Nachmittag passiert, oder?«

»Ja, das ist richtig. Es war an einem Mittwochnachmittag. Ich war in meinem Büro. Es war gegen halb drei. Ich war gerade mit Nat Seely, dem stellvertretenden Direktor, beim Mittagessen gewesen. Schluckt ganz schön was weg, der Nat. Drei Gibsons vor dem Essen, und ich habe immer mitgehalten, er ist beleidigt, wenn man das nicht tut. Ich war ziemlich knülle, aber das war mir auch egal. Die halbe Zeit hatte ich sowieso nichts zu tun. Das war schlecht für mich, denn so blieb mir ziemlich viel Zeit zum Nachdenken. Und das einzige, worüber ich nachdachte, war Tracey. Das war das einzige, woran ich überhaupt noch denken konnte: Tracey und diese verdammten weißen Rosen.«

»Weiße Rosen?« wiederholte Phil.

»Du erinnerst dich doch noch an Donny Donovans Büro, nicht? Als Tracey seine Sekretärin war? Jeden Morgen standen Blumen auf seinem Schreibtisch. Tracey brachte diese Blumen mit, kaufte sie von ihrem eigenen Geld. Ich weiß, daß alle sie für einen zähen kleinen Brokken gehalten haben, weil sie immer versuchte, so wie die Männer zu sein. Aber sie war wie ein harter Bonbon mit einer weichen Füllung. Vielleicht lag darin das Problem.

Vielleicht habe ich nie aufgehört, in Tracey die starke, selbstsichere Frau zu sehen. Ich dachte immer, sie würde mit allem fertig. Wenn ich abends manchmal nicht nach Hause kam, wenn ich häufig wegfuhr... Tracey würde das verstehen. Ich konnte sie mir nicht als ›vernachlässigte Ehefrau‹ vorstellen, als eines dieser weinerlichen Wesen, die sich immer nur beklagen. Selbst als sie ihr Baby verloren hat, ist sie nicht mit einer Jammermiene rumgelaufen, als ob jetzt ihr Leben zu Ende wäre. Ja, wir hatten damals öfter Krach, weil sie ein Kind adoptieren wollte und ich damit überhaupt nicht einverstanden war – man weiß ja nie, was diese verdammte Erbmasse für einen bereithält. Ach ja, die Rosen.«

Er griff nach seinem Glas.

»Wie ich das mit den Blumen in Donnys Büro rausgefunden habe... Ich war eines Morgens auf dem Weg zur Arbeit, als ich Tracey aus einem Blumenladen kommen sah. Ich fragte sie, wie sie einen so nüchternen Burschen wie Donny dazu gebracht habe, Geld für Blumen auszugeben, und sie war so überrumpelt, daß sie mir erzählte, wie es wirklich war. Sie bat mich, es niemandem im Büro weiterzuerzählen, und ich versprach es ihr. Jetzt hatten wir beide ein Geheimnis miteinander. Ein paar Tage später gingen wir zusammen aus, und es war wahnsinnig. Ich war völlig verrückt nach ihr. Am nächsten Tag schickte ich ihr ein Dutzend rote Rosen, und als ich sie fragte, ob sie ihr gefielen, sagte sie: ›Das nächste Mal schenk mir weiße.‹«

»Und? Hast du?« fragte Phil.

»Nein«, entgegnete Barry. »Um ehrlich zu sein, ich hab Tracey nie wieder Blumen geschickt. Ich weiß auch nicht, warum. Ich hab einfach nicht dran gedacht. Ich meine, drei Wochen, nachdem wir uns das erste Mal getroffen hatten, beschlossen wir zu heiraten. Und dann kriegte ich diesen Job in Chicago angeboten, und das ganze Theater mit dem Umzug begann. Dann kam der Fall Loomis und mein neuer Job und die Geschichte mit dem Baby und alles andere ...«

Phil betrachtete noch immer seine Eiswürfel.

»Vielleicht merkt es ja niemand so richtig, wenn seine Ehe anfängt, in die Brüche zu gehen«, sagte Barry. »Nicht, bis es zu spät ist, etwas dagegen zu unternehmen. Bloß frag mich nicht, was ich hätte tun können, Welly. Ich war ja immer noch verrückt nach Tracey, ich habe nie aufgehört, verrückt nach ihr zu sein. Wenn ich geglaubt hätte, ein Blumenstrauß könnte die Dinge für uns ändern, dann hätte ich ihr die Blumen lastwagenweise geschickt ...«

Zum ersten Mal setzte sich Barry hin. Er umklammerte sein Glas mit beiden Händen.

»Ich weiß nicht, wann ich auf die Idee gekommen bin, daß ein anderer Mann im Spiel sein könnte. Jedenfalls war es nicht wegen der Rose, da bin ich ganz sicher ... der weißen Rose in einer schmalen Vase neben Traceys Bett. Es war nichts Ungewöhnliches, daß Tracey Blumen im Haus hatte.«

Er schien darauf zu warten, daß Phil ihm eine Frage stellte, aber Phil blieb stumm.

»Eines Tages«, sagte Barry, »war ich am Flughafen, weil ich zu einer Besprechung nach L.A. mußte, und stellte fest, daß ich alle meine Unterlagen auf meinem Schreibtisch hatte liegen lassen. Nun hätte ich ja Tracey anrufen und sie bitten können, mir die Papiere durch einen Boten hinauszuschicken, aber irgend etwas bewog mich, nach Hause zu fahren. Ohne vorher anzurufen. Ich kann meine Empfindungen nicht erklären, sie hatten fast etwas Perverses an sich. Es war, als ob ich hoffte, jemanden bei Tracey zu finden. Diese ewigen Zweifel hatten mich so mürbe gemacht, daß ich Gewißheit haben wollte. Und ich bekam sie.«

»Du hast den Mann gesehen?«

»Nein«, sagte Barry. »Ich habe die Rosen gesehen.

Tracey war nicht zu Hause, als ich eintraf. Sie machte manchmal Vertretungen in der Schule bei uns. Bevor sie gegangen war, hatte sie die Post hereingeholt. Briefe, Postwurfsendungen, Rechnungen – und die weißen Rosen. Ein halbes Dutzend, in weißes Papier gewickelt. Der zartgrau aufgedruckte Name des Blumengeschäfts war gerade noch auszumachen: *Reiner Brothers.* Das Blumengeschäft in unserer Nähe heißt *Evergreen.* Bei den Blumen war keine Anschrift, keine Karte, also mußten sie persönlich abgegeben worden sein.

Als ich am nächsten Tag aus L.A. zurückkam, standen die weißen Rosen in einer kleinen Vase auf dem Couchtisch. Ich schaffte es sogar, eine beiläufige Frage zu stellen. Ich sagte, ich hätte gar nicht gewußt, daß es um diese Jahreszeit noch Rosen gebe, und fragte, ob *Evergreen* sie von einem Treibhaus beziehe oder dergleichen. Sie erwiderte, ja, ja, so sei es. Die Art, wie sie antwortete, Welly, die Art, wie sie wegblickte, sagte mir alles. Alles, was ich wissen mußte. Alles, was ich wissen wollte.

Während der folgenden paar Tage verwelkten die Rosen und wurden unansehnlich, und Tracey warf sie fort.

Den Tag darauf ging ich zu *Reiner Brothers* – sie haben ihr Geschäft in der Stadt – und kaufte ein halbes Dutzend weiße Rosen. Ich fuhr mit einem früheren Zug nach Hause, und als ich Tracey den Strauß gab, wurde ihr Gesicht so weiß wie die Blumen. Ich sagte: ›Was ist los?

Du hast doch mal gesagt, ich soll dir weiße Rosen schenken. Oder bin ich der falsche Botenjunge?‹ Ich glaubte, sie würde ohnmächtig werden, aber sie tat etwas Schlimmeres. Sie stand hochaufgerichtet da und machte ein Gesicht wie früher im Büro, wenn irgend etwas nicht richtig lief. Du kennst dieses Gesicht ja auch, Welly ... ihre Augen werden dann schwarz und steinern, Todesstrahlen-Augen haben wir sie immer genannt.

Und sie sagte: ›Du hast recht, Barry. Dazu ist es jetzt zu spät, und du bist der falsche Botenjunge. Der richtige ist überhaupt kein Junge, sondern ein *Mann*.‹

Da habe ich zugeschlagen, Welly. Nur ein einziges Mal. Ich schwöre dir, es war nur dieses eine Mal. Aber mit aller Kraft. Das letzte Mal habe ich meine Faust so benutzt, als ich fünfzehn war und auf dem Schulhof in eine Prügelei hineingeriet. Zuerst war es richtig schön, befriedigend. Die ganze Wut, die in mir aufgestiegen war, lag in diesem Faustschlag. Aber ich wußte, daß er zu heftig gewesen war, als mir die Hand anfing weh zu tun, als ich Tracey auf dem Boden liegen sah und die komische Art, in der ihr Kopf verdreht war. Ich weiß nicht, ob sie im Fallen irgendwo mit dem Kopf aufgeschlagen ist, vielleicht an der Ecke des Couchtischs. Ich versuchte, sie an den Schultern aufzurichten, und das war vielleicht ein weiterer Fehler. Ich konnte ihre Halswirbel knirschen hören. Es war grauenhaft.

Ich rannte aus dem Haus. Ich hatte zu große Angst, um dort zu bleiben. Ich fuhr zum Bahnhof zurück, ohne über den Plan nachzudenken, der sich bereits in meinem Kopf herausbildete. Ich mußte auf den Zug warten, den Zug, mit dem ich normalerweise fuhr. Wenn er hielt, mußte ich so tun, als ob ich gerade ausgestiegen wäre, Bekannte grüßen, Nachbarn ... Mit ihnen zum Parkplatz gehen, so, als wäre ich überhaupt nicht zu Hause gewesen ...

Das habe ich dann auch getan, aber du weißt ja, wie es weiterging. Die Bullen verdächtigen den Ehemann immer als ersten, liegt ja auch nahe. Riggs erkundigte sich bei den Leuten sogar wegen des Zuges, wollte rausfinden, ob ich möglicherweise genau das getan hatte, was ich getan hatte ... Es war nur noch eine Frage der Zeit, das wissen wir beide. Aber dann bist du gekommen und hast mir geholfen. Was du für mich getan hast, das war einfach riesig ... Ich habe nie gewußt, was für einen Freund ich in dir hatte, Welly. Jetzt sag mir, was ich für dich tun kann.«

Phil nahm zum erstenmal einen Schluck aus seinem Glas, einen beträchtlichen Schluck. Dann setzte er es ab.

»Du kannst mir einen Scheck ausstellen. Zwei Schecks, genaugenommen. Einen über hunderttausend, den anderen über fünfhundert. Der erste ist für den Treuhandfonds des kleinen Mädchens, der zweite ist mein Honorar.«

»Das ist nicht genug, bei weitem nicht!«

»Es deckt meine Unkosten.«

»Warum tust du das alles, Welly? Warum nur?«

»Ich hielt es für meine Pflicht«, sagte Phil. »Wenn ich darüber nachdenke ... gib mir die fünfhundert in bar. Es ist besser, wenn es keinen Beleg für irgendwelche Transaktionen zwischen uns gibt.«

Barry schrieb den Scheck aus und hatte auch soviel Bargeld im Haus – und ein paar Minuten später verließ ihn Phil. Er fuhr nach Hause und grübelte darüber nach, wie man den anonymen Fonds für Rachel Wortman am besten einrichten konnte. Am nächsten Morgen hielt er bei *Reiner Brothers* und kaufte ein halbes Dutzend weiße Rosen für Traceys Grab.

Zum Fressen gern

Diese arme, unglückliche Idiotin!« sagte Leonie mit einem theatralischen Seufzer und reichte ihrem Mann den prallen Briefumschlag.

Robby warf einen Blick auf das mit Fettflecken verzierte, blau linierte Schreibpapier und wußte, daß der Brief von Pressi kam, der größten Verehrerin des Stars und Präsidentin des Fanklubs. Sie war ein schwärmerisches junges Ding, das Leonie anschmachtete, buntkarierte Röcke trug, die immer verdreht waren, und niemals imstande zu sein schien, seinen offenen, hungrigen Mund zuzumachen. Junges Ding? Quatsch! Pressi mußte inzwischen Ende zwanzig sein, überlegte Robby. Hatte nicht diese ganze widerliche Liebe in dem Jahr angefangen, in dem Leonie für MGM »Ein Lied auf dem Regenbogen« gemacht hatte? Er fragte Leonie, und sie, die noch nicht einmal ihre eigene Telefonnummer behalten konnte, hatte augenblicklich Ort und Zeit parat.

»Neunzehnhundertzweiundsechzig«, sagte sie. »Damals, als ich im alten Roxy als Gast aufgetreten bin. Da war sie mindestens schon vierzehn, du kannst es dir also selbst ausrechnen.«

Angewidert nahm Robby die verschmierten Seiten zur Hand. Wenigstens war Pressis große, runde Handschrift lesbar – das Resultat verbissener Konzentration, mit in den Mundwinkel geklemmter Zunge und vor Anstrengung hervorquellenden Basedow-Augen. Beinahe gegen seinen Willen fing er an, den Brief zu lesen.

Liebe Leonie,

ich bin so unglücklich ich mußte Ihnen meiner besten Freundin einfach schreiben. Ich habe in meinem Tagebuch nachgesehen und gefunden das es jetzt dreizehn Jahre sind das ich Presidentin des Leonie Henderson Fanklubs bin und es ist noch nicht einmal weil Sie vergessen haben mir deswegen einen Brief zu schreiben wie Sie das sonst immer getan haben. Was mich wirklich schafft ist mein Bruder Arnold der der voriges Jahr geheiratet hat. Ich habe Ihnen ja erzählt wie Arnold immer auf mir rumhackt wegen dem Klub und weil ich die »Pressi« bin wie Sie sagen aber weil ich vorige Woche Geburtstag hatte und dreißig geworden bin hat er es besonders schlimm getrieben. Er kam mit seiner eingebildeten Frau zu Besuch und hat mich wegen allem fertiggemacht. Ich habe so schrecklich geweint das sogar Francis gesagt hat er soll aufhören damit auch wenn ich mich für ihr Mitgefühl bedanke nach dem was sie über Sie gesagt hat, ich habe Ihnen das ja in meinem letzten Brief geschrieben wie sie Sie eine na Sie wissen schon genannt hat. Arnold hats mir wirklich gegeben, Sie hätten mal seine Ausdrücke hören sollen. Er hat gesagt das ich wegen Ihnen mein ganzes Leben vergäude und das ich viel zu alt bin um mich so zu benehmen und er hat noch viel schlimmere Sachen gesagt die ich in einem anständigen Brief gar nicht wiederholen kann. Ich meine wie kann man so jemand klar machen was für eine wundervolle Sache es ist jemand wie Sie wirklich zur Freundin zu haben, und wegen meinem Geburtstag habe ich es nicht so gemeint, Leonie, denn ich weiß genau Sie werdens wieder so machen wie letztes Jahr als sie die süße Karte geschickt haben wo das niedliche kleine Mädchen hinter der Postkutsche hersieht und sagt: »Auweh, ich habe Deinen Geburtstag verpaßt!« Natürlich habe ich alle Ihre Karten und Briefe in meinem Album. Habe ich Ihnen schon erzählt das ich in diesem Monat ein neues angefangen habe? Ich habe alle Bilder aus dem »Fernsehspiegel« reingeklebt wo über Sie in der neuen Serie Heloise berichtet wird. Wirklich ein Jammer, es ist wirklich sehr dumm von dem Sponsor das er die Serie eingestellt hat. Ich habe ihm einen Brief geschrieben und ihm gesagt das ich seine Produkte beukotieren würde und alle meine Freunde aufrufen würde daselbe zu tun. Als zum ersten mal bekannt wurde das die Serie vielleicht nicht weitergehen würde habe ich ungefähr fünfzig Briefe unter verschiedenen Namen geschrieben mit verstellter Handschrift, aber ich nehme an das war noch nicht genug. Leonie, wie kann ich so jemand wie meinem Bruder erklären wie wundervoll es ist Ihre »Pressi« zu sein, wie weg ich war als ich Sie zum ersten mal im Roxy sah und Sie kennengelernt habe als der Fotograf das Bild gemacht hat »Leonie und eine glühende Verehrerin«, das Foto habe ich immer noch, es ist mein Lieblingsbild neben dem anderen wo ich Ihnen die Plackette vom Fanklub überreiche. Und wie ich dann ins Studio durfte und zusehen wie Sie die »Matrosen zu Pferd« gedreht haben und wie ich John Wayne kennengelernt habe und Sie die Szene gespielt haben wie Sie in den Dreck fallen, ich dachte ich komm um vor lachen, ich habe nie verstanden warum sie nicht im Film vorkam als ich ihn im Kino gesehen habe.

Und wie Sie diese Fernsehsendung gemacht haben und mich im Studio gesehen und mir zugewinkt und »Hallo Pressi« gesagt haben und das war mir alles Wert, Leonie, wie Sie mir zugewinkt und mich »Pressi« genannt haben, aber Arnold sagt Sie tun das bloß weil Sie sich nicht merken können das mein richtiger Name Louise ist. Er hat keine Ahnung was ein Spitzname ist und das Leute einen kleinen Scherz miteinander teilen können. Er hat natürlich nie vergessen wie ich einmal von zu Hause weggelaufen bin um Sie in diesem Stück auf der Bühne zu sehen, als ich kein Geld hatte und in Schwierigkeiten geraten bin. Er kann einfach nicht verstehen was es für mich bedeutet Ihnen zu schreiben und Sie zu sehen und etwas für Sie zu tun wie Briefe an die Sender und die Sponsoren und die Zeitschriften zu schicken. Wie im vorigen Monat wo ich die Frage gestellt habe die im TV-Führer abgedruckt worden ist: »Wird Leonie Henderson in diesem Jahr in einer neuen Fernsehserie spielen? Sie ist das Beste im Fernsehen.« Und als Antwort haben sie geschrieben: »Leonie plant mehrere TV-Filme für diese Spielzeit.« Und dann schreibe ich unter verschiedenen Namen an die Film und Fernsehzeitschriften und fordere die Leute auf Mitglied im Fanklub zu werden, aber das wollen sie nicht, für sie kommen immer nur Rocksänger und sowas in Frage. Ehrlich ich versteh die jungen Leute von heute nicht. Wenn die doch bloß wüßten wie wunderbar Sie sind, Leonie, ich wünschte bloß ich könnte es denen klarmachen wenn ich doch bloß mehr für Sie tun könnte, bloß was kann ich noch tun? Bitte, Leonie, bitte erlauben Sies mir, es ist einfach nicht genug, ich liege manchmal

*nachts wach und weine und grübele darüber nach und
frage mich was ich noch für Sie tun sollte. Die Briefe
und das alles das ist bloß Kinderkram das weiß ich
auch, ich bin dreißig Jahre alt, da muß es doch mehr
geben als das. Bitte, Leonie, wenn ich doch bloß kommen dürfte und mit Ihnen reden, vielleicht könnten
Sie mir dann sagen was ich tun soll. Bitte erlauben Sie
das ich Sie besuche.*

Ihre Ihnen zutiefst ergebene
»Pressi«

Robby las den Brief bis zu Ende und fragte Leonie, ob sie
beabsichtige, Pressi zu sehen.

»Ja, warum nicht?« Leonie zuckte mit den Achseln.
»Mir tut die arme Kuh leid, deshalb habe ich sie angerufen.
Sie kommt heute nachmittag her.«

»Oha«, sagte Robby. »Danke für die Warnung.«

Ein paar Minuten später verließ er die Wohnung, und
Leonie war nicht böse drum. Sie duschte schnell und zog
sich um. Sie war gerade in ein kurzärmeliges Hemdblusen-
kleid geschlüpft, als es klingelte.

Sie ging, um Pressi hereinzulassen, und versuchte, ein
Lächeln auf ihr Gesicht zu bannen, ehe sie die Tür aufmachte.

Als Leonie die Präsidentin ihres Fanklubs erblickte, war
ihr einziger Gedanke: »Mein Gott, sie ist wirklich so alt!«
Sie war so sehr mit Gedanken an das Verstreichen der Zeit
beschäftigt, daß sie Pressis offenen Mund kaum wahr-
nahm, der endlos nach Atem rang, nicht die kugelrunden
Augen, die immer auf der Hut waren und doch immer
nach Sympathie Ausschau hielten, nicht die teigigen

Hände mit den geröteten Knöcheln, den schlecht sitzenden Rock oder das krause, schwarze Haar, das in alle vier Himmelsrichtungen gekämmt war. Pressi war ein unschönes Geschöpf, aber Leonie legte ihr den Arm um die Schultern und drückte sie an sich.

»Pressi«, wollte sie sagen, änderte es aber in »Louise! Wie wunderbar, Sie wiederzusehen!« um.

Sie führte Pressi zum Sofa und setzte sich neben sie. Bei aller wortreichen Langatmigkeit ihrer Briefe verfiel Pressi gewöhnlich in Schweigen, wenn man ihr gegenübersaß, aber diesmal war es anders. Ihre feuchten Augen wurden noch feuchter, und sie schluchzte hervor: »O Leonie, ich bin ja so glücklich, daß ich Sie besuchen darf! Sie sind so gut zu mir!«

»Trinken wir einen Kaffee«, sagte Leonie. »Und dann erzählen Sie mir, was Sie alles gemacht haben.«

»Ich habe ja eben nichts gemacht!« rief Pressi. »Das ist es doch gerade! Leonie, ich muß einfach etwas für Sie tun ... einfach noch mehr ...«

»Sie haben bereits eine Menge getan.«

»Nein!« sagte Pressi wild. »Nein, Leonie, nein! Es muß noch mehr geben. Das kann einfach noch nicht alles sein! Das kann nicht sein!«

Sie ergriff plötzlich Leonies Hand.

»Lassen Sie mich Ihre Hand küssen!« sagte sie. »Ach, bitte! Lassen Sie mich Ihre Hand küssen!«

Leonie stammelte irgend etwas, zog aber ihre Hand nicht zurück. Für Pressi war das Erlaubnis genug. Sie bedeckte Leonies Handfläche mit ihrem nassen Mund und küßte sie geräuschvoll. Dann drehte sie die Hand um und küßte die Knöchel; drehte sie wieder um, und ihre Lippen schlossen sich über dem fleischigen Teil unter dem Daumen. Leonie fühlte ihre kleinen, scharfen Zähne und bemerkte mit Entsetzen, wie sie zubissen, und zwar so fest, daß sie vor Schmerz aufschrie.

»Louise!« stöhnte sie. »Pressi! Lassen Sie das!«

Pressi antwortete nicht, sondern ergriff Leonies Ellbogen, so als wolle sie verhindern, daß die Hand ihren Zähnen entglitt. Sie wimmerte wie ein kleiner Hund, und Leonie wußte, daß es sich um eine irgendwie krankhafte Zurschaustellung ihrer Zuneigung handelte. Aber der Schmerz war so heftig, daß ihr alles vor den Augen verschwamm und sie sich einer Ohnmacht nahe fühlte.

Dann hörte sie Pressi knurren. Es war kein wütendes Knurren, einfach nur ein Knurren, und einen Augenblick lang verließen die kleinen Zähne ihr Fleisch, nur um zurückzukehren, fester zuzubeißen, wilder. Leonie kreischte und schlug nach Pressis runden Schultern, nach dem Kopf, der beinahe anbetend über sie geneigt war. Dann jedoch, als sie die unglaublichen Laute aus dem schauerlichen Mund hörte, den fetzenden, reißenden Schmerz fühlte, das Grauen, da gab sie sich geschlagen und verlor das Bewußtsein. Aber sie hatte Glück. Robby hatte vergessen, daß es allmählich Winter wurde, und war ohne Mantel fortgegangen. Nun kam er zurück, um ihn zu holen. Als er die Wohnung betrat, hatte Pressi erst ein kleines Stück von Leonies Arm gefressen, in der Mitte zwischen Handgelenk und Ellbogen. Als er in der Tür stand und Pressi vom Teppich her zu ihm aufblickte, glaubte er im ersten Augenblick, daß ihr offener, hungriger Mund nur von Lippenstift verschmiert sei.

Späte Entdeckung

Heute morgen habe ich eine Nonne beleidigt«, teilte Penny Dr. Winterichs Sprechzimmerdecke mit. Dann stieß sie ihr Lachen aus, dieses scharfe, trockene Lachen, bei dem der Arzt jedesmal die Spitze seines Kugelschreibers in seinen Notizblock bohrte. »Ob es wohl Unglück bringt, wenn man eine Nonne beleidigt?«

Er wartete auf Einzelheiten. Winterich war ein strikter Freudianer und hielt folglich die freie Assoziation heilig. Schließlich erfuhr er, daß die Nonne Geld für irgendeinen wohltätigen Zweck gesammelt hatte und daß Penny, verstimmt, wie sie zur Zeit war, ihr buchstäblich die Tür vor der Nase zugeknallt hatte. Der Arzt kritzelte als Randbemerkung »Wutausbr. immer häuf.«.

Penny war sich ihrer zunehmenden Gereiztheit durchaus bewußt und hatte auch keine Schwierigkeiten, den Grund dafür zu benennen.

»Und warum sollte ich nicht sauer sein?« fragte sie. »Diese verdammte Kreuzfahrt dauert schließlich *acht Wochen!* Mike ist noch nie länger als drei oder vier weg gewesen. Er hat mir selbst gesagt, daß er die langen Touren haßt. Die Passagiere sind so viel mühsamer...«

»Wie das?« fragte Winterich, jetzt wirklich neugierig.

»Weil sie älter sind. Zum Teil uralt. Nur ältere Menschen haben die Zeit und das Geld für so lange Kreuzfahrten. Wußten Sie, daß tatsächlich *Särge* an Bord sind? Sie werden im Laderaum aufbewahrt, für alle Fälle, falls jemand unterwegs stirbt. Ist das nicht gruselig?«

»Ist er schon fort?«

»Nein, das Schiff läuft heute abend aus.« Sie kicherte plötzlich. »Vielleicht sollte ich tun, was ich das letzte Mal gemacht habe. Bei der Südpazifik-Kreuzfahrt.« Sie wandte den Kopf, aber Winterich setzte sich immer so, daß sie ihn nicht im Blickfeld hatte.

»Was haben Sie da gemacht?«

»Ich dachte, das wüßten Sie.« Dann fiel ihr ein, daß sie zu diesem Zeitpunkt bei Mamie Vogel in Behandlung gewesen war. Offensichtlich hatte diese ihre Aufzeichnungen nicht an Winterich weitergegeben, als sie, Penny, den Therapeuten gewechselt hatte. »Ich habe seine Uniform zerschnitten, mit einer Schere. Natürlich war das absolut kindisch.« Aber sie lächelte, als sie daran dachte. Mikes Gesicht kam von der Zimmerdecke herabgeschwebt. Es trug einen Ausdruck von Wut und Verdrießlichkeit.

»Und was geschah dann?«

»Er hat sein Schiff verpaßt. Er mußte sich eine neue Zahlmeisteruniform machen lassen. Er ist dann zu den Fidschi-Inseln runtergeflogen und dort an Bord gegangen. Natürlich hatten wir einen Riesenkrach deswegen. Aber mit einem Seemann verheiratet zu sein hat eben auch sein Gutes... er ist immer so lange weg, daß sich unsere Gemüter wieder beruhigen können.«

»Und Ihre Gemütslage im Augenblick?«

Penny war amüsiert. Winterich wurde ja richtig geschwätzig.

»Ich bin froh, daß er fährt. Ehrlich. Ich denke darüber nach, seit er es mir gesagt hat. Acht Wochen! Das ist einfach phantastisch! Ich werde die ganze Wohnung renovieren lassen. Meine Freundin Nan fährt für einen

Monat nach Europa, da kann ich während der schlimmsten Zeit bei ihr wohnen... Vielleicht lasse ich sogar die Polstermöbel aufarbeiten. Ich weiß schon, was Sie fragen wollen. Ob Mike ahnt, daß ich soviel Geld ausgeben will? Nein, es soll eine lustige Überraschung für ihn sein, wenn er zurückkommt.«

Zu ihrer Enttäuschung sagte Winterich gar nichts.

»Finden Sie, daß das nicht richtig ist? Daß ich bloß boshaft bin? Ach ja, ich weiß. Sie enthalten sich jeden Urteils. Das ist mir durchaus recht. Ich bin ja von der Dr. Vogel weggegangen, weil sie zu oft ihre Meinung gesagt hat.«

»War das wirklich der Grund?«

»Was wollen Sie damit sagen?«

»Dr. Vogel gab mir zu verstehen, daß es mit Ihnen beiden irgendwie nicht weitergehen wollte. Daß Sie sich weigerten, eine bestimmte Brücke zu überqueren.«

»Also hat sie Ihnen ihre Aufzeichnungen *doch* übergeben!«

»Wir haben uns kurz beraten«, sagte Winterich leichthin. »Es war durchaus in Ihrem Interesse. Sie ist offensichtlich der Meinung, daß Sie Ihre Therapie abgebrochen haben, als im Gespräch ein bestimmtes Thema auftauchte – ein Mann namens Gordon.«

Penny versuchte angestrengt, nicht auf Winterichs Vorstoß zu reagieren, und lag absolut still. Aber dieser Akt der Selbstbeherrschung war in sich verräterisch. Sie warf einen schnellen Blick auf ihre Uhr und setzte sich auf.

»Ich weiß, daß wir noch zehn Minuten haben«, sagte sie. »Aber ich möchte zu Hause sein, bevor Mike geht.« Sie versuchte, Winterich verschmitzt zuzuzwinkern. »Ich muß ihm doch eine gute Reise wünschen, nicht wahr?«

Als sie auf dem Parkplatz hinter Winterichs Haus ankam, war an die Stelle des Zwinkerns ein lästiges Zucken des linken Auges getreten, ein so vertrautes Symptom, daß sie es einfach ignorierte. Aber das Zittern ihrer Hände auf dem Lenkrad konnte sie nicht ignorieren. Sie bemühte sich, es zu unterdrücken, indem sie das Lenkrad fester umklammerte, aber umsonst. So beschloß sie, ruhig sitzen zu bleiben und zu warten, bis es vorbeiging, bis sie sich wieder unter Kontrolle hatte. »Kontrolle« war ein wichtiges Wort für Penny – vielleicht weil sie immer auf ihrem schmalen Grat entlangbalancierte und in ein strudelndes Chaos hinabblickte.

Warum hatte er auch Gordon erwähnen müssen?

Sie lehnte sich zurück und schloß die Augen in der Erwartung, daß die Erinnerung ein fotografisch getreues Bild von Gordon Cates entstehen lassen würde. Aber sie sah nur Dunkelheit. Sie würde das Gesicht selbst bilden müssen, Zug für Zug. Die tiefliegenden, meergrünen Augen. Die aristokratische Nase. Den schmallippigen, breiten Mund, das schiefe kleine Lächeln, das er ein wenig zu bewußt einsetzte. Das glatte, blauschwarze Haar, das er zu lang trug. Sie hatte einmal versucht, es ihm – während er schlief – zu schneiden. Samson und Dalila. Er hatte nicht gelacht. Er hatte ihr die Schere aus der Hand gerissen und durchs Zimmer geschleudert. Wieder eine Schere. Sie hatte ihn anflehen müssen, ihr zu verzeihen, und er hatte ihr seine Verzeihung gewährt wie ein römischer Kaiser. In seiner hochfahrenden Empörung hatte er fast lächerlich gewirkt, aber Penny liebte ihn deshalb nur um so mehr.

Mein Himmel, dachte sie, wie lange das her zu sein schien! Aber es lag nur anderthalb Jahre zurück. Wenn sie sich ein bißchen anstrengte, konnte sie vermutlich sogar das genaue Datum nennen. Sie brauchte nur von dem Abend, an dem Mike Wharton sie gebeten hatte, ihn zu heiraten, rückwärts zu zählen. Die Chronologie des Schmerzes. Sie stellte sich einen Kalender vor, von dem Blatt um Blatt abfiel, wie die Szenenfolge eines alten Films. Ihre Hände auf dem Lenkrad wurden ruhiger. Sie ließ den Motor an.

Sie waren ein Trio gewesen. Alle hatten sie so bezeichnet. Nan, die nicht gerade vor Originalität übersprudelte, hatte sie »Das fidele Trio« genannt. Anfänglich waren sie natürlich vier gewesen, denn Nan hatte ja auch dazugehört. Sie war Mikes Kusine, eine in mehr als nur einer Beziehung entfernte Kusine, wie sie zu sagen pflegte. Nan hatte ein schwesterliches Interesse daran, Mike glücklich liiert zu sehen, und ihre Freundin Penny war ihr als naheliegende Kandidatin erschienen, auch wenn sie Pennys gelegentliche Stimmungstiefs beklagte. Mikes Unbeschwertheit reichte für beide. Sie hatte ihn als »frisch-fröhlich« beschrieben, und das stimmte auch. Man konnte sich Mike immer in einem offenen Boot vorstellen – der Wind spielte in seinen Haaren, und er lächelte mit kleinen, makellosen Zähnen einem unsichtbaren Horizont entgegen.

Mike hatte Penny von Anfang an gefallen, und er hatte ihr noch mehr gefallen, als er sie mit seinem besten Freund bekannt machte. Die bloße Tatsache, daß Mike einen Freund wie Gordon Cates haben konnte, beeindruckte sie. Gordon kam ihr so unnahbar vor, für freundschaftliche Gefühle so unzugänglich – Qualitäten, die sie mit besonders hohen Maßstäben gleichsetzte. Gordon war Lektoratsassistent in einem Verlag und strahlte ein intellektuelles Fluidum aus, das Penny anregend fand, auch wenn sie seit ihrem Abgang vom College kein einziges Buch mehr von

Anfang bis Ende durchgelesen hatte. Das wurde anders, nachdem sie Gordon kennengelernt hatte, der nie vergaß, einen aus seinem Büro entwendeten Roman mitzubringen, wenn sich das fidele Trio traf – Nan hatte sich inzwischen bereits von der Clique getrennt.

Jeder, der sie zusammen sah, erkannte rasch, wer die größere erotische Anziehung für Penny besaß. Sie versuchte, ihre Aufmerksamkeit gerecht zu verteilen, aber die Qualität ihrer Aufmerksamkeit war unterschiedlich. Mit Mike flirtete sie viel offener, reizte und quälte ihn. Aber wenn sie sich Gordon zuwandte, dann schienen ihre großen, braunen Augen zu schmelzen wie erwärmte Schokolade. Wenn er ihren Arm berührte, dann lief ein Zittern darüber wie über den Widerrist eines Pferdes. Penny war leidlich hübsch, aber wenn sie Gordon Cates ansah, dann begann ihre Haut zu leuchten, in ihrem Haar schimmerten Glanzlichter, ja sogar ihre Gesichtszüge verwandelten sich in etwas, das dem griechischen Ideal nahekam. In ihrem Verlangen, ihm zu gefallen, schien sie sich ihm jedesmal zu übereignen.

Das Dumme war nur, daß ihre Verwandlung auf Mike eine größere Wirkung zu haben schien als auf seinen Freund. Glücklicherweise machte er nie Einwendungen, wenn sie vorschlug, Gordon in ihre Verabredungen zweimal in der Woche mit einzubeziehen. Ihm schien die Verfolgungsjagd sogar noch mehr Spaß zu machen, weil Gordon ihr zuschaute. Er kam nie auf den Gedanken, daß Pennys Erglühen an jenen Mittwoch- und Samstagabenden nicht nur ihm galt. Armer Mike! Seine Arglosigkeit war rührend. Penny empfand bei der Erinnerung an jene Tage erneut Mitleid mit ihm, und die Wut, die sie die ganze letzte Woche über empfunden hatte, ließ fast etwas nach.

Sie hatte geglaubt, es würde Gordon sein, der schließlich dem fidelen Trio den Garaus machte. Die Zeichen seiner Unzufriedenheit waren unübersehbar gewesen, als sie sich in dem Haus am Strand, in dem die beiden Freunde jeden Sommer wohnten, als Wochenendgast einfand. Sie war mit Kochbüchern, Kupferbratpfannen und Scheuerpulver bepackt gewesen, denn sie wußte, daß Mike und Gordon in der Küche hilflos und häuslicher Hygiene gegenüber gleichgültig waren. Sie hatte das ganze Wochenende über gekocht und geschrubbt und genäht, und es hatte ihr das größte Vergnügen bereitet. Abends waren sie dann Arm in Arm am Strand entlang gewandert, zu irgendeiner Grill- oder Cocktailparty. Mike wie auch Gordon hatten immer reichlich getrunken, aber nur Mike war anschließend betrunken gewesen, und sie und Gordon hatten ihn dann, wie kichernde Internatsschüler im Schlafsaal, ins Bett bringen müssen. Einmal, spätabends, hatten sie nach einer Party dagestanden und auf seine leblose Gestalt hinabgeblickt wie liebevolle Eltern auf ein ungezogenes Kind. Da hatte sich Gordon zu ihr umgewandt und sie in die Arme genommen. Sie war bis dahin schon ein dutzendmal von Mike geküßt worden, aber dieser eine Kuß, der fast feierlich und zeremoniös ablief, hatte ihr mehr bedeutet als alle anderen.

Am nächsten Tag war Gordon auf den Vorfall nicht mehr zurückgekommen. Aber der atmosphärische Druck im Strandhaus hatte sich verändert. Gordon war mürrisch, fast feindselig. Er schien sich über seine Rolle als designierter Zuschauer bei Mikes Romanze zu ärgern und betrachtete dessen alberne, unbeholfene Flirtversuche mit unverhülltem Groll. Das brachte ihr Herz zum Jagen und ließ ihr Blut schneller durch die Adern strömen. Und sie schürte noch das Feuer seiner Eifersucht, indem sie viel verliebter mit Mike tat als sonst. Beim Frühstück saß sie auf seinem Schoß und gab ihm einen überheißen Kuß, dessen Länge Gordons Geduld erschöpfte. Er knallte seine Tasse auf den Tisch und erklärte, er gehe schwimmen. Mike hätte schon ein Holzklotz sein müssen, um Gordons Abscheu nicht zu erkennen, und er lief ihm nach. Sie blieb allein zurück, fiebernd vor Triumph.

Dann kam die *Laguna Queen*. Es war eine Anstellung, wie sie sich Mike seit fast einem Jahr gewünscht hatte, nämlich von dem Tag an, an dem er aus der Kriegsmarine entlassen worden war. Mike hatte sich ins Meer verliebt – er wollte weiterhin auf dem Wasser arbeiten, aber nicht als gemeiner Matrose auf einem Handelsschiff. Er hatte das College absolviert, er war Maat gewesen, und er liebte schmucke Uniformen. Auf der *Laguna Queen* konnte er eine weiße Uniform mit Goldtressen tragen, und es war ganz unmöglich, dieses Angebot auszuschlagen, selbst wenn es eine dreiwöchige Unterbrechung seines Liebeswerbens bedeutete.

Im Rückspiegel sah Penny, daß sie unbewußt lächelte. Sie dachte an den Abend der Abfahrt. Sie hörte Mikes Stimme, als er Gordon auftrug, während seiner Abwesenheit »gut auf Penny aufzupassen«. Sie hatte Gordons Gesicht dabei beobachtet und sich gefragt, ob er Mike wegen seiner Naivität bemitleidete. Sie hatte Angst gehabt, daß ihr eigener Gesichtsausdruck aufgeregte Vorfreude verraten könnte, und sich deshalb, einen Kochkurs vorschützend, schon bald entschuldigt, Mike und Gordon ihrem Abschied überlassend.

Es hatte drei Tage gedauert, bis Gordon sie anrief, und sie selbst hatte vorschlagen müssen, essen zu gehen. Sie waren in ihr italienisches Lieblingsrestaurant im Village gegangen, und ihr italienischer Lieblingskellner, der eigentlich aus der Dominikanischen Republik stammte, war überrascht gewesen, daß sie nur einen Zweiertisch hatten haben wollen. Ihren ersten Toast hatten sie auf Admiral Mike ausgebracht. Dem waren weitere Toasts gefolgt, und zum ersten Mal seit Bestehen des »Fidelen Trios« war sie betrunken gewesen. Gordon hatte sie nach Hause bringen und sich dort – sie war vom Alkohol völlig enthemmt – aus ihrer Umarmung befreien müssen. Sie konnte sich noch erinnern, wie sie ihn zu ihrem Bett gezerrt und wie entschieden er ihr widerstanden hatte. Und in welch einem Durcheinander ihre Gefühle gewesen waren – eine Mischung aus Groll über die Zurückweisung und Bewunderung für seine Ritterlichkeit.

Danach hatte Gordon eine ganze Woche lang nicht angerufen, und sie hatte das nächste Treffen selber in die Wege leiten müssen. Dies tat sie ganz schamlos, indem sie ihn an das Versprechen erinnerte, das er Mike gegeben hatte. Er führte sie zum Essen aus, und sie trank ein keusches Glas Weißwein. Anschließend gingen sie ins Kino und saßen steif nebeneinander, bis ihre Hand »zufällig« die seine berührte und sich ihre Finger verschränkten.

Einen Tag bevor die *Laguna Queen* wieder einlaufen sollte, erhielt sie ihre erste Ansichtskarte – aus St. Croix. Sie stopfte sie in ihre Handtasche, ohne den geringsten Versuch unternommen zu haben, Mikes Gekritzel zu entziffern, und suchte Gordon in seinem Apartment auf. Er saß in Hemdsärmeln und war in den Fahnenabzug eines Buches vertieft. Sie hatte ihn noch nie mit einer Lesebrille gesehen, und der Anblick, wie sie da auf seiner aristokratischen Nase thronte, ließ ihr Herz schneller schlagen.

Sie zeigte ihm die Ansichtskarte, und prompt zeigte er ihr seine, die er auch gerade erst erhalten hatte und die so unleserlich war wie die ihre. Sie lächelten sich an – nachsichtige Eltern – wie schon einmal. Dann sank sie vor seinem Schreibtischstuhl auf die Knie und schlang ihre Arme um ihn. Anfangs war ihr Kuß so feierlich wie damals der erste, wurde dann aber zu einem hungrigen Erkunden. Sie verloren das Gleichgewicht und rutschten vom Stuhl auf den Teppich, wo sich ihre Körper aneinanderdrängten. Seine Brille war verrutscht. Sie nahm sie ab und küßte ihn wieder.

Als Gordon am nächsten Morgen nicht auf dem Pier erschien, um das ankommende Kreuzfahrtschiff zu begrüßen, war sie überrascht gewesen. Um so mehr hatte ihr daran gelegen, Mike wiederzusehen. Und dann kam er die Laufplanke herab, fesch in seiner weißen Uniform, und schwenkte seine betreßte Mütze. Sie lief ihm entgegen, und er küßte sie geräuschvoll und lachte ohne ersichtlichen Grund. Als er sie nach Gordon fragte, konnte sie sich nur verblüfft über seine Abwesenheit zeigen, und Mikes sonnengebräuntes Gesicht umwölkte sich vorübergehend. »Vielleicht ist es wegen der Postkarte«, sagte er. Als sie ihm gestand, daß sie seine Nachricht nicht hatte lesen können, sagte er: »Ich habe mich für eine weitere Kreuzfahrt verpflichtet – ins Mittelmeer. Ist das nicht phantastisch?«

Und so fiel das Trio auseinander. Mikes Entschluß, zur See zu fahren, führte zu einer Entfremdung zwischen ihm und seinem ans Land und an den Schreibtisch gefesselten Freund. Sie hatte befürchtet, es könnte auch ihre Beziehung zu ihm beeinträchtigen (es war ja allgemein bekannt, daß Schiffsoffiziere auf Urlauberinnen wie Katzenminze wirken), aber Mike dachte nicht daran, das zuzulassen. An dem Abend, an dem er zu seiner dritten Kreuzfahrt aufbrach, ging er vorher mit ihr essen (das gleiche italienische Restaurant, der gleiche dominikanische Kellner) und machte ihr einen Heiratsantrag. Die Linguini auf ihrem Teller wurden kalt und klebrig, so lange starrte sie darauf, dachte an Gordon und wußte nicht, was sie sagen sollte. Mike drängte sie nicht. Fröhlich meinte er, die Kreuzfahrt sei ja nur kurz, und ihre Antwort habe bis zu seiner Rückkehr Zeit.

Am nächsten Tag rief sie Gordon im Büro an. Ihr Herz zog sich zusammen, als sie erfuhr, daß er auf der Frankfurter Buchmesse sei und erst in sechs Tagen zurückkehren werde.

Sie beschwatzte eine Sekretärin, ihr seine Ankunftszeit zu sagen, und fuhr hinaus zum Flugplatz, um ihn abzuholen. Später machte sie sich dann Vorwürfe, daß sie so überängstlich gewesen war, daß sie ihre Sorge so deutlich gezeigt hatte. Mike hätte dieser Mangel an Zurückhaltung gefallen, aber Gordon war nicht Mike (und war das nicht der Grund, warum sie ihn liebte?). Er war nicht nur überrascht, sie im Terminal zu sehen, sondern offenkundig auch verärgert. Er ließ sich zwar von ihr zurück in die Stadt mitnehmen, aber seine Stimmung machte es ihr unmöglich, auf den Zweck ihrer Unternehmung zu sprechen zu kommen.

Als sie die Stadt erreicht hatten, war Gordon etwas besser gelaunt. Er entschuldigte sich. Er räumte ein, daß ihn seine amputierte Freundschaft noch immer schmerze und daß das Zusammentreffen mit ihr, mit »Mikes Freundin«, ihn nur wieder daran erinnere. Da sagte sie ihm dann, daß sie nicht »Mikes Freundin« sei, wenn er es nicht wolle.

Daß sie »Gordons Freundin« sein könne, wenn er sie darum bitte. Das Ganze kam so kokett heraus, so ohne allen Charme, daß sie ihre Worte bereute, kaum daß sie sie ausgesprochen hatte. Sie wünschte, sie hätte den Satz wieder zurückspulen können, um ihn noch einmal, nur in einer anderen Tonlage abzuspielen, aber es war zu spät. Gordon dankte ihr für ihr Angebot. Seine Ironie war wie eine kalte Messerklinge, die in ihrem Körper umgedreht wurde. Sie hätte lachen sollen. Sie hätte ihn stehenlassen sollen. Alles, nur nicht das, was sie dann tat. Sie erzählte ihm von Mikes Heiratsantrag. Sie ließ ihn wissen, daß sie drauf und dran sei, ihn anzunehmen. Als er sich zu keiner versöhnlichen Antwort herbeiließ, erhob sie wütend die Stimme und rief, daß sie sich gerade entschlossen habe, ja zu sagen. Dann stürmte sie hinaus und fuhr davon, kaum in der Lage, die Straße zu sehen. Sie kam jedoch unbeschadet zu Hause an, der lebende Beweis dafür, daß Gott die Schlafwandler, die Betrunkenen und die Enttäuschten beschützt.

Mikes Schiff legte zwei Tage später an, und irgendwie hatte er dafür gesorgt (Funktelegramm?), daß vor seiner Ankunft ein üppiger Strauß roter und gelber Rosen bei ihr abgegeben wurde. Die beigefügte Karte zeigte ein einfaches Fragezeichen. Sie fühlte Panik in sich aufsteigen und wählte, ohne nachzudenken, Gordons Büronummer. Er war in einer Besprechung. Seine Sekretärin fragte, ob sie ihm etwas ausrichten solle. »Nein, danke«, hatte sie geantwortet. Es läutete an der Tür, und sie legte auf.

Mike brachte eine Flasche Champagner mit, die er auf dem Schiff stibitzt hatte. Sie war nicht an Champagner gewöhnt und erhob keinen Einspruch, als Mike ihr immer wieder nachschenkte. Nach einiger Zeit schwamm sein

Gesicht auf sie zu. Ein Lächeln enthüllte seine kleinen, weißen Zähne. Sein Atem strich über ihren Hals, und er flüsterte ihr etwas ins Ohr. Sie flüsterte auch etwas, und als sie am nächsten Morgen aufwachte, dämmerte ihr, daß sie eingewilligt hatte, ihn zu heiraten.

Beim Anblick ihrer Augen im Badezimmerspiegel wußte sie, daß sie Gordon an diesem Tag nicht gegenübertreten konnte. Aber es gelang ihr, ihn telefonisch zu erreichen, und sie erzählte ihm beiläufig, daß sie sich mit Mike verlobt habe. Er zögerte einen kurzen Augenblick, bevor er antwortete.

»Glückwunsch«, sagte er. »Ich hoffe, daß ihr sehr glücklich miteinander werdet.«

Sie konnte sich nicht erinnern, wer zuerst aufgelegt hatte.

Es dauerte noch fast zwei Monate, bis sie Mike heiratete. Es lagen noch vier weitere Kreuzfahrten dazwischen. Er war so viel unterwegs, daß er sein kleines Apartment im Village aufgab und in ihre noch viel kleinere Wohnung zog, wo sie bis zum Herbst Haushalt spielten. Gordon zog allein in das Haus am Strand. Als sie und Mike schließlich – standesamtlich – heirateten, war Mikes Schwager Trauzeuge. Gordon ließ sich, obwohl eingeladen, nicht sehen.

Am Knauf der Wohnungstür hing ein Kleidersack. Sie hatte den Hausverwalter gebeten, ihre Sachen aus der Reinigung nicht vor der ganzen Welt auszubreiten, aber er hörte nie zu. Sie nahm den Sack mit hinein, und sein Gewicht sagte ihr, daß sein Inhalt ihrem Mann gehörte. Sie zog den Reißverschluß auf und sah das Schimmern goldener Tressen vor baumwollenem Weiß. Sie warf den Sack über einen Sessel, wurde dann aber weich. Sie befreite die

Uniform von ihrer Plastikhülle und hängte sie an die Tür des Dielenschranks.

Auf dem Eßtisch lag eine Geschäftskarte – ein Regenbogen, der sich aus einer Farbdose erhob. Sie steckte die Karte in ihre Handtasche. Sie hatte Mike nichts von ihrer Verabredung mit dem Maler am nächsten Morgen erzählt.

Das Wohnzimmer sollte blaßgrün werden. Die Küche weiß mit gelben Verzierungen. Das Schlafzimmer... bei der Farbe des Schlafzimmers war sie sich noch nicht ganz sicher. Das »Arbeitszimmer«, der Raum, den Mike als seinen betrachtete, sollte in sehr hellem Lila gehalten werden, passend zum Teppich. Mike wäre mit keiner ihrer Farben einverstanden gewesen, er mochte nur Weiß oder Blau, die Farben der Marine. Aber Mike war nicht da, und er würde sich an ihre Farbwahl gewöhnen müssen. Wenn er das nicht konnte – dann hatte er eben Pech gehabt! Schließlich war sie diejenige, die zu Hause blieb.

Penny wanderte von Zimmer zu Zimmer und stellte sich vor, wie die neue Farbe die Räume verändern würde.

Sie wollte gerade das Arbeitszimmer verlassen, als ihr an Mikes Schreibtisch eine Veränderung auffiel. Zuerst wußte sie nicht so recht, was eigentlich anders war. Da stand derselbe auf Hochglanz polierte Walnußwürfel, den Mike aus ihrer ersten gemeinsamen Wohnung mit in die Ehe gebracht hatte. Mike schätzte aufgeräumte Schubladen, und der Zustand seiner Dokumentenordner war tipptopp. Auch achtete er peinlich darauf, daß alle Schubladen abgeschlossen waren. Diese Tatsache hatte sie nie neugierig gemacht. Mike war kein Mann, dem sie Geheimnisse zutraute.

Dann sah sie, was es war. Die unterste Schublade auf der linken Seite stand ein wenig vor. Mike hatte vergessen, sie abzuschließen. Falls sie Lust hatte herumzuschnüffeln, dann war die Gelegenheit gekommen. Warum eigentlich nicht, dachte sie.

Sie zog die Schublade auf und erblickte eine säuberliche Reihe von Aktendeckeln. Alle trugen eine Aufschrift in Druckbuchstaben: BANK. WÄSCHEREI. LEBENSMITTEL. AUTO. Und so weiter. Mindestens noch ein halbes Dutzend. Sie überlegte kurz, ob sie nicht einen leeren Aktendeckel mit EHEFRAU beschriften sollte. Ganz hinten in der Schublade fand sie auch einen, kam aber zu dem Schluß, daß Mike das durchaus nicht komisch finden würde. Aber der Aktendeckel war gar nicht leer. Es lag ein Brief darin, ohne Umschlag. Das Briefpapier kam ihr irgendwie vertraut vor. Es trug ein großes aufgeprägtes G, auf dessen Querbalken eine winzige Elfe saß. Sie hatte das für Gordon immer ein bißchen zu neckisch gefunden, aber ihm gefiel es offensichtlich.

Der Brief war undatiert, war mit der Hand geschrieben, und schon nach seinen ersten Worten wußte sie, warum ihn Mike vor ihr versteckt hatte. *Mein Liebling,* stand da.

Mein Liebling,
als Du mir von Deiner Verlobung erzählt hast, muß es so ausgesehen haben, als sei mir das völlig egal, ich weiß. In Wahrheit hat es mir so weh getan, daß ich nicht sprechen konnte – ich konnte einfach keine Worte finden. Jetzt weiß ich, wie den armen Autoren, über die ich immer so lästere, zumute sein muß. Ich weiß, diese Ehe ist nicht das, was Du wirklich willst – ich weiß, es wird Dir leid tun. Deshalb bitte ich Dich, flehe ich Dich an: Tue es nicht! – Wenn es noch nicht zu spät ist – bitte komm! Ruf mich an! Ich warte auf Deine Antwort . . .
unterzeichnet: *Gordon*

Noch nie in ihrem ganzen Leben hatte Penny gekreischt. Selbst als Kind hatte sie immer nur geschmollt, bis ihre Wut verraucht war. Aber jetzt hätte sie gekreischt – wenn es ihr nicht die Kehle zugeschnürt hätte. Wenn sie ihre gelähmten Muskeln hätte bewegen können, dann hätte sie etwas kaputt gemacht, Geschirr zerschlagen, Gläser zerschmissen. Aber es gab keine Erleichterung. Sie setzte sich hin, vergrub ihren Kopf in ihrem Schoß und versuchte nachzudenken. Der Brief war natürlich an ihre alte Adresse gegangen. Vielleicht nur wenige Tage nachdem sie mit Gordon gesprochen hatte, vielleicht auch eine Woche später. Wann immer er auch angekommen war, Mike hatte ihn als erster gesehen. Mike hatte das elfenverzierte Monogramm gesehen, das Gordon sogar auf seinen Briefumschlägen benutzte. Mike hatte ihren Brief aufgemacht und Gordons Worte gelesen. Vielleicht hatten sie ihn ja gar nicht überrascht. Vielleicht hatte er immer gewußt, daß zwischen ihr und seinem besten Freund »irgend etwas« war... Ja, natürlich! Davon war sie jetzt überzeugt. Mike war naiv, aber er war nicht blind! Er mußte es gesehen haben, vielleicht hatte er es sogar genossen. Bereitete es nicht ein ganz besonderes, heimliches Vergnügen, seinen besten Freund auszustechen? Aber er war nicht das Risiko eingegangen, ihr den Brief zu zeigen. Er hatte die Wahrheit über Gordons Gefühle vor ihr versteckt. Und dann hatte er sein herrliches Souvenir verstaut, diese Trophäe...

Und was hatte Gordon getan? Als keine Antwort kam? Kein Anruf, kein Besuch, keine irgendwie geartete Reaktion? Selbstverständlich hatte er nichts getan. Er hatte die Bitterkeit, die er empfunden haben mußte, heruntergeschluckt; er hatte seinen Groll in sich verschlossen. Sie hatten ihn seitdem nur einmal getroffen, und zwar ganz zufällig, in einem Restaurant. Gordon hatte ihnen mit (schlecht) gespielter Herzlichkeit zugenickt, aber sie hatte in seinen grünen Augen etwas anderes zu lesen gemeint. Sie betrachtete noch einmal seinen Brief und wußte, was in seinen Augen gestanden haben mußte. Sie war schließlich Expertin, was heruntergeschluckte Wut anbetraf.

Aber dann nahm ihre eigene Wut eine andere Form an. Sie blickte auf und sah Mikes Uniform an der Schranktür hängen. Es war, als stünde er selbst vor ihr und blickte mit frischfröhlicher Belustigung auf ihren Schmerz herab. Rasch stand sie auf und lief ins Schlafzimmer. Sie wühlte in dem Durcheinander auf ihrem Toilettentisch herum, bis sie die Nähschere gefunden hatte, die sie sonst selten benutzte. Sie kehrte damit in die Diele zurück und warf sich mit einem erstickten Schrei auf die weißgoldene Uniform. Sie stach nach der Brusttasche, als schlüge Mikes Herz darunter. Trotz der Heftigkeit ihrer Wut widerstand der steife Stoff ihrem Stoß. Mit geöffneter Schere machte sie sich über das Futter her und hatte es im Nu zerfetzt. Es gelang ihr, die Nähte der Taschen aufzuschneiden, und sie benutzte ihre Finger, um sie abzureißen und in herunterhängende Lappen zu verwandeln. Sie schlitzte gerade eines der Hosenbeine auf, als sich die Wohnungstür öffnete und Mike hereinkam, eine Papiertragetasche in der Hand. Bei Pennys Anblick ließ er die Tasche fallen, und ein Paar frisch besohlter Schuhe plumpste auf den Boden.

»Hör auf damit, Penny! Um Himmels willen...«

Er versuchte sie beim Handgelenk zu packen, um die Zerstörung aufzuhalten, aber sie riß sich los und wehrte ihn mit der freien Hand ab. Sie hörte sich unzusammenhängende Satzfetzen rufen, aber Mike achtete nicht darauf. Er versuchte verzweifelt, seine geliebte Uniform zu retten. Penny holte mit geschlossener Schere erneut danach aus. Sie hatte nicht damit gerechnet, daß er seine Uniform mit seinem Körper decken würde. Die Spitze durchdrang sein blaues Baumwollhemd, bohrte sich so mühelos in den oberen Teil seiner Brust, daß Penny kaum einen Widerstand spürte. Er sah sie fragend an. Sie ließ die Schere los, aber sie fiel nicht runter, sie blieb absurderweise, wo sie war. Es war kein Blut zu sehen. Mike schrie noch nicht einmal auf. Er hustete, wobei er seine Faust an den Mund führte, und seine Beine gaben nach. Er hob die rechte Hand, um nach den Chromgriffen zu fassen, und sank auf die Knie, als wollte er beten. Penny war im Begriff, ihm zu helfen, ihn aufzurichten, als ihr klar wurde, daß sie nur eins wollte, nämlich raus aus der Wohnung, auf die Straße, sich mit so viel Lärm und Geschäftigkeit umgeben wie möglich. Sie hatte noch die Geistesgegenwart, ihre Handtasche zu ergreifen und Gordons Brief sorgfältig darin zu verstauen.

Sie konnte sich nicht erinnern, die Telefonzelle betreten zu haben. Flüchtig erwog sie, den Polizeinotruf zu wählen, aber als sie den Hörer abnahm, gehörte die dreistellige Nummer, die sie tatsächlich wählte, der Auskunft. Ihre Stimme war ruhig, als sie nach Gordons Telefonnummer fragte. Als sie sie wiedererkannte, war sie überrascht. Sie hatte fest damit gerechnet, daß Gordon in den vergangenen zwei Jahren umgezogen war. Schließlich hatte sich auch sonst alles in ihrem Leben verändert. Aber die Nummer war dieselbe, also vermutlich auch die Adresse. Sie winkte ein Taxi herbei und nannte sie dem Fahrer. Dann lehnte sie sich im Sitz zurück und wartete darauf, was als nächstes passieren würde.

Gordon wohnte in einem Sandsteinhaus, neben dem sich ein kleines Lebensmittelgeschäft mit einem gewaltigen Obststand davor befand. Sie drückte auf den Knopf neben seinem Namensschild, woraufhin ein Summen die schwere Haustür öffnete. Es war, als ob Gordon sie erwartete. Sie stieg die zwei Treppen hinauf, deren Stufen auf die altvertraute Weise durchhingen, und sog die gleichen wohlbekannten Kochdünste ein, die sie vor zwei Jahren gerochen hatte.

Sie hatte keine Ahnung, was sie sagen sollte, wenn Gordon auf ihr Klingeln hin öffnete. Er würde überrascht sein, das war klar. Seine grünen Augen würden sich verändern, und sie würde in ihren Meerestiefen nach Hinweisen suchen. Sie war sich nicht sicher, daß sie ihm erzählen würde, was zwischen ihr und Mike vorgefallen war, und ob sie ihn um Hilfe bitten würde. Das Allerwichtigste war zunächst, ihm die Wahrheit zu sagen, ihn wissen zu lassen, daß sein Brief sie zu spät erreicht hatte, herauszufinden, ob es noch möglich war, ihm die Antwort zu geben, die er vor achtzehn Monaten hätte erhalten sollen.

Er machte die Tür auf, und sie konnte gar nichts in seinen Augen lesen. Gordon trug eine getönte Brille. Aber sie wußte, daß ihr Anblick ihn überwältigte. Er stand da wie vom Donner gerührt. Er schien über ihre Schulter hinweg ins Treppenhaus zu spähen. Da begriff sie, daß er jemand anders erwartet haben mußte, jemanden, der sich nicht zu identifizieren brauchte, jemanden, der vielleicht sogar hier wohnte. Es war das erste, was sie ihn fragte, noch bevor er sie hereinbat. »Ja«, sagte Gordon, »ich habe jemanden erwartet. Aber das macht nichts.«

Er schloß die Tür und wartete.

»Hier, deswegen bin ich gekommen«, sagte Penny.

Als sie ihre Handtasche aufmachte und den gefalteten Bogen seines Briefpapiers herauszog, nahm Gordon die Brille ab. Seine Augen blickten müde.

»Was ist das denn, Penny?« fragte er.

»Ein Brief«, entgegnete sie. »Dein Brief.« Sie entdeckte plötzlich, daß sie lächeln konnte. »Die Post in dieser Stadt hier ist wirklich furchtbar, nicht? Es hat achtzehn Monate gedauert, bis ich ihn bekommen habe.«

Gordon wollte gerade den Brief nehmen, als unten der Summer betätigt wurde. Der erwartete Besuch war da, aber Gordon zögerte. Als er sich nach einer Weile immer noch nicht rührte, erklang der Summer wieder, und eine dünne, tonlose Stimme knisterte aus der Gegensprechanlage.

»Los, Gordon, spiel keine Spielchen mit mir! Ich hab doch gesagt, es tut mir leid, oder?«

Penny sah Gordon an, und sein Mund wurde schmal. Dann drückte er auf den Knopf, der die Tür erneut öffnen würde.

»Wir wohnen zusammen«, sagte er.

Penny ließ die Tür nicht aus den Augen und vergaß dabei ganz den Brief, den sie noch in der Hand hielt. Diesmal wurde nicht geklingelt. Der Neuankömmling hatte einen Schlüssel. Er blieb in der Tür stehen und warf sich in Positur, eine Hand auf die schmale Hüfte gelegt. Er trug Bluejeans, ein graues Sporthemd mit einer roten Weste und einen Diamanten im Ohr. Er hielt eine in Geschenkpapier gewickelte Schachtel, die er auf den Fingerspitzen balancierte wie ein Kellner ein Tablett.

»Nußsplitter in Schokolade«, sagte er. »Wenn ich dafür keinen Versöhnungskuß kriege, dann scher dich zum Teufel ... blöde Tussi.«

Er lächelte gewinnend. Dann bemerkte er überhaupt erst Penny, und sein Lächeln fing an zu flackern.

»Du hast Besuch?« fragte er.

»Ich wollte gerade gehen«, sagte Penny, schon auf dem Weg zur Tür. »Ich hab nur mal reingeschaut, um guten Tag zu sagen.« Dann war sie draußen und raste, ohne auf die losen Stufen zu achten, die Treppe hinunter, stolperte über den ramponierten Läufer im Hausflur und war schon auf der Straße, ehe sie merkte, daß sie immer noch Gordons Brief umkrampft hielt. Sie schleuderte ihn in einen Papierkorb, obwohl er ihr ja gar nicht gehörte. Denn schließlich war es Mikes Brief, war es immer schon gewesen.

Henry Slesar
im Diogenes Verlag